Rebecca Michéle

Der Ruf des Schicksals

Sehr verehrte Leserin, sehr verehrter Leser,

unsere Welt wird immer schnelllebiger, unser Alltag immer hektischer. Gerade deshalb sind die schönen, unbeschwerten Momente, in denen wir innehalten und uns zurücklehnen, so kostbar.

Ich persönlich greife in solchen Momenten gerne zu einem guten Buch. Eine spannende und unterhaltsame Geschichte hilft mir, schnell abzuschalten. Beim Lesen vergesse ich die Sorgen des Alltags.

Doch manchmal ist es gar nicht so einfach, ein gutes Buch zu finden. Dabei gibt es so viele Autorinnen und Autoren, die mit ihren Geschichten die Leser in ihren Bann ziehen. Solche Highlights der Unterhaltungsliteratur bringt jetzt die vielseitige UNIVERSO-Taschenbuchreihe zusammen. Die von uns sorgfältig ausgewählten Bücher reichen von frechen Frauenromanen über spannende Krimis bis hin zu großen Liebesgeschichten und historischen Romanen.

Die kleine, aber feine UNIVERSO-Auswahl möchten wir gerne auch mit Ihnen teilen. Mir bleibt nur, Ihnen viel Spaß und Entspannung beim Lesen und Träumen zu wünschen.

Herzlichst
Ihr

Siegfried Lapawa
Verleger Karl Müller Verlag

Rebecca Michéle

Der Ruf des Schicksals

Roman

UNIVERSO

Über die Autorin

Rebecca Michéle, 1963 in Rottweil in Baden-Württemberg geboren, eroberte mit ihren historischen Liebesromanen eine große Leserschaft. Rebecca Michéle ist außerdem die Präsidentin von „DeLiA“, der Vereinigung deutschsprachiger Liebesromanautoren. In ihrer Freizeit trainiert die leidenschaftliche Turniertänzerin selbst Tänzer.

Genehmigte Lizenzausgabe
Universo ist ein Imprint des Karl Müller Verlages –
SILAG Media AG, Liebigstr. 1–9, 40764 Langenfeld

Umschlaggestaltung: SILAG Media AG, 2016
unter Verwendung eines Bildmotivs von © shutterstock.com

PEFC zertifiziert
Dieses Produkt stammt aus nachhaltig bewirtschafteten Wäldern und kontrollierten Quellen
www.pefc.de
PEFC/32-31-039

Dieses Buch wurde auf Creamy 50g vol.2.0 PEFC
von Stora Enso Helsinki gedruckt.

ISBN-Nr. 978-3-95674-180-7
Printed in EU 2016

Violet's Abbey

Die Sonne kitzelte mit ihren vorwitzigen Strahlen an meiner Nase und brachte mich zum Erwachen. Erfrischt nach erholsamem Schlaf sprang ich rasch aus dem Bett und lief zum Fenster. Ich öffnete beide Flügel, lehnte mich über die Brüstung und sog tief die kühle Morgenluft ein. Chöre von Vogelstimmen drangen an mein Ohr, und sanft wogten die Äste der uralten Bäume im Wind. Die heitere Morgenstimmung versprach einen schönen Augusttag im Jahre 1648. Um diese frühe Stunde konnte ich noch nicht ahnen, was dieser Tag in meinem bisher behüteten, friedlichen Leben bedeuten sollte.

Ich sah zu dem Bett auf der anderen Seite des Zimmers. Dorothy schlief noch fest, ein Lächeln lag auf ihren Zügen. Eine Welle der Zärtlichkeit durchflutete mich, wenn ich meine Freundin betrachtete. Dorothy sah wahrlich wie ein Engel aus mit dem weichen, welligen Blondhaar, das ihr bis auf die Hüften reichte, dem zarten Gesicht mit milchig weißer Haut und den blauen, unschuldig blickenden Augen, deren Lider jetzt noch fest geschlossen waren.

Mein erster Tag hier in Violet's Abbey wurde in meiner Erinnerung wieder lebendig. Ich dachte oft daran, was wohl aus mir geworden wäre, wenn Dorothy damals nicht gewesen wäre. Vor nunmehr fünf Jahren kam ich hierher, in die Schule der Schwestern Coke. Bertha und Mathilda Coke waren zwei ältere, reizende, unverheiratete Damen. Nachdem sie ihre kranken Eltern bis zu deren Tod gepflegt hatten, erbten sie als einzige

Angehörige den prachtvollen Besitz mit Namen Violet's Abbey. Ursprünglich war das mittelalterliche Gebäude ein Kloster gewesen. Unter König Heinrich dem Achten wurde der Orden aufgelöst und die Kirche zerstört. Die Legende erzählt, die Nonnen hätten mit ihren Körpern die Kostbarkeiten des Altars vor den Schergen des Königs geschützt, die, die Kirchenschätze plündernd, durch das ganze Land zogen. Dabei verlor eine Novizin mit Namen Violet ihr Leben. Belper Coke, ein Mitglied des Kronrats, erwarb das Kloster für einen Spottpreis. Den neuen Besitzer aber plagte das schlechte Gewissen, und so nannte er das Gebäude Violet's Abbey. Im folgenden Jahrhundert wurde der Familie Coke ein Adelstitel zwar verwehrt, dennoch wurden Mathilda und Bertha als Damen erzogen. Obwohl die beiden viel Herzensgüte besaßen, so fehlte ihnen doch das Wesentlichste, was für eine vorteilhafte Heirat nötig gewesen wäre: Schönheit. Als dann die Familie in finanzielle Schwierigkeiten geriet und beinahe den ganzen Landbesitz von Violet's 'Abbey veräußern musste, war es ohne Mitgift unmöglich geworden, Ehemänner für Bertha und Mathilda zu finden. Das störte die Schwestern jedoch nicht. Bertha, ein knappes Jahr älter als Mathilda, hing mit zärtlicher Liebe an der Jüngeren, und die beiden Frauen wurden in der Gegend geachtet. Nach dem Tod der Eltern war es ihnen nicht möglich, den Besitz alleine zu halten. Selbst von angesehenen Geistlichen und erstklassigen Erzieherinnen unterrichtet, kamen sie auf die Idee, in Violet's Abbey eine Schule für Mädchen aus der Gesellschaft zu gründen. Das war damals ein gewagtes Unternehmen und sehr ungewöhnlich. Es gab natürlich Militärschulen für Jungen, doch eine Schule, in der junge Damen erzogen wurden, suchte in ganz England ihresgleichen. Binnen weniger Jahre sprach sich der Erfolg der Schwestern Coke herum, und längst konnten sie nicht alle Schülerinnen, deren Eltern anfragten, aufnehmen.

Auch mein Vater hatte von der Einrichtung gehört und teilte mir an einem Abend seinen Entschluss, mich nach Violet's Abbey zu schicken, mit. Ob seines Ansinnens geriet mein Herz in Zorn, und meine Augen sprühten Funken vor Wut. Auf keinen Fall wollte ich meinen Vater und unser elegantes Haus am Nordufer der Themse in Westminster verlassen. Nicht einmal seine schönen Worte konnten mich besänftigen.

»Patricia«, sagte er eindringlich, »du hast nun ein Alter erreicht, in dem ich als Vater deine weitere Erziehung nicht mehr übernehmen kann.«

Ich barg mein Gesicht an seinem Bart und rief:

»Von dir lerne ich alles, was ich im Leben brauche!«

Er lachte.

»Ja, ja, mein Schatz. Ein Sohn könnte mir nicht ähnlicher sein als du. Aber du wirst langsam, aber sicher eine Frau, und jeder merkt an deinem Verhalten, dass in deiner Erziehung die weibliche Hand fehlt. Es ist ein Jammer, dass deine Mutter so früh sterben musste. Pat, du reitest wie der Teufel, und keine Katze ist schneller auf den Bäumen als du. Aber das genügt nicht, um einen passenden Ehemann zu finden.«

Ich lachte. Ehemann! Daran wollte ich noch lange nicht denken, ich war doch erst zehn Jahre alt.

»Papa, ich werde niemals heiraten. Ich verlasse dich nicht!«

Mein Vater drückte mich fest an seine Brust. Sein Bart kitzelte an meiner Stirn, und ich fühlte mich unendlich geborgen.

»Ich möchte doch nur dein Bestes, Kind«, sagte er zärtlich. »Außerdem – wer weiß, was die Zukunft bringt. Ich werde nicht mehr lange bei dir sein können.«

Erschrocken blickte ich auf.

»Was meinst du damit? Du willst mich doch nicht etwa verlassen?«

»Der König braucht mich, ich werde zu ihm gehen. Die Zeiten ändern sich, aber das verstehst du nicht.«

»Erkläre es mir.«

»Ach Kind, was soll ich dir berichten von den politischen Intrigen, die unser Land erschüttern? Menschen werden rücksichtslos der Politik geopfert. So wie unser guter Earl von Stafford. Er hat England in Irland eine sichere Position beschert, und dann kommen irgendwelche Puritaner und fordern seinen Kopf.« Ich merkte, wie Vater meine Anwesenheit vergaß und zu sich selbst sprach. Ich blieb stumm, um ihn nicht zu unterbrechen. Auch wenn ich von den politischen Ereignissen nicht viel wusste, war ich begierig, so viel wie möglich zu erfahren. »Wir steuern auf einen Bürgerkrieg zu«, fuhr Vater fort. »Ein Bürgerkrieg! Das ist das Furchtbarste, was einem Volk zustoßen kann. Bruder gegen Bruder! Vater gegen Sohn! Es wird schlimm werden, sehr schlimm. Der König befindet sich gerade an der schottischen Grenze. Er wollte mit den Schotten verhandeln, doch das Parlament denkt, der König will mit Truppen zurückkehren. Es könnte zu einem Zusammenstoß kommen, darum muss ich zu ihm. Dieser Cromwell wird nicht nachgeben.«

Cromwell? An diesem friedvollen Abend, in die Arme meines Vaters gekuschelt, hörte ich den Namen zum ersten Mal.

»Wer ist der Mann?«, fragte ich nun doch dazwischen.

Vater seufzte und strich mir übers Haar.

»Patricia, es ist nicht nötig, ein Kind mit all dem zu belasten. Oliver Cromwell ist ein Parlamentsmitglied aus Huntington, einer kleinen Stadt im Osten. Er vertritt diesen und den Wahlkreis von Cambridge. In meinen Augen ist Cromwell ein Fanatiker. Er hängt dem Glauben der Puritaner an.«

»Puritaner?«, fragte ich. »Es gibt in England doch nur eine Kirche!«

Vater nickte.

»Sicher, die Puritaner sind überzeugte Anhänger unserer anglikanischen Kirche. Nur sind sie radikaler. Sie betrachten sich als Auserwählte Gottes mit der Aufgabe, die Menschheit zu retten und auf den rechten Weg zu führen. In ihren Augen ist Musik, Gesang, Tanz, ja sogar das Lesen anderer Bücher als der Bibel eine Sünde, die mit ewiger Verdammnis bestraft wird. Die Puritaner betonen Selbstdisziplin, Verzicht und Armut. Ihre fanatische Überzeugung, alle Menschen seien Sünder, machen sie sehr gefährlich, denn in der Meinung, von Gott auserwählt worden zu sein, fürchten sie keinen Kampf.

Oliver Cromwell hat sich zu ihrem Anführer aufgeschwungen. Anscheinend fühlt er sich zu Höherem berufen, denn er hat öffentlich erklärt: ›England muss vor dem Zugriff der Royalisten, und ganz besonderes vor dem König, geschützt werden.‹«

»Vor dem König!«, rief ich aus. »Aber der König ist der

mächtigste Mann im Land. Ja, er ist doch England! Wie kann Cromwell es wagen, so etwas zu behaupten?«

Vater lächelte und sah mich bewundernd an.

»Ich sehe, meine Erziehung ist nicht ohne Erfolg geblieben. Sicher, des Königs Würde ist unantastbar, dennoch haben sich einige Männer in den Kopf gesetzt, das Land ohne König Charles zu regieren.« Ich schüttelte den Kopf. Das war undenkbar! »Deshalb ist es notwendig, dass ich an der Seite des Königs bin«, fuhr Vater fort. »Ich bin sicher, du wirst in der Schule bald viele Freundinnen finden und dich unter Gleichaltrigen sehr wohl fühlen.«

In dieser Nacht lag ich lange wach und dachte darüber nach, was ich über König Charles, den Mann, der seit nunmehr siebzehn Jahren über England herrschte, wusste. Als er als zweiter Sohn von James, dem König, der England und Schottland unter einer Flagge vereinigt hatte, geboren wurde, dachte niemand daran, dass Charles eines Tages auf dem Thron sitzen würde. Zudem war Charles von Geburt an ein schwächliches Kind, das obendrein statt zu sprechen nur zu stottern begann. Selbst seine Eltern wandten sich von ihm ab, und es schien, als gäbe es für Charles keine andere Laufbahn als die eines kirchlichen Würdenträgers. Doch das Schicksal meinte es anders mit dem kleinen, schwachen Jungen. Sein Bruder Henry starb, und so wurde Charles Thronfolger. Die junge Hofdame Lady Carey kümmerte sich liebevoll um den kleinen Prinzen von Wales. Unter ihrer Erziehung, die von Wärme und Zärtlichkeit geprägt war, lernte Charles das fehlerfreie Sprechen. Auch seine spätere Würde, Ernst und Selbstvertrauen verdankte er mehr seiner Erzieherin als seinen Eltern.

Im Jahr 1623, zwei Jahre vor seiner Thronbesteigung, stattete Charles Spanien einen Besuch ab, um über seine geplante Vermählung mit der spanischen Infantin zu verhandeln. Sein Vater wünschte, durch die Heirat ein Bündnis zwischen Spanien und England herzustellen. Es wurde jedoch bald offensichtlich, dass die Spanier keineswegs die Absicht hatten, ein solches Bündnis zu schließen. So reiste Charles unverrichteter Dinge wieder ab und machte Station am französischen Hof in Paris. Hier traf er die Prinzessin Henriette Maria. Die beiden jungen Menschen entbrannten in Liebe zueinander und, kurz nachdem Charles den englischen Thron bestiegen hatte, folgte ihm Henriette Maria als seine Frau nach London. Außenpolitisch war diese Vermählung ein guter Schachzug. Frankreich und England bildeten in Europa nun ein Bündnis gegen Spanien. Einzig die Tatsache, dass die neue Königin katholisch war, erregte das Missfallen vieler protestantischer Untertanen in England. Zu deutlich war vielen noch die Erinnerung an Mary Tudor, auch »Bloody Mary« genannt, im Gedächtnis, die im Jahrhundert zuvor Tausende von Protestanten hatte hinrichten lassen, um England wieder dem katholischen Glauben zuzuführen. Niemals wieder sollte ein katholischer Herrscher auf Englands Thron sitzen! Doch Charles glaubte an das Gottesgnadentum der britischen Könige und die Autorität der anglikanischen Kirche.

Ich hatte den König ein- oder zweimal in den Straßen von London gesehen. Er war auch als erwachsener Mann von kleiner, schmächtiger Statur. Besonders in Erinnerung sind mir seine Waden geblieben, die mir so dünn wie zwei Holzstecken erschienen. Doch blickte man Charles ins Gesicht, so zweifelte niemand daran, dass er der wahre König war. Von Vater hatte ich stets nur Gutes über ihn gehört, und ich verehrte Charles seit meiner Kindheit.

So war es beschlossene Sache, dass ich meine weitere Erziehung in Violet's Abbey erhalten sollte. Auch wenn ich bis zu diesem Tag bei Vater fast immer meinen Willen durchsetzen konnte, in diesem Punkt blieb er unnachgiebig. Mutter war kurz nach meiner Geburt gestorben, und er hatte nie wieder geheiratet. In unserem großen Haus in Westminster verbrachte ich eine wunderschöne Kindheit. Vater lehrte mich nicht nur das Reiten, sondern auch Rechnen, Schreiben und Lesen. Meines Erachtens war das genug, was ich zum Leben brauchte.

»Der König hat mir die Befehlsgewalt über eine Truppe erteilt, Patricia«, sagte Vater. »Wenn in einigen Monaten die Streitigkeiten beendet sind, werde ich regelmäßig am Hof verkehren müssen. Und wenn du alt genug bist, wirst du bei Hof ebenfalls gebührend eingeführt. Da ist es erforderlich, dass du lernst, dich wie eine Dame zu benehmen.«

Pah, dachte ich, Dame! Nie würde ich still dasitzen, affektiert und mit abgespreiztem kleinem Finger die zierliche Teetasse zum Mund führen. Weshalb sollte ich tanzen lernen? Ich beherrschte die Tänze des einfachen Volkes, die bei Hochzeiten und auf der Kirmes getanzt wurden. Ich konnte Ale trinken wie ein Stallbursche und fluchen wie ein Kutscher. Warum sollte ich mehr lernen?

Wenn ich mich heute an diese Gedanken erinnere,

muss ich lächeln. Wie naiv war ich doch! Und wie voller Zorn, als ich bei den Schwestern Coke in Violet's Abbey eintraf. Dabei war es ein schönes Gebäude mit seinen roten, efeuumrankten Ziegelmauern und den Butzenglasscheiben im Tudorstil, viel schöner als unser Stadthaus! Doch mein Herz war voller Trotz. Stumm stieg ich neben Vater aus der Kutsche und starrte auf den Boden. Scheinbar ohne Interesse folgte ich Bertha Coke ins Haus und schenkte den Mädchen, die neugierig und flüsternd in der Halle standen, keinen Blick. Stolz warf ich den Kopf in den Nacken. Hier würde ich nicht lange bleiben, schwor ich mir. Bei der nächsten Gelegenheit würde ich fortlaufen. Ich würde zum König gehen und ihm mein Leid klagen. Sicher würde König Charles für meinen Kummer Verständnis haben und Vater das Kommando wieder entziehen. Dann bestünde keine Notwendigkeit mehr, mich von zu Hause fortzuschicken.

So stand ich also trotzig in dem gemütlichen Arbeitszimmer mit den alten, schweren Eichenmöbeln und der niedrigen, dunklen Balkendecke und erwiderte lustlos den herzlichen und warmen Händedruck von Bertha Coke.

»Patricia Wilborough! Es freut mich, dich in unserer Schule zu begrüßen«, sagte sie freundlich und lächelte mich an. Sie schien meine abwehrende Haltung nicht zur Kenntnis zu nehmen. »Patricia ist ein schöner Name.«

»Vater nennt mich Pat«, stieß ich hastig hervor.

»Nun, dann Pat, zumindest so lange, bis du eine junge Dame geworden bist. Sicher bist du schon sehr gespannt, wer deine Zimmergenossin sein wird. Ich bin überzeugt, ihr werdet gute Freundinnen werden.«

Sicher nicht, dachte ich, schwieg aber.

Bertha Coke griff nach einer Glocke, die auf dem Schreibtisch stand, und klingelte kurz. Einen Augenblick später öffnete sich die Tür, und das hübscheste Mädchen, das ich jemals gesehen hatte, trat ins Zimmer.

»Das ist Dorothy Blickland. Sie wird dir alles zeigen und erklären, Pat.«

Ich wich ein paar Schritte zurück und wollte gerade herausschreien, dass ich sofort wieder nach Hause möchte. Doch Dorothy nahm mich einfach bei der Hand, sah mir in die Augen und sagte:

»Es ist schön, dass du hier bist, Patricia. Du wirkst so stark! Du bist ein Mensch, zu dem ich Vertrauen haben kann.«

Mit diesen einfachen Worten hatte Dorothy auf der Stelle mein Herz gewonnen. Sie war so zierlich und zerbrechlich, ein Mensch, der in mir sofort den Beschützerinstinkt auslöste. Und so war es auch. Dorothy fürchtete sich vor allem, ob es eine kleine Spinne an der Zimmerdecke oder ein Gewitter in der Nacht war. Sie zitterte, wenn der Wind heulend um das alte Mauerwerk strich und das Gebälk zum Ächzen brachte. Dorothy war ein knappes Jahr in der Schule und kannte sich gut aus, doch innerhalb welliger Wochen wurde ich zu ihrer Beschützerin und Leitfigur. Sie lief mir wie ein kleines Hündchen nach, und mir tat es gut. Auf der anderen Seite bewunderte auch ich die Freundin. Ich war noch nie besonders eitel gewesen, doch neben Dorothy kam ich mir unscheinbar und wie ein richtiger Trampel vor. Alles an Dorothy war zierlich und elegant. Ich bewunderte ihr goldblondes Haar, das in sanften Wellen bis auf die Hüften fiel und in der Sonne leuchtete. Dagegen fand ich mein glattes, kräftiges, rotblondes Haar, das sich widerspenstig um mein, wie ich fand, zu langes Gesicht legte, hässlich. Dorothys unschuldigem Blick aus den großen blauen Augen konnte niemand widerstehen. Ihre Kleider waren von erlesener Eleganz, dabei aber für den Aufenthalt in der Schule praktisch. Nie sah ich einen Schmutzfleck auf ihrer Schürze, obwohl sie die gleichen Aufgaben wie ich erledigte. Wenn ich im Garten arbeitete, war ich binnen Minuten von Kopf bis Fuß mit Erde bedeckt, und ich brauchte Stunden, um die Fingernägel zu reinigen. Ich hatte keine Ahnung, wie Dorothy es schaffte, immer sauber und adrett auszusehen. Aber nach kurzer Zeit wusste ich: Ich wollte so werden wie sie! Nach wenigen Wochen begann ich wirklich, mich in Violet's Abbey zu Hause zu fühlen. Das Essen war gut und reichhaltig, und die Schwestern Coke nicht allzu streng. Ich teilte mit Dorothy einen kleinen Raum unter dem Dach. Unsere Betten standen links und rechts an den Wänden, daneben hatte jede einen kleinen Schrank und eine Kommode. Blickten wir aus dem Fenster, erstreckte sich vor unseren Augen ein großzügiger Landschaftspark mit alten, mächtigen Bäumen. Im Hintergrund glitzerte das Wasser eines Teichs in der Sonne, und oft hörten wir das Schnattern der Enten, die das Wasser bevölkerten. Die anderen Mädchen, alle im Alter zwischen zehn und sechzehn Jahren, waren freundlich und besaßen gute Manieren. Bereits am zweiten Tag merkte ich, dass meine sprachliche Ausdrucksweise nicht nach Violet's Abbey passte. Ich redete in der Art und Weise, wie mein Vater mit seinen Soldaten umging, nicht wie eine junge Dame aus adliger Familie. Auch meine Tischmanieren ließen zu wünschen übrig, und ich bewunderte Dorothy, wie elegant und aufrecht sie bei Tisch saß und langsam ihre Mahlzeit aß, derweil ich das Fleisch regelrecht in mich hineinschlang. Nur wenige Tage reichten, um mich zu überzeugen, dass ich auch so wie die anderen werden wollte. Mein Heimweh, meine stetigen Gedanken an Vater schwanden, und ich begann, mich in Violet's Abbey wohl zu fühlen. Nur wenn die Sonne schien und wir über einer Stickarbeit im Zimmer sitzen mussten, konnte ich meine sehnsuchtsvollen Blicke nach draußen vor den Schwestern nicht verbergen. Dagegen genoss ich die Stunden bei der Gartenarbeit. Ich lernte, welch wunderbare Kräuter Mutter Natur gedeihen ließ und für welche Unpässlichkeiten man sie verwendete. Am meisten Spaß machten mir die Gesangsstunden und der Sonntagmorgen, wenn wir nach der Messe geistliche Lieder in der Halle sangen. Solange ich denken konnte, hatte ich immer Lieder vor mich hin gesummt und auch oft mit Vater laut gesungen.

»Du hast eine sehr schöne Stimme«, lobte Mathilda Coke mich, und ich wurde rot über das Kompliment. »Wir sollten sie weiter ausbilden lassen. Wenn du willst, Patricia, gebe ich dir jeden Sonntagnachmittag eine extra Stunde.«

Glücklich stimmte ich zu. Wenn ich sang, vergaß ich manchmal alles um mich herum und ging völlig in der Melodie auf.

Vater schrieb mir lange, ausführliche Briefe. Er berichtete über seine Arbeit, die ihm viel Freude machte, und schilderte mir den König als gerechten Herrscher. Einmal im Jahr kam er mich besuchen, und zweimal hatte ich die Gelegenheit, Weihnachten bei ihm in London zu verbringen. Einige Monate nach meiner Ankunft in Violet's Abbey erhielt mein Vater einen Lohn, den er sich nie erhofft hatte: Für seine Verdienste bei der Schlacht bei Edgehill, aus der die Royalisten als Sieger hervorgegangen waren, erteilte ihm der König den Ritterschlag. Er war nun Sir Wilborough.

So vergingen die Jahre, und langsam, aber stetig wurde eine Dame aus mir. Doch je mehr Dorothy und ich über Nähen, Sticken, Tanzen und Anmutigkeit lernten, desto weniger konnten wir die Augen vor der Lage im Land verschließen. Obwohl Market Harborough, das Städtchen, das an Violet's Abbey grenzte, weit von London entfernt lag, drangen oft beängstigende Nachrichten aus der Hauptstadt zu uns. Das Volk wurde unzufrieden mit Charles, angeblich wollte der König England wieder dem Katholizismus zuführen. Daran schuld war seine Frau Henriette Maria, die französische Papistin, wie sie gehässig genannt wurde. Der König beteuerte immer wieder, er habe einen Schwur auf die anglikanische Kirche abgelegt und würde diesen niemals brechen, auch wenn er seiner Frau erlaubte, die Riten der römischen Kirche in ihren Privatkapellen auszuüben. Doch der Druck wurde immer stärker, das Parlament verweigerte ihm Gelder, die für den Krieg gegen Schottland nötig waren. Schließlich löste der König kurzerhand das Parlament auf und bediente sich selbst aus der Staatskasse.

»König von Gottes Gnaden« – so nannte er sich, und niemand durfte ihm Vorschriften machen, wie er zu regieren hatte. Bald spaltete sich das Land in zwei Lager – die einen hielten fest und treu zum König, die anderen forderten die Wiedereinsetzung des Parlaments und größere Machtbefugnis für dieses. Und schließlich drang auch nach Violet's Abbey das fürchterliche Wort *Bürgerkrieg*.

Ich erinnerte mich daran, was mein Vater gesagt hatte. Seine schlimmsten Befürchtungen wurden wahr. Familien wurden gespalten: Man war entweder für oder gegen den König. Dazwischen gab es nichts. Immer häufiger hörte man nun den Namen Oliver Cromwell. Nachdem im Jahr 1643 der König einen Sieg nach dem anderen errungen hatte, folgte am 2. Juli 1644 seine bisher größte Niederlage: Die verbündeten Armeen der Schotten und des Parlaments waren mit den königlichen Truppen, unter Führung von Prinz Rupert, des Königs Neffen, bei Marston Moor in der Nähe der Stadt York aufeinander getroffen. Die Schlacht verlief blutig und erbittert. Trotz der zahlenmäßigen Überlegenheit der Parlamentarier schien ihre Niederlage besiegelt. Dann wurde Oliver Cromwell durch einen Pistolenschuss verletzt und in die Enge gedrängt. Er richtete sich aber wieder auf und erzwang mit seinen Reitern die Wende der Schlacht, die mit der völligen Niederlage des königlichen Heeres endete.

Wir saßen alle in der Halle zusammen, als die schrecklichen Nachrichten uns erreichten.

»Mein Vater!«, schrie ich entsetzt. »Er war bestimmt dabei! O mein Gott, hoffentlich ist ihm nichts passiert!«

Dorothy nahm mich beruhigend in die Arme.

»Es wird ihm nichts geschehen sein, da bin ich sicher.

Ich bin nur froh, dass sich weder mein Vater noch mein Bruder in diesen Krieg einmischen.«

Dorothy hatte mir bereits viel von ihrem Bruder Martin erzählt. Er war sechs Jahre älter und in den Augen meiner Freundin ein wahrer Held. Dotty vergötterte ihn regelrecht, und ich war gespannt, ob ich dieses Wunder von einem Mann eines Tages wohl kennen lernen würde.

Als nach endlosen Wochen des Wartens endlich einen Brief von meinem Vater eintraf, war ich grenzenlos erleichtert. Ihm war nichts geschehen. Er hielt sich in dem Brief jedoch bedeckt, was den Krieg anging. Wahrscheinlich fürchtete er eine Zensur, so dass ich nicht wirklich erfuhr, was im Land vor sich ging. Aufs Neue betonte er, er sei sehr froh, mich in Sicherheit zu wissen, und ich solle unter allen Umständen in Violet's Abbey bleiben.

Hatten wir bisher die Kriegsereignisse nur am Rande mitbekommen, so wurden wir im Juni 1645 mitten in das Geschehen hineingezogen. Nur wenige Meilen von der Schule entfernt, bei der kleinen Stadt Naseby, standen sich die verfeindeten Heere erneut gegenüber. Es war eine furchtbare Schlacht, in der der König unterlag. Hatte er ein Jahr zuvor bei Marston Moor nur seine Armee verloren, bei Naseby verlor er den Krieg. Zwar hielten sich im Westen noch royalistische Anhänger, vor allem in Wales und Cornwall, doch sie waren zerstreut und entmutigt. Zudem war den Parlamentariern umfangreiche Korrespondenz des Königs, die seinem Ansehen weiter schadete, in die Hände gefallen. König Charles hatte geplant, das Ausland in den Bürgerkrieg zu verwickeln. Seine Kontakte zu den aufständischen

Katholiken in Irland bestärkten das Parlament in seinen Bemühungen, England von den Papisten freizuhalten. Dem König gelang die Flucht, und ich bangte erneut um meinen Vater.

Einen Tag nach der verheerenden Schlacht traf ein Trupp Rundköpfe, wie die Armee von Oliver Cromwell auf Grund ihres Haarschnitts genannt wurde, in Violet's Abbey ein. Wir Schülerinnen zogen uns sicherheitshalber in die Zimmer zurück und harrten der Dinge, die da kommen sollten.

»Was werden sie mit uns tun?«, fragte Mary ängstlich.

Ihre Angst war nur zu verständlich, waren wir doch alle Töchter aus adligen Häusern. Unsere Väter standen auf der Seite des Königs, hatten teilweise, so wie mein Vater, neben ihm gekämpft.

»Wir sind ja noch Kinder«, sagte ich und bemühte mich um einen beherzten Tonfall. »Man wird uns nichts tun!«

Tatsächlich hatten die Rundköpfe kein Interesse an den Schülerinnen. Ihnen ging es vielmehr darum, in Violet's Abbey eine Unterkunft für die Verwundeten einzurichten.

»Es ist Eure christliche Pflicht, den Männern zu helfen«, sagte der Anführer der Truppe zu Bertha und Mathilda Coke, die aufrecht und stolz vor ihm standen.

»Ihr scheint zu vergessen, Oberst, dass wir ausschließlich junge Mädchen, beinahe noch Kinder, im Haus haben«, antwortete Mathilda Coke mit fester Stimme. »Der Anblick von verwundeten Männern ist wohl nicht gerade das, was man jungen Damen zumuten sollte.«

Der Oberst lachte laut auf.

»Junge Damen? Ach, die Zeiten sind vorbei. Keines Eurer Mädchen wird am Hof des Königs tanzen! Je eher sie mit dem wahren Leben konfrontiert werden, desto besser!«

»Aber die Bekleidung der Männer lässt sicherlich zu wünschen übrig! Wir können das nicht verantworten«, warf Bertha ein.

»Hier hat nur einer etwas zu verantworten, Miss!«, polterte Oberst Templeton los. »Ich habe es auf die freundliche Art versucht. Wenn Ihr jedoch Widerstand leistet, sehe ich mich leider gezwungen, das Haus zu beschlagnahmen! Das Recht dazu ist auf unserer Seite.«

Bertha Coke war keinen Schritt zurückgewichen. Fest blickte sie dem Mann in die Augen.

»Tut, was Ihr tun müsst«, sagte sie leise. »Aber wir werden unsere Schülerinnen vor eventuellen Zugriffen Eurer Männer zu schützen wissen.«

Die Schwestern wandten sich hocherhobenen Kopfes um und verließen die Halle. Dorothy, Mary und ich hatten uns hinter der Balustrade im ersten Stock versteckt und das Gespräch mit angehört. Dorothy zitterte vor Angst.

»Was wird nun geschehen?«, flüsterte sie.

Ich versuchte ihr beruhigend übers Haar zu streichen, konnte jedoch das Zittern meiner Hände nicht verbergen.

»Pst, es wird schon alles gut werden.«

Innerhalb der nächsten Stunden herrschte ein unbeschreibliches Durcheinander in den alten Mauern. Im

Speisesaal mussten wir die Tische und Stühle forträumen. Bereits am Abend trafen die ersten Verwundeten ein, und bald reihte sich eine Trage an die andere. Der Oberst sprach in der Halle zu allen Mädchen:

»Jeder von euch werden Aufgaben zugeteilt. Es gilt, zuerst die Verwundeten zu versorgen und ihre Schmerzen zu lindern. Wir werden dann die Verletzten nach und nach abtransportieren.«

Entsetzt sahen wir uns an. Bisher hatte es in unserem Leben nur erfreuliche Dinge gegeben. Mit Schmerzen, Wunden und sogar Toten waren wir alle noch nie konfrontiert worden.

»Ich will nach Hause«, weinte Catharine, die vierzehnjährige Tochter eines Landedelmannes aus Yorkshire. »Wenn meine Eltern wüssten, welchen Zumutungen wir hier ausgesetzt sind, würden sie mich sofort abholen kommen!«

Doch Oberst Templeton hatte jeglichen Briefverkehr untersagt.

»Wir befinden uns im Krieg«, brüllte er laut und vernehmlich.

Wir drückten uns an die Wände des Speisesaals. Keine von uns war ohne Angst. Einzig die Schwestern Coke schienen über den Dingen zu stehen. Mit ruhigen und ausdruckslosen Gesichtern erteilten sie ihre Anweisungen. Sie hatten sich in die Situation gefügt, und ich wusste, wir mussten es ihnen gleichtun. Es blieb uns keine andere Wahl.

Erschüttert gingen Dorothy und ich durch die Reihen der Verwundeten. Dorothy klammerte sich an meinen Arm. Sie war schneeweiß im Gesicht.

»Ich kann das nicht«, stammelte sie und übergab sich im nächsten Augenblick in eine Ecke. Ich hielt ihren Kopf.

»Wir müssen da durch, Dotty! Ich finde es auch schrecklich. Aber am schlimmsten ist es, dass die Männer hier unsere Feinde sind. Ich weiß nicht, wie es meinem Vater geht, ob er überhaupt noch lebt. Vielleicht hat ihn einer dieser Soldaten sogar getötet!

Eine unbändige Wut stieg in mir hoch. Was hatte ich, verdammt noch mal, mit diesem Krieg zu tun? Ich war ein Mädchen von gerade dreizehn Jahren, das auf ihre Rolle in der Gesellschaft vorbereitet wurde. Ich hatte keine Lust auf Eiter und Blut. Ach Vater, betete ich stumm, bitte, komm bald und hol mich hier raus!

Ich biss die Zähne zusammen und machte mich an die Arbeit. Wir wuschen Wunden aus, die eiterten und von dicken, schwarzen Fliegen besetzt waren, und legten notdürftige Verbände an. Bereits nach zwei Tagen war der gesamte Vorrat der Schule an Leintüchern und Handtüchern, die zu Binden zerrissen wurden, aufgebraucht. Dorothy hielt die Köpfe der stinkenden Männer, damit die verdorrten Lippen trinken konnten. Sie goss Wasser über fiebrige heiße Stirnen und in offene Wunden, um den Eiter herauszuspülen. Angespannt beobachtete ich Dorothy. Meine Sorge, sie würde jeden Moment umkippen, erwies sich jedoch als unbegründet. Zwar schüttelte sie sich vor Ekel, doch in ihrem weichen Herz regte sich mit jeder Stunde mehr Mitleid für die Männer.

»Es ist ganz egal, auf welcher Seite sie stehen. Es sind Menschen, denen wir helfen können, ihre Schmerzen ein wenig zu lindern.«

Ich konnte ihre Meinung nicht teilen. Für mich waren die Männer Feinde, und ich sah in den Wunden und Verletzungen die gerechte Strafe für ihr Handeln.

Meine Freundin wuchs in diesen Tagen über sich hinaus. Wir arbeiteten von Sonnenaufgang bis spät in die Nacht. In den wenigen Stunden, in denen wir ruhen durften, weinte Dorothy sich in den Schlaf.

Täglich hallte der Ruf: »Der hier ist tot, schafft ihn hinaus!« durch die Halle.

Im Obstgarten wurde ein Friedhof angelegt, wo sich bald ein namenloses Grab an das nächste reihte. Eine gespenstische Stille legte sich über diesen Teil des Parks. Nie wieder würden wir in den Nachmittagsstunden hier unbeschwert herumtollen und Fangen spielen.

Überhaupt hatte sich ganz Violet's Abbey verändert. Alle Kühe, Schweine und Hühner wurden von Oberst Templeton geschlachtet. Die Männer brauchten etwas zu essen. Die Gesunden der Truppe kampierten in den Gärten und verwandelten den Rasen in ein einziges Schlachtfeld. Der Oberst selbst inspizierte die Räume und eignete sich alles Wertvolle an.

»Das ist eine Schule für Mädchen aus verräterischen Familien«, sagte er kalt. »Die Zeiten des Luxus und des Prunks sind vorbei. Statt die Kinder von kostbaren Tellern essen zu lassen, tätet Ihr besser daran, ihnen Gottesfürchtigkeit und Gehorsam zu lehren.«

Bertha Coke senkte stumm den Kopf. Was sollte sie auch sagen oder tun? Die Parlamentarier waren eindeutig am längeren Hebel. Wir wollten nur, dass die Männer so schnell wie möglich wieder abzogen.

Vier Wochen mussten wir warten. Vier lange, endlose und qualvolle Wochen. Wir Mädchen waren alle am Rande unserer Kräfte. Es erschreckte mich, dass sich mit der Zeit eine Art Abstumpfung bemerkbar machte. Es war zur Routine geworden, Menschen sterben zu sehen. Ich war erschüttert, als ich dachte: Gut so, wieder ein hungriges Maul weniger.

Dann trafen Wagen ein, und die Verwundeten wurden nach und nach abtransportiert. Wohin, sagte man uns nicht. Es interessierte uns auch nicht. Wir wollten nur wieder Ruhe haben. Dennoch wussten wir, nach diesen Wochen würde unser Leben niemals wieder so unbeschwert sein wie zuvor.

Als endlich alle weg waren und der letzte Wagen Violet's Abbey verlassen hatte, starrten wir auf die Verwüstungen, die die Soldaten hinterlassen hatten. Plötzlich ergriff Mary meine und Dorothys Hand, sie juchzte befreit auf, und wir tanzten ausgelassen durch die Halle.

Bertha Coke klatschte in die Hände und rief:

»Jetzt machen wir hier sauber, und heute Abend gibt es ein Festmahl. Ein wenig haben die Barbaren uns ja noch übrig gelassen!«

Dorothys Eltern hatten von den Ereignissen in Violet's Abbey erfahren. Sie schrieben, Dotty solle sofort für einige Wochen nach Hause kommen. Ihre Augen leuchteten, als sie den Brief las.

»Und du kommst mit, Pat!«, rief sie.

Ich nahm dankbar an. Noch immer hatte ich keine Nachricht von meinem Vater erhalten. Ja, es war wirklich das Beste, die Schule für einige Zeit zu verlassen. Vielleicht würden wir dann alles vergessen können.

Der Landsitz Blickland Hall lag idyllisch vor den Toren Oxfords. Ich mochte das alte große Fachwerkhaus sofort. Es strahlte eine heimelige Atmosphäre aus. Hier war von den schrecklichen Kriegsereignissen weit und breit nichts zu bemerken.

Lady Elisabeth und Sir William Blickland begrüßten mich wie eine eigene Tochter und taten alles, damit wir uns erholen konnten. Hätte mich nicht die Sorge um meinen Vater beunruhigt, wäre ich richtig glücklich gewesen.

»Es ist so schön, dass Dorothy eine Freundin gefunden hat«, sagte Dorothys Mutter. »Betrachte bitte unser Haus von heute ab auch als dein Heim, Patricia. Du bist uns immer willkommen!«

Wir verlebten wundervolle Wochen. Bereits am ersten Abend konnte ich Dottys Begeisterung für ihren Bruder Martin teilen. Er war groß und schlank. Sein muskulöser Körper bewies, dass er sich viel zu Pferd und im Freien aufhielt. Dementsprechend gebräunt war sein Gesicht, das manchmal einen ernsten, nachdenklichen Ausdruck zeigte, der nicht ganz zu einem erst Zwanzigjährigen passte. Er trug sein blondes Haar recht kurz geschnitten, und in den grünen Augen funkelten goldene Sprenkel. Um es kurz zu sagen: Nach einer Woche hatte ich mich in Martin Blickland verliebt. Sicher, ich war eigentlich noch ein Kind, aber nur beinahe! Martin behandelte mich nicht als solches.

Das Wetter meinte es gut mit uns, und so ritten wir

drei täglich zusammen aus. Martin war ein großartiger Reiter, er beherrschte das Pferd mit leichtem Schenkeldruck. Nun, ich konnte es ihm fast gleichtun. So kam es, dass wir Dotty regelmäßig abhängten.

»Auf! Wir galoppieren um die Wette!«, rief Martin. »Wer zuerst bei der alten Kate ist, hat gewonnen!« Und schon preschte er los.

Aber ich hielt mit. Wir kamen fast gleichzeitig bei der Hütte an, und Martin wischte sich lachend über die schweißnasse Stirn.

»Du reitest sehr gut, Patricia«, bemerkte er anerkennend. »Kaum zu glauben, dass du erst dreizehn bist!«

»Mein Vater hat es mir beigebracht. Wir sind früher immer zusammen ausgeritten. Außerdem ...«, auf meiner Stirn bildete sich eine Falte, ich schluckte und fuhr fort: »... die Schlacht von Naseby ist weder an Dotty noch an mir spurlos vorübergegangen. Manchmal habe ich das Gefühl, als sei ich in den Wochen um Jahre gealtert.«

Natürlich hatten wir mit der Familie über alles gesprochen. Während Lady Elisabeth entsetzt aufstöhnte und immer wieder: »Oh, mein Gott, wie schrecklich!«, jammerte, war Martin stumm geblieben. Jetzt griff er nach meiner Hand.

»Es ist schlimm, was ihr erlebt habt. Aber ich denke, man kann nicht früh genug auch die Schattenseiten des Lebens kennen lernen. Es ist nicht gut, wenn man sich zu lange Illusionen hingibt. Irgendwann muss nämlich jeder erwachen, je früher, desto besser.«

Verwirrt starrte ich Martin an. Mir kam es vor, als habe er gar nicht zu mir gesprochen. Sein Blick ging in die Ferne, und um seinen Mund lag ein missbilligender

Zug.

»Martin?«, flüsterte ich.

Er wandte sich mir zu. Sein Gesichtsausdruck wurde wieder freundlich, der nachdenkliche Ausdruck war verschwunden, und er lächelte mich an.

»Du bist wirklich ein besonderes Mädchen, Patricia. Und ein sehr hübsches dazu.«

Ja, das war der Martin, den ich kannte. Kein Schatten lag mehr zwischen uns.

Er hielt Ausschau nach seiner Schwester. Dorothy trabte auf ihrer Stute langsam auf uns zu.

»Sie braucht noch etwas Übung«, lachte er. »Komm, wir wollen ihr entgegenreiten.«

So verliefen die Tage in völliger Harmonie. Der August verwöhnte uns mit Sonne und hohen Temperaturen. An den Wochenenden veranstalteten Lord und Lady Blickland Gartenpartys, an denen wir, obwohl noch so jung, teilnehmen durften. Martin tanzte regelmäßig mit mir. Unnötig zu sagen, dass er auch hier eine glänzende Figur machte. jetzt wusste ich, warum ich in den letzten Jahren Tanzstunden genommen hatte. Vater hatte Recht gehabt: Man konnte einem Mann zwar imponieren, wenn man eine gute Reiterin war. Beim Tanzen jedoch kam ich Martin viel, viel näher. Danke, Papa, sagte ich insgeheim und wünschte mir, er könnte jetzt bei mir sein und an meinem Glück teilhaben.

In der Nacht nach dem letzten Fest kam Dotty in mein Zimmer geschlichen. Sie setzte sich auf mein Bett und nahm meine Hand.

»Pat, weißt du, dass ich sehr glücklich bin?«

Ich drückte ihre Hand.

»Ich hoffe es!«

»Ach, Pat, Martin mag dich, da bin ich ganz sicher! So wie dich hat er noch nie ein Mädchen behandelt!« Mein Herz schlug heftig. Gut, dass es im Zimmer dunkel war, sonst hätte Dotty sehen können, wie mir die Röte in die Wangen stieg. Wollte meine Freundin das Gleiche andeuten, an das ich in den letzten Tagen auch gedacht, nein, gehofft hatte. »Wäre es nicht schön, wenn du immer in Blickland Hall leben würdest?«, fuhr Dotty fort.

»Daran zu denken, ist es wohl noch etwas früh«, wandte ich ein. »Wir werden noch einige Jahre zur Schule gehen.«

»Ich mache mir da keine Sorgen. Mein Bruder hat dich wirklich gern, Pat. Stell dir vor, wenn du ihn heiratest, werden wir richtige Schwestern!«

Mein Herz schlug einen Trommelwirbel nach dem anderen. Ja, ich war verliebt in Martin Blickland, und die Vorstellung, ihn zu heiraten, war verlockender als alles andere auf der Welt. Hatte ich wirklich erst vor kurzer Zeit gedacht, meinen Vater niemals verlassen zu können? Die Liebe veränderte alles.

Wir blieben bis Ende September. Dann waren die unbeschwerten Sommermonate zu Ende, und wir kehrten nach Violet's Abbey zurück.

Die schrecklichen Wochen der Besetzung würden wir alle niemals vergessen, doch das Leben ging weiter. Wir setzten unseren Unterricht fort, und mit den Monaten zog auch das Lachen wieder in der Schule ein. Nach der Schlacht bei Naseby schien der Bürgerkrieg vorbei zu sein, zumindest die Kämpfe hatten ein Ende gefunden. Der König war zuerst nach Oxford, dann in den Norden nach York geflüchtet. Seine Gattin, Königin Henriette Maria, verließ England mit ihrem Sohn Charles, dem Prinzen von Wales. Sie setzten in die Niederlande über, um dort finanzielle und militärische Hilfe für die Sache des Königs zu erbitten. Der Neffe des Königs, Prinz Rupert von der Pfalz, erlitt eine vernichtende Niederlage in Bristol und musste die Stadt nach einer Belagerung beinahe kampflos den Feinden überlassen. Prinz Rupert gelang die Flucht zu seinem Onkel, der inzwischen in York eingetroffen war. Es hieß, er stehe in Verhandlungen mit den Schotten. Diese sollten ihn mit einem riesigen Heer unterstützen, dafür würde der König Zugeständnisse gegenüber der schottischen katholischen Kirche machen. Außerdem knüpfte König Charles Kontakte zu Irland und bat auch dort um Unterstützung durch ein Heer. Besonders die Zugeständnisse an die katholische Kirche machten Oliver Cromwell in höchstem Maße wütend. Das war in den Augen der Parlamentarier Verrat an der anglikanischen Kirche, hatte der König bei seiner Krönung doch geschworen, die Grundsätze und Regeln der englischen Kirche immer zu respektieren.

Dies alles erfuhren wir meistens erst mit wochenlanger Verzögerung. Natürlich harrten wir der Dinge, die in England geschahen.

Aber eigentlich waren wir glücklich und zufrieden, solange nicht wieder eine Schlacht in der Nähe von Violet's

Abbey stattfand.

Der glücklichste Moment für mich war, als ich endlich einen Brief von meinem Vater erhielt:

Sorge dich nicht um mich, mein Kind, schrieb er. *Ich bin an der Seite des Königs. Er braucht jetzt jede Unterstützung. Ich weiß nicht, wann wir uns wieder sehen können. Zu meinem großen Entsetzen musste ich erfahren, dass die Parlamentarier unser Haus in London konfisziert haben. Aber sobald der König seine Macht wiedererlangt hat, wird alles in Ordnung kommen.*

Patricia, mein Mädchen, sollte mir etwas geschehen, wende dich bitte an deinen Onkel Jonathan Hughes. Er ist der Bruder deiner Mutter und, soweit mir bekannt, dein einziger Verwandter. Zuletzt lebte er in der Stadt Lostwithiel in Cornwall.

Ich schrie auf und presste den Brief an meine Brust. *Sollte mir etwas geschehen* ... Nein, daran durfte mein Vater nicht einmal denken, geschweige denn diese Worte zu Papier bringen!

»Du wirst zurückkommen, Papa«, flüsterte ich und wischte mir eine Träne aus dem Augenwinkel. Zum ersten Mal hörte ich von der Existenz eines Onkels, wollte das aber sofort wieder vergessen. Sicher würde es niemals nötig sein, ihn aufzusuchen, denn mein Vater käme bestimmt bald zu mir zurück.

Im Sommer 1646 begleitete ich Dorothy wieder nach Blickland Hall. Voller Freude begrüßte ich Martin, den ich im letzten Jahr nicht vergessen hatte. Doch bereits am ersten Abend fiel mir auf, dass der angespannte Gesichtsausdruck sich vertieft hatte. Auch schien Martin viel von seiner Fröhlichkeit eingebüßt zu haben.

»Was ist denn mit deinem Bruder los?«, fragte ich Dorothy, als wir uns zurückgezogen hatten.

Sie sah mich mit ihren großen blauen Augen unschuldig an.

»Warum?«

»Nun, ich finde, er hat sich seit letztem Jahr verändert. Beim Abendessen schien er mir etwas bedrückt zu sein.«

Dorothy schüttelte den Kopf.

»Ach nein, das meinst du nur, weil wir ihn so lange nicht mehr gesehen haben. Aber sieht er denn nicht göttlich aus?«

Ich lachte und umarmte die Freundin. Dorothy bewunderte nicht nur ihren großen Bruder, sie betete ihn regelrecht an.

Wir verlebten erneut schöne Tage mit langen Ausritten und Picknicks unter schattigen Bäumen. Martin war stets höflich und zuvorkommend. Doch ich war nicht davon abzubringen: Irgendetwas hatte ihn verändert.

Ich war ungefähr drei Wochen in Blickland Hall, als es zum Eklat kam. Wir hatten Martin den ganzen Tag über nicht gesehen. Als wir uns zum Dinner setzten, blickte Sir William vorwurfsvoll auf die Uhr.

»Wo ist denn der Junge?«, fragte er barsch.

Seine Frau zuckte die Schultern. Im selben Moment wurde die Tür aufgerissen, und Martin stürmte erhitzt herein.

»Entschuldigung«, murmelte er und setzte sich auf seinen Platz.

»Wie siehst du denn aus?«, herrschte sein Vater ihn an. Tatsächlich trug Martin noch Reitkleidung, sein Gesicht war ungewaschen, und das Haar hing ihm wirr in die Stirn.

Martin griff ungerührt nach der Schüssel mit den Kartoffeln und häufte sie sich auf den Teller.

»Ich war bei einer Versammlung in Oxford«, sagte er. »Es hat etwas länger gedauert. Ich habe mich bereits entschuldigt.«

Sir William schlug die Faust krachend auf den Tisch.

»Bei einer Versammlung? Habe ich dir nicht untersagt, dich mit diesen Leuten zu treffen?«

Ich sah unbehaglich zu Dorothy hinüber. Am liebsten hätte ich das Zimmer verlassen. Ein Streit zwischen Martin und seinem Vater ging mich nichts an. Die Situation erschien mir furchtbar peinlich.

»Sollen wir gehen?«, flüsterte ich Dorothy zu. Sir William hatte es gehört.

»Nein, bleibt hier! Ihr seid alt genug zu erfahren, dass mein einziger Sohn und Erbe mit den Rundköpfen sympathisiert.«

Martin aß ungerührt weiter, dann sagte er:

»Vater, ich habe dir bereits ein Dutzend Mal erklärt, dass diese Männer durchaus plausible und gute Ansichten haben. Wir können unsere Augen vor der politischen Lage in England nicht länger verschließen.«

»Aber du opponierst gegen den König, Martin«, mischte sich nun Lady Elisabeth ein.

Martin lachte laut auf.

»Den König?«, fragte er. »Oh, ich habe den König gesehen, als er in Oxford Hof gehalten und mit ausländischen Mächten verhandelt hat, um unser England zu vernichten. Wenn ihr vom König sprecht, meint ihr diesen kleinen, schwachen Mann, der sich völlig seiner katholischen Hure untergeordnet hat? Das Volk blutet unter den Steuern, die Charles für sinnlose Kriege und papistischen Kram erhebt. Er und seine Frau leben jedoch in Saus und Braus!«

Ich hielt die Luft an. Dorothy erbleichte und starrte Martin mit großen Augen an. Auf Sir Williams Stirn begann eine Zornesader zu schwellen. Langsam erhob er sich von seinem Stuhl, stützte sich auf den Tisch und blickte seinem Sohn fest in die Augen.

»Ich will solche Reden in meinem Haus niemals wieder hören! König Charles hat die englische Kirche immer respektiert. Was die Puritaner anstreben – ein Land, das nur vom Parlament, ohne König, regiert wird –, ist einfach hirnverbrannt und absolut unmöglich! Und ich bete jeden Tag zu Gott, dass der König am Ende siegreich sein wird.«

»Und England wird wieder papistisch«, fiel Martin ihm ins Wort. »Denn das wird der Preis sein, den wir für eine schottische oder irische Unterstützung zahlen müssen. Nein, ich werde alles tun, um das zu verhindern.«

»Aber nicht in diesem Haus!«, schrie Sir William.

Martin stand nun ebenfalls auf.

»Gut, Vater, du kommst mir zuvor. Ich hatte sowieso vor, mich nach London an die Seite von Cromwell zu begeben. Ich denke, er braucht Männer, die seine Sache voll und ganz unterstützen. Es ist an der Zeit, dass dieser Krieg beendet und der König in die Knie gezwungen wird. Wir sind kurz vor dem Ziel. Und dann wird ein neues, starkes und großes England erblühen.«

»Verschwinde aus meinem Haus!«

Ich klammerte mich an der Tischkante fest. Lady Elisabeth flüsterte mit Tränen in den Augen:

»William, er ist doch unser Sohn!«

Martin hatte bereits die Türklinke in der Hand. Er drehte sich noch einmal um. Sein Blick fiel auf Dorothy und mich. Er schenkte uns ein trauriges Lächeln, zögerte, als wolle er noch etwas sagen, doch er schwieg. Dann verließ er das Zimmer.

»Ich denke, das Dinner ist beendet«, sagte Sir William. Seine Gesichtsfarbe hatte von rot in kalkweiß gewechselt. Lady Elisabeth weinte in ihr Spitzentaschentuch.

»Komm, Dotty«, flüsterte ich und zog meine, immer noch vor Schreck erstarrte, Freundin aus dem Raum. Verstört ließ sie sich auf ihr Bett fallen.

»Wie kann er nur so sprechen?«, fragte sie. »Der König ist doch der König! Man kann doch einen König nicht einfach absetzen!«

»Man kann, o ja, diese Leute können das!«, brummte ich. »Dieser Oliver Cromwell ist ein furchtbarer Mensch! Ich wünsche ihm die Pest an den Hals!« Mein lieber Papa, dachte ich, wo bist du nur in dieser schweren Zeit?

In dieser Nacht konnte ich nicht einschlafen. So hörte ich das leise Klopfen an der Tür sofort. Als ich öffnete, erkannte ich überrascht Martin. Er schlüpfte schnell in mein Zimmer. Ich war so überrumpelt, dass ich seine Unschicklichkeit, wie er so einfach in mein Zimmer eindrang, gar nicht registrierte und ihm nicht verwehrte.

»Pat, du kannst mich sicher auch nicht verstehen. Darum möchte ich dir etwas zeigen. Kommst du morgen bei Sonnenaufgang zu den Ställen?«

Verwirrt starrte ich ihn an und nickte automatisch. Noch nie zuvor war er mir so attraktiv, so liebenswert wie in diesem Moment erschienen. Am liebsten hätte ich meine Arme um ihn geschlungen, mein Gesicht an seiner Brust vergraben und ihn angefleht, sich wieder mit seinem Vater zu versöhnen. Doch genauso schnell wie Martin in mein Zimmer gekommen war, war er auch wieder weg. Sicher verbrachte er die Nacht in den Stallungen.

Ungeduldig wartete ich auf das Morgenlicht. Natürlich hatte ich kein Auge zugetan. Im Haus schliefen noch alle, als ich mich durch eine Nebenpforte nach draußen schlich.

Martin erwartete mich bereits mit der gesattelten braunen Stute, die ich während meines Aufenthalts in Blickland Hall immer ritt. Ich saß auf und folgte ihm schweigend aus dem Hof hinaus. Nach einer Stunde hatten wir Grund und Boden von Blickland Hall hinter uns gelassen.

»Wir sind gleich da. Es ist schön, dass du gekommen bist, Pat.«

Es waren die ersten Worte, die Martin sprach. Wenig später konnte ich am Waldrand einige Katen erkennen. Martin hielt die Pferde vor einer kleinen, strohgedeckten Hütte an. Zielsicher steuerte er auf die Tür zu.

»Komm«, forderte er mich auf, ihm zu folgen.

Ich bückte mich, um durch die niedrige Tür in einen dunklen Raum zu gelangen. Meine Augen brauchten einige Zeit, um sich an das diffuse Licht zu gewöhnen. Hörbar zog ich die Luft ein. Martin hatte es bemerkt.

»Das riecht hier nicht nach Rosenwasser, nicht

wahr?«, sagte er, und ich bemerkte den Zynismus in seiner Stimme. Langsam schaute ich mich in der Hütte um. Sie bestand aus einem einzigen Raum, der vom Qualm der offenen Feuerstelle schwarz war. Entsetzt erkannte ich zwölf Menschen, die an den Wänden kauerten. Dazu kamen noch eine Ziege und drei Hühner, die neben dem Feuer Platz gefunden hatten. Die Menschen starrten uns aus großen Augen an.

»Sir Martin«, hörte ich eine dünne Stimme. Es dauerte einen Moment, bis ich den Sprecher ausgemacht hatte. Es war ein schmächtiger, alter Mann, der sich nun langsam erhob und auf uns zukam. »Es ist jedes Mal eine Freude, wenn Ihr uns besucht.«

Martin wandte sich zu mir um.

»Das ist John Waites«, sagte er und deutete auf den Alten. »Vor einigen Monaten hat er seine Kate verloren, weil er die Pacht nicht bezahlen konnte. Es gab eine Missernte. Nun wohnt er mit seiner Familie bei Freunden, die ihn großherzig aufgenommen haben. Ach übrigens, Pat, John ist noch keine dreißig Jahre alt.«

Entsetzt starrte ich auf die Menschen. Plötzlich wurde es mir übel, und der Raum begann sich um mich zu drehen. Ich rannte aus der Hütte, klammerte mich an einen Baum und atmete tief durch. Ich musste an Naseby denken, es war derselbe Gestank, die gleichen ausgemergelten Gesichter. Martin folgte mir wenig später.

»Warum hast du das getan?«, fragte ich ihn ärgerlich. Langsam ging es mir besser, und die Farbe kehrte in meine Wangen zurück.

»Wir können auch die anderen Katen besuchen«, sagte Martin ernst. »Du wirst überall Menschen zusammengepfercht wie Vieh leben sehen. Meistens wissen sie nicht einmal, woher sie die nächste Mahlzeit nehmen sollen, ganz zu schweigen von den Steuern, die der königliche Eintreiber Jahr für Jahr fordert. Wenn sie nicht zahlen können, dann verlieren sie das Land mit allem, was darauf ist. Wenn sie unter großen Entbehrungen das Geld doch aufbringen, ist es wieder ein Shilling mehr, den der König für die katholischen Kapellen seiner Frau ausgeben kann. So wie hier sieht es im ganzen Land aus.«

Ich setzte mich ins Gras. Der Tau drang durch meine Röcke, doch es störte mich nicht. Ich begann zu verstehen.

»Darum willst du zu Cromwell gehen?«

Martin nickte.

»Er ist der Einzige, der diese Zustände ändern kann. Er ist ein hervorragender Feldherr und ein noch besserer Politiker.«

»Aber auch das Parlament muss Steuern erheben«, wandte ich ein.

Martin ergriff meine Hand und drückte sie.

»Ich wusste schon immer, dass du ein außergewöhnliches Mädchen bist, Pat. Wenn ich mit dir spreche, vergesse ich wirklich, wie jung du noch bist. ja sicher, Steuern wird und muss es immer geben. Doch es sollen alle Menschen gerecht besteuert werden, jeder seinem Einkommen entsprechend. Nur wenn alle gleich sind, kann unser Volk etwas erreichen. Weißt du, was Oliver Cromwell gesagt hat? ›*Ich habe einen Traum von einer großen Nation, aufblühend, gottesfürchtig und gute Gesetze. Stark und respektiert von der Welt. Das ist das England, das ich will.*‹ Pat, das ist auch das, was ich will. Darum muss ich gehen und Cromwell meine Unterstützung geben. Verstehst du mich?«

Ich schüttelte heftig den Kopf. Sicher, die Menschen, die ich eben gesehen hatte, waren erbarmungswürdig. Doch so lebten ja nicht alle. Armut und Elend würde es immer geben, egal wer das Land regiert. Ich verstand nur, dass Martin gehen würde. Damit neigten sich meine schönen Tage auf Blickland Hall dem Ende zu, denn ohne Martin würde es für mich keinen Spaß mehr geben.

»Ich verstehe das alles nicht!«, rief ich heftig und sprang auf. »Ich weiß nur, dass ich alle, die ich liebe, durch diesen blöden und unsinnigen Krieg verliere! Meinen Vater, dich! Ach, es ist mir egal, wer regiert. Ich möchte nur in Frieden leben!« Die Tränen stürzten mir nur so aus den Augen.

Mit einem Schritt war Martin neben mir, umarmte mich, und ich schmiegte mich an seine Brust. Wie oft hatte ich von einem solchen Augenblick geträumt, ihm einmal so nahe zu sein. Doch unter welchen Umständen lag ich nun in seinen Armen! Es war ein Abschied.

»Kleine Pat! Schade, dass du noch so jung bist«, sagte er zärtlich. »Wir müssen beide unseren Weg gehen. Aber eines Tages ... wenn du älter bist ...«

Ich sah auf. Martin wischte mir zart die Tränen aus dem Gesicht. Sein Mund kam immer näher, und dann küsste er mich. Ich hielt vor Schreck die Luft an. Es war mein erster Kuss, schließlich war ich erst vierzehn Jahre alt. Sanft streichelte Martin über mein Haar und murmelte zärtliche Worte.

»Wir reiten jetzt zurück«, sagte er nach einigen Minuten. Minuten, die mich selig machten. »Ich bringe dich bis in Sichtweite des Hauses. Es ist besser, wenn ich meinem Vater nicht mehr unter die Augen komme.«

»Ich gehe mit dir, Martin«, flüsterte ich, immer noch unter dem Einfluss der überwältigenden Gefühle in mir. »Nimm mich mit!«

»Ach Pat! Kleine, süße Pat! Wir sehen uns wieder ... irgendwann. Und dann wird England ein blühendes Land sein, in dem es keine Ungerechtigkeit mehr geben wird.«

Bis wir wieder Blickland Hall erreichten, schwiegen wir. Martin schenkte mir einen letzten zärtlichen Blick. Dann wendete er sein Pferd und ritt in den Sonnenaufgang hinein. Betrübt und mit einem Herzen, das vor Sehnsucht schmerzte, sah ich ihm nach. Würde ich ihn jemals wiedersehen?

Im Januar 1647 wurde König Charles von den Schotten für 400 000 Pfund an das Parlament ausgeliefert. Das war das endgültige Ende des Bürgerkriegs, es gab nun keine Schlachten mehr. Lord Manchester verhandelte mit dem König über den Frieden, dem der König aber nur zustimmen wollte, wenn die Armee des Parlaments aufgelöst würde. Der Lord war schon beinahe bereit zuzustimmen, als Oliver Cromwell lautstark einen Abbruch der Verhandlungen forderte. Cromwell! Immer wieder Cromwell! Er setzte sich durch, und der König wurde auf der Insel Wight gefangen gesetzt.

So sehr ich das Ende des Krieges begrüßte, umso mehr sorgte ich mich um meinen Vater. Wieder hatte ich seit Monaten keine Nachricht von ihm erhalten. Wo war er? Noch an der Seite des Königs?

Die ganzen Ereignisse der letzten Jahre waren an mir vorbeigezogen, als ich an diesem wundervollen Sommermorgen am Fenster unseres Zimmers in Violet's Abbey stand. Dorothy begann sich im Bett zu regen.

»Guten Morgen«, rief ich. »Es ist ein herrlicher Tag!«

»Hm ...«, brummte sie und rieb sich verschlafen die Augen. »Du bist schon wach?«

Unbeschwert wuschen wir uns mit dem kalten Wasser und kleideten uns an. Gerade als wir zum Frühstück in den Speisesaal hinabgehen wollten, rief mich Anna, eine Mitschülerin.

»Patricia, Miss Bertha Coke möchte dich sprechen.«

»Jetzt?«, fragte ich erstaunt.

Anna nickte.

»Ja, noch vor dem Frühstück. Du sollst sofort in ihr Arbeitszimmer kommen.«

Seufzend dachte ich an das Frühstück und bat Dorothy, mir etwas aufzuheben und in unser Zimmer zu bringen. Was konnte Miss Coke nur von mir wollen? Wenige Minuten später wusste ich es. Als Miss Coke mich ernst ansah, galt mein erster Gedanke meinem Vater.

»Papa ...?«, flüsterte ich erregt.

»Nein, nein, Patricia. Oder – doch, ja. Es hat mit ihm zu tun.«

»Habt Ihr Nachricht von ihm? Ist er am Leben?«, fragte ich atemlos.

Sie bedeutete mir, auf einem Stuhl Platz zu nehmen.

»Beruhige dich, Kind! Nein, ich habe keine Nachrichten von deinem Vater, weder gute noch schlechte. Aber das ist genau der Grund, warum ich mit dir sprechen muss, Patricia. Bei deiner Aufnahme in Violet's Abbey hat dein Vater eine größere Summe Geld gezahlt. Du kannst dir sicher denken, dass euer Aufenthalt hier nicht billig ist. Ihr bekommt außer dem Unterricht auch Essen und Kleidung. Nun ist das Geld deines Vaters schon lange verbraucht, und ich sehe keine Möglichkeit mehr, dich länger in Violet's Abbey zu behalten.«

Ich starrte Miss Bertha entsetzt an. Mit allem hatte ich gerechnet, aber dies traf mich völlig unerwartet. Natürlich hatte ich mir nie Gedanken darüber gemacht, wie die Schule finanziert wurde.

»Ich bin sicher, mein Vater wird die Außenstände bald begleichen«, sagte ich.

Bertha Coke hob hilflos die Hände.

»Patricia, um es genau zu sagen: Ich habe seit zwei Jahren kein Pfund mehr für deine Erziehung bekommen. Ich war lange geduldig, sagte mir, in dieser schwierigen Zeit geht manches nicht seinen gewohnten Lauf. Aber jetzt ist es nicht mehr tragbar.«

»Und was bedeutet das für mich?«, flüsterte ich angstvoll.

»Du musst die Schule zum Ende des Monats verlassen. Bitte glaube mir, dass es mir sehr Leid tut, aber ich habe keine andere Wahl.« Sie erhob sich und gab damit zu verstehen, dass unser Gespräch beendet war.

Betäubt verließ ich das Zimmer. Auf dem Gang traf ich Dorothy.

»Was ist geschehen?«, rief sie erschrocken. »Ist etwas mit deinem Vater?«

Gute Freundin! Auch sie dachte an das Nächstliegende. Ich schüttelte den Kopf.

»Lass uns nach draußen gehen«, sagte ich.

Wir setzten uns auf eine Bank. Dotty reichte mir eine Scheibe Brot, sie hatte tatsächlich etwas vom Frühstück mitgebracht. Ich lehnte ab, der Hunger war mir vergangen. Dann erzählte ich ihr von dem Gespräch mit Miss Coke.

Dorothy war entsetzt.

»Aber das können sie nicht machen!«, rief sie in heller Aufregung. »Sie können dich doch nicht so einfach vor die Tür setzen!«

»Ich glaube schon«, seufzte ich. »Ich verstehe auch ihre Gründe. Aber wo soll ich bloß hin?« Ich schlug die Hände vors Gesicht. Erst jetzt wurde mir die Tragweite der Mitteilung mit allen Konsequenzen bewusst.

Dorothy schlang ihre Arme um mich.

»Was soll ich denn ohne dich machen, Pat?« Plötzlich sprang sie auf. »Ich weiß es! Wir sind jetzt schon sechzehn Jahre alt. Was sollen wir noch in der Schule? Der Krieg ist vorbei, wir kehren einfach nach Blickland Hall zurück!«

Ungläubig starrte ich die Freundin an.

»Wie meinst du das?«

»Denkst du noch an unsere Ferien?«

Ich nickte, und Wehmut stieg in mir auf. Jeden Abend vor dem Einschlafen galten meine letzten Gedanken den friedlichen, wunderschönen Wochen in Blickland Hall. Und ich dachte an Martin! Wenn ich die Augen schloss, tauchte sein freundliches Gesicht aus der Dunkelheit auf. Er strich sich eine Haarsträhne aus der Stirn und flüsterte:

»Wenn du älter bist, Pat ...«

Seit dem furchtbaren Streit zwischen ihm und den

Eltern hatte Dorothy nichts mehr von ihrem Bruder gehört. Martin! Der Gedanke an ihn zerriss mir vor Sehnsucht beinahe das Herz.

»Ich habe mich in deinem Heim immer sehr wohl gefühlt«, murmelte ich.

Dorothy klatschte in die Hände. Ihr hübsches Gesicht war gerötet, und ihre Augen blitzten vor Unternehmungslust.

»Ich schreibe sofort an meine Eltern! Sie haben dich ins Herz geschlossen. Ich bin sicher, es spricht nichts dagegen, dass du mit mir nach Blickland Hall kommst.«

Es dauerte einen Moment, bis ich die Worte von Dorothy wirklich begriff.

»Du meinst ... ich kann bei euch wohnen? Ach, Dotty, das wäre wundervoll!« Ich umarmte und drückte die Freundin fest an mich. Eine Träne stahl sich aus meinem Augenwinkel.

Auch ich zweifelte nicht daran, dass Dorothys Eltern mich in ihr Haus aufnehmen würden. Plötzlich hatte ich wieder Mut. Es war schön, eine solch treue Seele zu haben!

Dorothy setzte ihren Plan sofort in die Tat um. Noch am selben Abend überredete sie einen Knecht, ihren Brief an die Eltern aufzugeben. Nun hieß es, den Dingen ihren Lauf zu lassen und auf Antwort zu warten.

Zwei Tage später, wir saßen gerade über einer Stickarbeit in unserem Zimmer, klopfte ein Mädchen und meldete, Miss Coke wünsche mit Dorothy zu sprechen.

»Es ist ein Besucher da, Miss. Er wartet im Salon.«

Dorothy sprang auf.

»Mein Vater? Oh, mein Gott! Aber er kann den Brief doch noch gar nicht erhalten haben.«

Aufgeregt eilte sie nach unten. Ich wanderte ruhelos im Zimmer umher, zu nervös, mich weiter der Näharbeit zu widmen. Was würde Sir William zu Dorothys Bitte, mich in Blickland Hall aufzunehmen, sagen?

Nach einer halben Stunde wurde die Tür aufgerissen, und Dorothy stürmte herein. Ich erschrak, als ich sie sah. Ihr Gesicht war rot, Tränen liefen über ihre Wangen. Sie warf sich aufs Bett und vergrub den Kopf im Kissen.

»Dotty!«, rief ich. »Was ist geschehen?«

»Heiraten!«, schluchzte sie. »Ich soll heiraten! Nein, nein, nein!«

»Was? Wieso? Ist dein Vater gekommen? So rede doch, Dorothy!«

Sie schüttelte heftig den Kopf, und eine neue Tränenflut quoll aus ihren blauen Augen. Dorothy weinte so erbärmlich, dass ich kein weiteres Wort aus ihr herausbekommen konnte. Ich lief nach unten, um mit Bertha Coke zu sprechen. Sie befand sich noch im Salon.

»Ja, Patricia?«, fragte sie, als ich nach kurzem Klopfen eintrat.

»Ich mache mir schreckliche Sorgen um Dorothy, Miss Coke. Sie liegt völlig aufgelöst auf dem Bett und scheint großen Kummer zu haben.«

»Wahrscheinlich bin ich dafür verantwortlich.«

Überrascht drehte ich mich um, vor lauter Aufregung hatte ich die weitere Person im Salon nicht erkannt. Der Mann stand im Schatten, und ich konnte nur seine Silhouette erkennen. Doch die Stimme jagte mir einen

Schauer durch den Körper, ich hätte sie unter Tausenden wiedererkannt!

»Martin!«, rief ich und lief ihm mit ausgestreckten Armen entgegen. In diesem Moment trat der Mann aus dem Schatten heraus, und das helle Sonnenlicht fiel durch das Fenster auf ihn. Ich hielt in der Bewegung inne. Nein, rief eine Stimme in mir, das darf nicht wahr sein! Mit offenem Mund starrte ich den Freund aus Jugendtagen an. Beinahe zwei Jahre hatte ich Martin nicht mehr gesehen, aber seine Gesichtszüge hatten sich nicht verändert. Natürlich war er älter geworden, doch noch immer fiel ihm die vorwitzige Haarsträhne in die Stirn. Seine grünen Augen blickten indes ernst und streng, nicht der kleinste Ansatz eines Lächelns umspielte die vollen Lippen. Dennoch war es nicht sein Gesichtsausdruck, der mich entsetzt innehalten ließ, sondern das typische dunkle Gewand mit dem weißen Spitzenkragen der Puritaner, das Martin trug. Um mich zu stützen, griff ich nach einer Stuhllehne.

»Ich freue mich, dich wiederzusehen, Patricia«, sagte Martin mit tonloser Stimme. Keine Gefühlsregung, kein Lächeln verzog sein Gesicht. Sein Blick war zwar auf mich gerichtet, doch ich hatte das Gefühl, als sehe er durch mich hindurch. »Ich hoffe, du kannst deinen guten Einfluss auf Dorothy geltend machen. Sie ist sehr eigenwillig und aufsässig geworden.« Martin warf einen Blick zu Miss Coke. »Es ist wirklich an der Zeit, dass meine Schwester das Haus verlässt. Die Erziehung hier scheint mir doch etwas verfehlt.«

»Das lag nicht in meiner Absicht, Sir«, erwiderte sie und senkte den Blick. Mir fiel sofort die Anrede »Sir«

und der unterwürfige Ton in ihrer Stimme auf. Martin wandte sich wieder an mich.

»Ich werde noch heute mit Dorothy abreisen. Sie wird einen ehrenwerten Mann heiraten und in den Schoß der Familie zurückkehren. Da wird sie ihre eigenwilligen Manieren hoffentlich ablegen.«

Ich war völlig verwirrt und verstand kein Wort. Ich sah nur, dass Martin Puritaner geworden war, dass er den Titel seines Vaters trug und dass meine liebste Freundin verheiratet werden sollte. Langsam sank ich auf einen Stuhl nieder.

»Martin, wir haben uns zwei Jahre nicht mehr gesehen. Glaubst du nicht, du bist uns einige Erklärungen schuldig?«

»Schuldig? Nein, ich bin euch sicher nichts schuldig, Patricia. Aber da Dorothy mich mit dem unsinnigen Wunsch überfallen hat, dich in meinen Haushalt aufzunehmen, muss ich dir wohl einiges sagen. Mein Vater hat den Anspruch auf seinen Titel und die Ländereien durch seine Sympathie für den König verloren. Ich bin nun der Besitzer von Blickland Hall. Mag es auch betrüblich sein, dass du die Schule verlassen musst, so ist Dorothys Ansinnen fern jeglicher Realität. Das Haus ist viel zu klein. Unsere Eltern leben dort, Dorothy wird mit ihrem zukünftigen Ehemann auch unter meinem Dach wohnen. Ich hoffe zudem, dass meine Frau mir bald ein Kind schenken wird. Du siehst also, es ist völlig unmöglich.«

Es war, als erlebte ich einen Albtraum. Gleich wirst du aufwachen, sagte ich mir. Seine Frau! Sicher hatte ich mich verhört.

»Deine Frau?«, flüsterte ich.

Zu meinem grenzenlosen Erstaunen nickte Martin.

»Ich habe mich vor wenigen Monaten mit Jane vermählt. Sie stammt aus der Familie der Cromwells, ist eine entfernte Cousine von Oliver Cromwell. Ihm gehört meine ganze Verehrung.«

»Ach, eine politische Heirat?«, erwiderte ich zynisch. Ich konnte meine Eifersucht kaum noch im Zaum halten. Am liebsten hätte ich Martin voller Zorn ins Gesicht geschlagen.

Er sah mich kalt an.

»Ich wüsste nicht, was dich die Beweggründe meiner Eheschließung angehen. Auf jeden Fall arbeite ich seit einiger Zeit mit Oliver Cromwell zusammen, und er ist ein großartiger Mann! So ein Oberhaupt braucht England, um in Europa wieder ganz oben zu stehen. Du siehst, Patricia, auch die Tatsache, dass Mister Cromwell sich öfters in meinem Haus aufhält, macht es unmöglich, dass du mit uns kommst.«

»Warum?«, fragte ich trotzig.

»Du scheinst vergessen zu haben, dass dein Vater einer der meistgesuchten Männer Englands ist. Er stand in enger Verbindung zum König. Wir müssen davon ausgehen, dass er das Land verlassen hat. Unter den Verlustmeldungen haben wir seinen Namen nicht gefunden.«

»Du denkst, er lebt?«, rief ich aufgeregt dazwischen. Die Neuigkeit verdrängte einen Augenblick meine Wut und meinen Schmerz, Martin an eine andere Frau verloren zu haben.

»Vielleicht ist er mit Charles, dem Sohn des Königs, ins Ausland geflohen. Mister Wilborough weiß, dass ein hoher Preis auf seinen Kopf ausgesetzt ist. Am besten wäre es gewesen, wenn er bei einer Schlacht gefallen wäre. Ein Verräter an England weniger!«

Zorn und Empörung über diese Worte ließen meinen Körper erbeben. War das noch der Mann, den ich zu lieben glaubte?

»Du hast dich sehr verändert, Martin«, sagte ich. »Was ist aus dem jungen Mann geworden, der mit mir über die Felder galoppiert ist? Nun, es ist dein Leben. Aber, bitte, zerstöre nicht das deiner Schwester.«

»Und du halte dich aus unseren Familienangelegenheiten heraus, Patricia. Bitte informiere Dorothy, dass wir in zwei Stunden abreisen werden. Ich warte bei der Kutsche.« Er deutete eine knappe Verbeugung an und verließ den Salon. Bertha Coke sah mich mit einem hilflosen Blick an.

»Es tut mir Leid, Patricia, aber die Puritaner haben nun die Macht in England. Nur ihrem guten Willen ist es zu verdanken, dass wir Violet's Abbey nicht schließen müssen. Dorothy wird mit ihrem Bruder abreisen müssen.«

Das Letzte, was ich für meine Freundin tun konnte, war, ihr beim Packen zu helfen. Es zerriss mir beinahe das Herz, Dorothy so verzweifelt zu sehen, und mein eigener Kummer trat für einige Stunden in den Hintergrund.

»Ich gehe nicht ohne dich«, weinte sie.

»Es geht nicht. Martin und ich leben in verschiedenen Welten.«

»Aber ich habe immer geglaubt, dass er dich liebt! Dass ihr einmal heiraten würdet!«

Ich auch, dachte ich traurig und versuchte den Kloß, der meinen Hals verschloss, zu schlucken. Ich wollte vor der Freundin nicht in Tränen ausbrechen. Ich musste jetzt stark sein, musste Dorothy Mut für den vor ihr liegenden schweren Weg mitgeben. Doch mein Schmerz saß tief, und ich meinte, er würde mein Herz zerfressen.

»Martin hat eine glänzende politische Karriere vor sich«, antwortete ich bitter und starrte durch das Fenster in den Obstgarten. War es wirklich erst wenige Tage her, seit ich aufgewacht und mich an dem schönen Sommertag erfreut hatte? Tonlos sagte ich: »Niemand glaubt mehr daran, dass es König Charles gelingen könnte, auf den Thron zurückzukehren. Martin gehört nun zu der Familie Cromwell, seine Heirat war für ihn eine gute Wahl.«

Obwohl ich diese Jane, Martins Frau, wohl niemals zu Gesicht bekommen würde, hasste ich sie abgrundtief. Ich wollte nicht wahrhaben, dass es Martin war, der sich auf Grund seiner politischen Überzeugung von mir abgewandt hatte. Ich machte Jane Cromwell dafür verantwortlich. Bestimmt hatte sich Martin in ihren geschickt gewebten Fängen verstrickt. Vielleicht war sie klein, bucklig und hässlich! Aber es war nicht zu ändern. Martin war wirklich und wahrhaftig verheiratet und für mich für immer verloren,

»Was wirst du jetzt tun?«, fragte Dorothy, nachdem sie die letzte Tasche geschlossen hatte. Ihre großen blauen Augen, die mich bei jedem Blick an Martin erinnerten, schwammen erneut in Tränen.

Ich zuckte mit den Schultern und presste die Arme vor der Brust zusammen, um ihr das Zittern meiner

Hände zu verbergen. Auf einmal fiel mir der letzte Brief meines Vaters ein.

»Ich habe einen Onkel in Cornwall«, sagte ich. »Ich denke, mir bleibt keine andere Wahl, als zu ihm zu reisen. Er wird mir schon nicht die Tür weisen.«

Ich versuchte, meiner Stimme einen optimistischen Klang zu geben, aber ich konnte nicht verhindern, dass meine Lippen zitterten. Am liebsten hätte ich, wie Dorothy, laut geweint. Aber ich wollte sie nicht beunruhigen, sie hatte mit ihrer eigenen Zukunft genügend zu tun.

»Du schreibst mir, ja?«, flehte Dorothy mich an.

Ich umarmte sie fest.

»Sicher, Dotty! Sobald ich weiß, wo mein Onkel lebt und ob ich bei ihm bleiben kann, schreibe ich dir. Jeden Tag, das verspreche ich! Sei nicht zu traurig«, bat ich sie. »Der Mann, den Martin für dich ausgewählt hat, ist bestimmt reich und sieht blendend aus. Dein Bruder liebt dich von ganzem Herzen. Er will nur das Beste für dich. Ich bin überzeugt, du wirst glücklich werden.«

Minutenlang hielten wir uns umschlungen. Dorothys Tränen durchnässten mein Kleid. Ich darf nicht weinen, dachte ich und biss mir auf die Zunge. Ich starrte an Dorothy vorbei durch das Fenster in den Garten. Noch immer schien die Sonne, und die Vögel zwitscherten. In der Natur hatte sich seit dem Morgen nichts geändert, doch meine Zukunft lag völlig im Dunkeln. Nie zuvor hatte ich eine so tiefe Verzweiflung in mir gespürt.

Lostwithiel

Als die Kutsche endlich das kleine Städtchen Lostwithiel in Cornwall erreichte, war die Dämmerung bereits eingebrochen. Zudem hatte es vor einigen Meilen heftig zu regnen begonnen. Jeder einzelne Knochen in meinem Körper schmerzte, so durchgerüttelt war ich von der Fahrt. Erleichtert, endlich am Ziel zu sein, nahm ich mein Bündel und stieg aus der Kutsche.

Nur noch wenige Menschen befanden sich auf den Straßen. Sie hasteten durch den Regen schnell an mir vorbei. Es gelang mir jedoch, eine junge Frau anzusprechen: »Kennen Sie einen Herrn mit Namen Jonathan Hughes?«, fragte ich freundlich.

Die Frau musterte mich mit einem langen Blick von oben bis unten.

»Den Bürgermeister?«, entgegnete sie fragend. »Sein Haus ist dort drüben«, sie zeigte die Straße hinunter, »direkt gegenüber der Kirche. Die Adresse ist Fore Street, Nummer 6.«

Der Bürgermeister! Ich erschrak, hatte ich doch keine Ahnung gehabt, welche Position mein Onkel einnahm. Die Frau hatte mein Zögern bemerkt.

»Ich kann mir nicht vorstellen, was du von Jonathan Hughes möchtest, aber eines kann ich dir sagen: Betteln ist bei ihm reine Zeitverschwendung.«

Ich bedankte mich kurz und schlug den Weg zur Kirche ein. Das Haus war schnell gefunden, war es doch das größte und prächtigste in der ganzen Straße.

Es dauerte einige Zeit, bis sich auf mein Klopfen im Haus etwas regte. Die Tür wurde einen Spalt aufgemacht, um gleich darauf wieder mit der unfreundlichen Bemerkung: »Wir geben nichts!« ins Schloss geworfen zu werden. Nun, ich machte wohl einen erbärmlichen Eindruck. Die Strapazen der langen Reise standen mir ins Gesicht geschrieben, dazu war ich vollkommen durchnässt. Mein Haar hing strähnig um den Kopf. Ich hämmerte erneut an die Tür und rief laut:

»Ich bin nicht gekommen, um zu betteln! Bitte, hört mich an.«

Als die Tür wieder geöffnet wurde, sah ich mich einer älteren, grauhaarigen Frau gegenüber. Die Stimme hatte nichts von ihrer Unfreundlichkeit verloren, als sie fragte:

»Was willst du?«

Ich schluckte kurz, richtete mich zu meiner vollen Größe auf und antwortete: »Mein Name ist Patricia Wilborough. Jonathan Hughes ist mein Onkel.«

»Ach?«

Jetzt durfte ich wenigstens das Haus betreten und stand endlich im Trockenen.

»Ich werde dem Herrn Bürgermeister Bescheid sagen.«

Während ich wartete, hatte ich Zeit, mich etwas umzusehen. Ich stand in einer kleinen, mit Holz getäfelten Halle. Die Einrichtung war karg, lediglich ein Tisch und zwei Stühle standen an der Wand, sonst waren weder ein Bild noch sonstiger Zierrat zu entdecken. Eine laute Stimme unterbrach mich in meinen Betrachtungen.

»Du willst also Patricia sein, die Tochter meiner Schwester Alice?«, hörte ich einen Mann hinter meinem Rücken fragen.

Ich wandte mich dem Sprecher zu. Als ich ihn erblickte, stockte mein Herzschlag. Auf den ersten Blick erkannte ich den runden Haarschnitt und das graue Gewand mit dem weißen Spitzenkragen. Mein Onkel war ein Puritaner! Alles in mir drängte, sofort auf dem Absatz kehrtzumachen und fortzulaufen. Aber wohin hätte ich gehen sollen mitten in der Nacht, im strömenden Regen und in einem mir völlig fremden Landstrich? So siegte meine Vernunft, und ich knickste höflich.

»Ich grüße Sie, Onkel Jonathan«, versuchte ich so demütig wie möglich zu sagen und hielt die Augen gesenkt.

Ich spürte, wie Jonathan Hughes mich von oben bis unten musterte.

»Nun, eine leichte Ähnlichkeit mit meiner Schwester ist zu erkennen«, bemerkte er schließlich. »Wenn ich auch hoffe, dass du nicht ihr flatterhaftes Naturell geerbt hast.«

Nur weg von hier, schrie alles in mir. Wie konnte er nur! Hier stand ich, vom Regen durchnässt, zitternd und frierend, und er beleidigte meine Mutter! Und wenn Jonathan Hughes der einzige Mensch auf dieser Welt wäre, mit ihm wollte ich nichts zu tun haben. Ich erhob meinen Blick und sah meinen Onkel fest an.

»Verzeihung, dass ich Sie gestört habe. Mein Kommen war ein Fehler.«

Schnell wollte ich das Haus verlassen. Ich spürte, wie meine Selbstbeherrschung zu bröckeln begann und mir die Tränen in die Augen stiegen.

»Warte, Mädchen«, rief er, »sag mir wenigstens, warum dein Weg dich nach Cornwall geführt hat.«

»Wie Sie sicher wissen, ist meine Mutter – Ihre Schwester – schon lange Zeit tot«, antwortete ich höflich. Sosehr mich auch mein Onkel abstieß, die Vorstellung, tatsächlich in die dunkle Nacht hinauszugehen, war alles andere als angenehm. »Ich wurde die letzten Jahre in einer Schule bei Naseby erzogen. Doch seit der schrecklichen Schlacht dort scheint es, als hätte mein Vater sein Leben verloren. Auf jeden Fall habe ich seit Monaten nichts mehr von ihm gehört. Sie sind mein einziger Verwandter, ich wusste nicht, wohin ich sonst gehen sollte.«

Bei meinen Worten hatte sich das Gesicht von Jonathan Hughes verändert. Eine Art Selbstgefälligkeit zeichnete sich in seinen Zügen ab. Er faltete die Fingerspitzen vor der Brust und nickte selbstzufrieden.

»Es wird meine christliche Pflicht sein, dich in unserem Haus aufzunehmen. Auch wenn dein Vater ein Verräter war! Ich habe niemals verstanden, was Alice an diesem Mann gefunden hat. Aber ich hatte sie gewarnt! Monatelang habe ich versucht, ihr die Verbindung auszureden. Umsonst! Bis sie schließlich bei Nacht und Nebel mit diesem Wilborough auf und davon ist. Und was hat es ihr gebracht? Sterben musste sie, so jung sterben!«

Von Gefühlen überwältigt, setzte sich mein Onkel auf einen Stuhl und barg sein Gesicht in beiden Händen. Welch theatralischer Anblick! Aber ich wusste, es war jetzt besser, den Mund zu halten. Im Augenblick hatte ich keine andere Wahl.

»Penelope!«, rief mein Onkel, nachdem er sich wieder gefasst hatte. Es erschien eine junge Frau in der Tür. Sie war groß und schlank, mit einem hübschen Gesicht, trug jedoch ein unförmiges graues Kleid ohne jeden Zierrat. Ihre Augen musterten mich neugierig, und ich spürte sofort Sympathie zu ihr. »Meine Nichte Patricia, deine Cousine, wird vorerst bei uns wohnen. Sie kann in der Dachkammer schlafen, und morgen werden wir uns unterhalten, wie es weitergehen soll.« Mein Onkel erhob sich und sah mich streng an. »Das Abendgebet und das Essen hast du heute verpasst. Ich hoffe, du wirst in deiner Kammer Gott aus der Tiefe deines Herzens dafür danken, Aufnahme in diesem Haus gefunden zu haben.«

Ich schluckte die bissige Bemerkung, die mir auf der Zunge lag, hinunter und nickte langsam. Dann folgte ich Penelope durch die Halle, zwei steile Stiegen hinauf, bis sie unterm Dach eine schmale Tür öffnete. Stumm ließ sie mich an sich vorbei eintreten. Entsetzt sah ich mich in der kleinen Kammer um. Das Dach war so schräg, dass man nur unmittelbar an der Tür gerade stehen konnte. Das Mobiliar bestand lediglich aus einem Bettgestell, einer Truhe und einem Stuhl. Hinter der Tür waren einige Haken zum Aufhängen der Kleider angebracht. Es war eiskalt, ich zog fröstelnd die Schultern hoch. Wehmütig dachte ich an den gemütlichen Raum, den ich bis vor kurzem mit Dorothy geteilt hatte.

»Ich bringe dir eine Kerze und ein paar Decken«, murmelte Penelope leise. Ihre Stimme hatte einen angenehmen, aber auch resignierten Klang. Sie sah mir nicht ins Gesicht. Bis sie zurückkehrte, setzte ich mich auf den Stuhl und schlug die Hände vors Gesicht. Nein, hier würde ich auf keinen Fall bleiben! Sicher würde Dorothy ihren Bruder noch überzeugen können, und bald, sehr bald, würde er mich holen kommen! Ich musste mich einfach an den Gedanken klammern, um nicht haltlos in Tränen auszubrechen.

Penelope kam nach einigen Minuten wieder.

»Ich dachte mir, du hast sicher Hunger«, sagte sie und reichte mir ein Tablett mit Brot, Käse und einem Krug Milch. »Vater darf davon aber nichts erfahren!«

Erstaunt sah ich sie an. Mein erster Eindruck von ihr war, dass sie ihrem Vater bedingungslos gehorchte. Doch jetzt dachte ich nicht weiter darüber nach und stürzte mich regelrecht auf die Speisen, denn ich war wirklich sehr hungrig. Meine Cousine richtete derweil das Bett, setzte sich darauf und ließ mich nicht aus den Augen.

»Warum bist du hier?«, fragte sie unvermittelt.

Ich schilderte ihr kurz die Geschichte, die ich auch Jonathan Hughes erzählt hatte. Dann fragte ich sie:

»Penelope ist ein schöner Name. Darf ich Penny zu dir sagen?«

Energisch schüttelte sie den Kopf.

»Nein, bitte nicht! Mutter hat mich früher manchmal so genannt, doch in Vaters Augen ist das ein sündiger Name. Penny klingt leichtfertig und flatterhaft.«

Das konnte ich nun wirklich nicht nachvollziehen, aber ich würde es akzeptieren, denn ich wollte Penelope, für die ich vom ersten Moment an Sympathie empfand, keine Schwierigkeiten bereiten.

Sie klärte mich dann über die Verhältnisse im Haus auf:

»Mutter ist schon viele Jahre tot. Sie starb bei der Geburt meiner Schwester Faith, die jetzt zwölf Jahre alt ist. Sophie, sie hat dir die Tür geöffnet, ist unsere einzige Bedienstete. So sind Faith und ich für den größten Teil des Haushalts verantwortlich. Ich denke, dass du uns helfen musst, denn umsonst lässt Vater niemanden in diesem Haus wohnen.« Ihre Stimme klang bitter, und sie zupfte nervös an einem Zipfel der Decke herum.

»Wie alt bist du?«, fragte ich.

»Vierundzwanzig, aber manchmal fühle ich mich wie sechzig.« Wieder klang ihre Stimme unendlich traurig.

Am liebsten hätte ich die Cousine in meine Arme genommen, unterließ es aber, da wir uns erst einige Minuten kannten. Penelope stand auf und öffnete die Tür.

»Ich lasse dich jetzt allein. Du bist sicher müde.«

Nein, wollte ich rufen, bitte bleibe und erzähle mir noch mehr, doch meine Cousine war bereits verschwunden. Schnell entledigte ich mich meiner Kleidung und schlüpfte in das Nachthemd. Zitternd kauerte ich mich unter den Decken zusammen und starrte in die Dunkelheit. Vaters Gesicht erschien vor meinen Augen, und nun konnte ich meine Tränen nicht mehr zurückhalten.

»Papa, warum hast du mich allein gelassen!«, flüsterte ich, und irgendwann weinte ich mich in den Schlaf.

»Wach auf! Du musst aufstehen, sonst verpasst du das Morgengebet!«

Jemand rüttelte mich fest an der Schulter, und ich wollte bereits sagen: »Dotty, lass mich doch schlafen!«, als ich mich plötzlich besann, wo ich war. Ich schlug die Augen auf und blickte in das Gesicht eines Kindes.

»Du musst Faith sein«, stellte ich fest und stand rasch auf. Die Kleine nickte eifrig und sagte:

»Du musst dich beeilen! Vater wird sehr böse, wenn man zum Gebet nicht pünktlich ist.«

Auch Faith war mir vom ersten Augenblick an sympathisch. Während ich mich ankleidete, wunderte ich mich, wie ein Mann wie Jonathan Hughes zwei so nette und hübsche Töchter haben konnte. Schade, dass die Mutter nicht mehr lebte.

Zum Waschen blieb mir keine Zeit mehr, denn als ich in die Halle herunterkam, waren mein Onkel, Penelope und Sophie bereits versammelt. Onkel Jonathan sah mich streng an.

»Bedecke dein Haar!«, befahl er kurz. Penelope reichte mir ein Tuch, das ich mir hastig um den Kopf schlang. Dann knieten wir zum Gebet nieder.

Die Zeremonie erschien mir endlos. Mein Magen knurrte, das kärgliche Mahl vom Vorabend hatte meinen Hunger keineswegs gestillt. Endlich erhoben wir uns, und Sophie servierte ein einfaches Frühstück, das aus Haferschleim, braunem Brot und Wasser bestand. Wir aßen schweigend, doch Faith beobachtete mich aufmerksam.

»Stimmt es, dass deine Mutter eine verlorene Seele und dein Vater ein Verräter ist?«, fragte sie.

Ich verschluckte mich beinahe an dem Haferschleim und rief:

»Nein, das stimmt ganz und gar nicht! An meine Mutter kann ich mich nicht mehr erinnern, aber mein Vater ist der beste Mensch auf der Welt!«

Wieder fiel der strenge Blick meines Onkels auf mich.

»Ich denke, Nichte, dass du deine Wortwahl überdenken solltest, wenn du in diesem Haus bleiben willst. Tatsache ist doch, dass Wilborough auf der Seite der Katholiken gestanden hat.«

»Nicht auf Seiten der Katholiken, sondern auf Seiten des Königs! So wie er es geschworen hat, so wie es alle treuen Untertanen hätten tun sollen!«

»Mäßige deine Stimme, Patricia! Ich weiß nicht, wie und wo du bisher gelebt hast, aber das hier ist ein christliches Haus. Ehrerbietung vor Älteren steht an erster Stelle!«

»Ich denke, Patricia hat ein Recht, ihre Eltern zu verteidigen!«, mischte sich nun Penelope ins Gespräch. »Auch dazu sind wir erzogen worden: Ehrfurcht vor den Eltern. Auch ich würde dich, meinen Vater, vor Verleumdungen zu schützen versuchen!«

Erstaunt sah ich sie an. Aha, dachte ich, meine Cousine war doch nicht die bedingungslose, folgsame Tochter, wie sie mir am Vorabend erschienen war.

Onkel Jonathan erhob sich langsam von seinem Stuhl. Böse sah er Penelope an.

»Ich denke, Tochter, dass die Arbeit auf dich wartet, oder? Später wirst du mit Patricia die Wäsche machen. Du kannst jetzt gehen!«

Mit trotzigem Gesicht erhob sich Penelope, knickste kurz und verließ das Zimmer.

»Es tut mir Leid«, murmelte ich. Ich bat nicht für mich um Verzeihung, sondern wollte Penelope keine Schwierigkeiten bereiten. Doch Onkel Jonathan widmete sich wieder seinem Essen, und der Rest der Mahlzeit verlief schweigend.

Danach gab mir Onkel Jonathan Gelegenheit, mich am Brunnen im Hof zu waschen.

»Ich erwarte dich anschließend im Arbeitszimmer«, sagte er, und ich trat in den Hof hinaus.

Dichter Nebel lag über der Stadt, und das Wasser war eiskalt. Ich erfrischte kurz mein Gesicht und versuchte, mein Kleid, das noch von der Reise zerknittert war, in

Ordnung zu bringen. Dann saß ich erwartungsvoll meinem Onkel gegenüber.

»Wir müssen einige Dinge regeln«, sagte er, und sein durchdringender Blick schien mich zu durchbohren. »Ich sehe es als meine christliche Pflicht an, dir in meinem Haus ein Dach über dem Kopf zu bieten. Du bist nun einmal die einzige Tochter meiner verstorbenen Schwester. Wenn du dich gut in den Haushalt einfügst, wovon ich überzeugt bin, gibt es keinen Grund, dir die Sünden deiner Eltern nicht zu verzeihen.« Einen Moment lang wollte ich erneut aufbegehren, besann mich aber. Vorerst war ich auf die Güte meines Verwandten angewiesen. »Ich denke, es wird das Beste sein, wenn wir nicht mehr über deine Eltern sprechen.«

Ich senkte den Kopf und ballte die Hände zu Fäusten. Es hatte keinen Sinn, etwas zu erwidern. Aber ich war mir sicher: Lange würde ich nicht in diesem puritanischen Haus bleiben!

»Gut, ich sehe, du verstehst mich«, fuhr mein Onkel fort. »Du kannst jetzt Penelope bei der Wäsche helfen.« Er erhob sich und gab damit zu verstehen, dass unser Gespräch beendet war.

Auf dem Gang traf ich Penelope. Sie stand direkt neben der Tür, und ich vermutete, dass sie gelauscht hatte. Ich lächelte meine Cousine an. Sie wurde mir mit jeder Minute sympathischer. Instinktiv wusste ich, dass ich in ihr eine Verbündete gefunden hatte. Dann folgte ich Penelope über die Straße in einen Gemischtwarenladen.

»Guten Morgen, Mister Spears!«, rief sie in den Verkaufsraum. Aus dem Dunkel im Hintergrund des Zimmers trat ein kleiner, dünner Mann ins Licht.

»Ah, Mistress Hughes! Ich wünsche Ihnen auch einen schönen Tag. Sie haben Besuch?«

Der Mann blickte mich freundlich an. Höflich erwiderte ich seinen Gruß. Penelope stellte mich als Verwandte, die gestern angekommen war, vor. Dann hinterließ sie eine Liste mit verschiedenen Waren, und der Mann versprach, bis zum Nachmittag zu liefern.

»John Spears«, sagte Penelope, als wir auf die Straße traten. »Er hat den einzigen Gemischtwarenladen in der Umgebung und verdient damit gutes Geld. Wobei es ihm wahrscheinlich gleichgültig ist, ob er arm oder reich ist. Er ist ein Puritaner.«

Ich nickte. Auf den ersten Blick hatte ich das graue Gewand erkannt. Obwohl ich kein Wort mit dem Händler gewechselt hatte, war mir der kleine, ältere Mann mit dem schütteren Haar unsympathisch.

Wir holten nun einen Korb mit schmutziger Wäsche vom Hof. Die Sonne hatte inzwischen den Nebel durchbrochen, und ich blinzelte in das helle Licht. Direkt gegenüber dem Haus meiner Verwandten befand sich die Kirche. Ich hatte sie am gestrigen Abend bereits bemerkt. Doch jetzt, im Tageslicht, erkannte ich, dass die Kirche beinahe völlig zerstört war.

»Was ist hier geschehen?«, rief ich aus.

Penelope lachte bitter auf.

»Komm, Patricia, ich zeige dir, was die ach so christlichen Parlamentstruppen unserem Gotteshaus angetan haben.«

Wir umrundeten den Turm, der als einziger Gebäudeteil unbeschädigt war. Das Kirchenschiff lag in Trümmern, die Steine waren über den ganzen Friedhof verteilt.

»St. Bartholomew, wie unsere Kirche heißt, wurde im 14. Jahrhundert erbaut«, erzählte Penelope. »Im August 1644 wurde die Stadt von den Rundköpfen eingenommen. Sie hausten hier wie die sprichwörtlichen Vandalen, denn der Großteil der Einwohner war immer königstreu geblieben. Die Soldaten plünderten die Kirche. Sie rissen alles, was in ihren Augen katholisches Götzentum war, heraus. Schließlich brachten sie ein Pferd zum Taufbecken in die Kirche, und in einer Art Zeremonie tauften sie das Pferd auf den Namen Charles, in Verachtung Seiner Majestät. Danach wurde die Kirche als Stallung genutzt, solange die Truppen in der Stadt waren. Doch damit nicht genug! Als sie abzogen, sprengten sie auch noch einen Teil der Kirche in die Luft.«

Aus jedem Wort hörte ich Penelopes Wut.

»Wie frevelhaft!«, empörte ich mich.

Sie nickte.

»Wahrhaftig! Doch jetzt müssen wir uns mit der Wäsche sputen, sonst werden wir nicht bis zum Mittagessen fertig.«

Wir gingen die North Street hinunter, bis wir eine alte Steinbrücke, die den Fluss überspannte, erreichten. Hier herrschte rege Betriebsamkeit. Frauen und Männer jeglichen Alters eilten geschäftig hin und her. Penelope drängte sich durch die Menschen und stellte ihren Korb an einer ruhigen Stelle am Ufer nieder. Ihr Gesicht war verschlossen, und sie blickte mich nicht an. Schweigend begannen wir, die Wäsche in dem seichten Wasser zu waschen. Doch mein Blick schweifte neugierig umher. Flussabwärts verluden Männer Säcke und Kisten von Pferdekarren in Boote.

Penelope hatte mein Interesse bemerkt.

»Das ist das Zinn aus der Umgebung«, sagte sie. »Es wird von hier über den Wasserweg nach Fowey gebracht. Dort legen die großen Schiffe ab und bringen unser cornisches Zinn in die ganze Welt.«

Ich nickte. Es war mir bekannt, dass in Cornwall seit Hunderten von Jahren Zinn abgebaut wurde.

»Ist eine Mine in der Nähe?«, fragte ich.

Penelope schüttelte den Kopf.

»Nein, die nächsten sind im Bodmin Moor. Aber Lostwithiel ist eine so genannte *Coinage Town*. Das geförderte Zinn wird in Blöcke gegossen, und jeder dieser Blöcke muss in eine Coinage Town gebracht werden. Lostwithiel erhielt bereits im 13. Jahrhundert die Stadtrechte, und seit 1272 erfolgt hier die Besteuerung des Zinns. Als Zeichen, dass die Steuern bezahlt worden sind, wird eine Ecke jedes Blocks abgeschnitten. Zu diesem Zweck kommen zweimal im Jahr Beamte aus London in die Stadt. Sie waren vor vier Wochen in Lostwithiel. Seitdem lagern Hunderte von Zinnblöcken dort drüben im Duchy Palace.« Sie zeigte auf ein lang gestrecktes, mittelalterliches Gebäude flussaufwärts. »Nun werden die Blöcke nach und nach mit den Booten nach Fowey gebracht. Der Wasserweg ist einfacher, denn das Zinn ist sehr schwer und die Straßenverhältnisse im Herbst und Winter oft sehr schlecht.«

Interessiert hatte ich Penelope zugehört.

»Du weißt sehr viel«, gab ich neidlos zu.

Sie zuckte mit den Schultern.

»Ich bin hier geboren. Unser Vater ist der Bürgermeister, da bekommt man einiges mit.«

»Penny«, sagte ich und verwendete die vertrauliche Anrede, hier konnte uns ja niemand hören. »Du erwähntest, dass Lostwithiel immer königstreu war. Wie kann es dann sein, dass ein Puritaner Bürgermeister ist?«

»Indem das Parlament ihn in das Amt einsetzt!«, rief sie. »Natürlich ist mein Vater erst seit 1644 Bürgermeister. Davor war er ein einfacher Schreiber, der dem Stadtrat bei der Post half. Doch die Parlamentarier meinten, dass eine starke Hand, die Vater unzweifelhaft hat, die Stadt auf den richtigen Weg bringen kann. Das heißt, auf den Weg der Puritaner!«

Ich sah der Cousine fest in die Augen.

»Du bist keine Puritanerin«, stelle ich fest.

Sie lächelte und schlug sich sofort die Hand vor den Mund.

»Nein, wahrlich nicht! Diese Leute haben mein Leben zerstört ...«

Plötzlich brach sie ab und widmete sich wieder der Wäsche. Ich wartete gespannt darauf, dass Penelope weitersprechen würde, doch sie schwieg, und ihr Gesicht zeigte einen abweisenden Ausdruck.

Nach zwei Stunden hatten wir unsere Arbeit erledigt und gingen zurück in das Haus in der Fore Street. Ich schauderte, als ich es betrat. Irgendwie war es mir, als würde ich in ein Gefängnis kommen, aus dem es kein Entrinnen gab.

Während ich mit Penelope und Faith das Mittagessen, kaltes Fleisch mit Gemüse und Brot, vorbereitete, sagte sie:

»Heute Nachmittag liegt nicht viel Arbeit an. Wenn du noch aufnahmefähig für eine weitere Geschichtslektion bist, zeige ich dir etwas, Patricia.«

Ich nickte begeistert.

»Ich will auch mit!«, rief Faith.

»Nein, Kind, du fürchtest dich doch nur. Wir gehen zu Restormel.«

Faith riss die Augen auf.

»Du sollst da nicht hingehen, Penelope! Vater mag es nicht!«

Doch Penelope schien der Hinweis der Schwester nicht zu kümmern.

»Ich finde, da Patricia mit uns hier leben wird, sollten wir ihr die Umgebung zeigen und alles über die Ereignisse der letzten Jahre erzählen.« Sie trat zu Faith und umgriff ihre Schultern. »Und du wirst kein Wort zu Vater sagen, hörst du? Sonst erzähle ich ihm, dass ich dich beobachtet habe, wie du dich vorige Woche im Wasser des Brunnens betrachtet hast. Du weißt doch, was Vater von Eitelkeit hält.«

»Ist ja schon gut, ich werde nichts verraten«, murmelte Faith und schnitt eine Karotte entzwei.

Gespannt hatte ich das Gespräch verfolgt. Was mir Penny wohl zeigen wollte? Restormel – damit konnte ich nichts anfangen.

Die Sonne schien warm vom Himmel, als wir am Nachmittag flussaufwärts die Stadt verließen. Wir überquerten eine Wiese, auf der weiße Schafe friedlich grasten. Einige hoben den Kopf und starrten die Eindringlinge in ihr Revier an. Ich versuchte, ein Lamm zu streicheln, das aber, als ich mich ihm näherte, sofort laut blökend fortrannte. Ich lachte, und Penelope stimmte ein.

»Hier hört uns ja keiner!«, sagte sie.

»Ich verstehe wirklich nicht, warum die Puritaner etwas gegen das Lachen haben«, sagte ich. »Genauso ist es mit der Musik. Wenn Gott das nicht gewollt hätte, hätte er uns nicht die Gabe zum Lachen, Singen und Tanzen gegeben.«

Penelope drohte mir scherzhaft mit dem Zeigefinger.

»Das lass bloß nicht meinen Vater hören! Er meint, diese Fähigkeiten seien keine Gaben Gottes, sondern das Werk des Teufels. Und die Aufgabe der Puritaner ist es, dagegen anzukämpfen. Wir müssen der Versuchung widerstehen, um nach dem Tod zu Gott in den Himmel zu gelangen. Ich kann dir nur den guten Rat geben, niemals in Gegenwart meines Vaters zu singen. Es ist in seinen Augen eine große Sünde. Du hast zweifellos eine sehr schöne Stimme und die Angewohnheit, bei der Arbeit zu summen. Ich bemerkte es heute Morgen, als wir die Wäsche wuschen.«

Ich sah Penelope erstaunt an.

»Das ist mir gar nicht aufgefallen.«

Sie nickte.

»Mir schon, weil es für uns bereits seit langer Zeit keine Musik mehr gibt. Aber du wirst verdammt sein und in der Hölle schmoren, wenn du solche gottlosen Lieder singst.«

»Davon steht kein Wort in der Bibel«, wandte ich ein. »Nur Leute wie dein Vater haben irgendetwas dahingehend ausgelegt.«

»Sicher, *wir* wissen das. Aber ich sage dir, Patricia, wenn der König seine Macht nicht wiedererlangt, kommen dunkle Zeiten auf uns zu.«

Während des Gesprächs hatten wir einen kleinen Wald durchquert und einen Hügel erklommen, und nun lichteten sich die Bäume. Im Tal unter uns lag das Städtchen. Wie friedvoll sah alles im Sonnenschein aus! Nicht einmal die Zerstörung der Kirche konnte man von hier oben erkennen. Durch die Bäume sah ich die Ruinen einer Burg.

»Was ist das?«, fragte ich Penelope.

»Die Burg Restormel oder vielmehr das, was von ihr übrig ist.«

Wenig später standen wir vor den Trümmern der einst trutzigen und massiven Burg. Die Steine waren vom Feuer schwarz, und ich meinte, noch den Brandgeruch in der Nase zu spüren. Wir setzten uns auf eine niedrige Mauer, und Penelope sagte:

»Ich erwähnte bereits, dass Lostwithiel bis zum Schluss treu dem König ergeben war. Als die Truppen des Parlaments immer weiter nach Westen vordrangen, verschanzten sich die stärksten und tapfersten Männer in der Burg. Sie wollten die Rundköpfe aufhalten, einen Einfall in Cornwall verhindern. Nun, es wurde ein Fiasko. Das Parlament war in der Übermacht, und unsere Männer waren den Waffen der Armee nicht gewachsen. Restormel wurde zerstört. Die Männer, die bei der Eroberung nicht den Tod gefunden hatten, wurden wenig später hingerichtet. Sir Richard Greenville, der Oberbefehlshaber der Rundköpfe, ließ keine Gnade walten. Ach Patricia, es war schrecklich!«

Plötzlich brach Penelope in Tränen aus. Sie warf sich in meine Arme und presste das Gesicht an meine Brust.

Tröstend hielt ich sie fest. Ich hatte meine Cousine als unerschrocken, manchmal etwas zynisch eingeschätzt. Umso mehr erschütterte mich jetzt ihr Gefühlsausbruch. Ich ahnte, dass etwas geschehen war, was sie unendlich verletzt hatte. Ihr hartes Auftreten war nur eine Art Schutzschild, mit dem sie sich umgeben hatte.

Nach einigen Minuten hatte sich Penelope beruhigt. Sie schnäuzte die Nase, und ihre Augen bekamen wieder den harten Blick, den ich bereits kannte.

»David war einer der Männer, die Greenville aufhängen ließ«, sagte sie trocken.

»David?«

Sie nickte.

»Mein Verlobter. Ein gut aussehender und rechtschaffener Mann und dem König .treu ergeben. Ich sagte zu ihm: ›Geh nicht in die Burg!‹ Doch er lachte, küsste mich und meinte: ›Wir werden es den aufgeblasenen Scheinheiligen mit den komischen Frisuren schon zeigen! Bald wird König Charles wieder auf dem Thron sitzen, dann werden wir alle reichlich belohnt!‹« Penelope machte eine kurze Pause und wischte sich verstohlen eine Träne aus den Augen. »Ja, den Lohn hat er bekommen! Restormel wurde tagelang mit Kanonen beschossen. David wurde von einem herabstürzenden Balken schwer verletzt. Bald mussten die Männer aufgeben, die Burg brannte lichterloh. Wegen seiner Verletzung konnte David nicht fliehen. Nach einer kurzen Verhandlung, in der alle beteiligten Männer als Verräter verurteilt wurden, hängte man ihn auf.

Ich glaube, David und ich wären miteinander sehr glücklich geworden. Wir hätten ein eigenes Haus und viele Kinder gehabt. Ich habe ihn sehr geliebt.«

Penelope schwieg und starrte auf die rußgeschwärzten Mauern. Ich ergriff ihre Hand und streichelte sie sanft. Mir fehlten die Worte. Nun verstand ich ihren Hass und ihre Wut auf die Puritaner.

»Du bist noch jung ...«, sagte ich nach einer Weile.

Penelope lachte ein bitteres, höhnisches Lachen.

»Jung? Ich werde bald fünfundzwanzig Jahre alt. Wahrscheinlich werde ich den Rest meines Lebens eine alte Jungfer bleiben!«

»Bestimmt nicht«, widersprach ich heftig. »Du bist sehr attraktiv!«

Sie sah mich mit einem warmen Blick an.

»Danke, Cousine. Du bist nett. Ja, ich bin vielleicht nicht hässlich, aber unter der Herrschaft der Puritaner werden wir Frauen bald unsere Attraktivität verlieren. Sieh doch nur die Kleider an! Schwarz und grau, der weiße Spitzenkragen als einziger Schmuck. Unser Haar muss stets gut unter der Haube verborgen sein, und Schmuck ist Teufelszeug. Keine Musik, kein Tanz. Was haben wir denn zu erwarten? Beten, beten und beten – den ganzen lieben langen Tag. Da ist ja sogar die Hausarbeit noch eine willkommene Abwechslung. Was glaubst du, Patricia, was geschieht, wenn mein Vater erfährt, dass wir hier oben waren?«

Ich starrte sie mit großen Augen an.

»Was?«, fragte ich leise.

»Er wird uns schlagen. Das tut er immer, wenn wir in seinen Augen gegen die Gebote Gottes verstoßen. Ach, am liebsten würde ich einfach fortgehen. Aber wo sollte ich hin?«

Ich klammerte mich an Penelopes Arm.

»Bitte nicht!«, rief ich angstvoll. »Du darfst nicht fortgehen! Und wenn – dann nimm mich mit.« Noch etwas machte mir Angst. »Penny, denkst du, Faith wird unseren Ausflug verraten?«

Penelope schüttelte den Kopf.

»Nein, denn wenn ich Vater von ihrer Eitelkeit erzähle, dann erhält sie genauso Hiebe mit dem Ledergürtel. Faith zeigt zwar deutliche Neigungen zum Puritanismus, aber sie ist keine Verräterin. So, jetzt müssen wir wieder zurück. Nicht auszudenken, wenn Vater vor uns zu Hause wäre.«

In dieser Nacht machte ich kein Auge zu. Ich war erst seit zwei Tagen im Haus meines Onkels und wäre am liebsten wieder geflohen.

»Vater!«, flüsterte ich leise in die Dunkelheit. »Wenn du tot und im Himmel bist, dann blickst du nun auf mich hinab. Bitte, halte deine Hand schützend über mich. Aber du bist sicher nicht tot. Irgendwann wirst du kommen und mich von hier fortbringen, ja?«

Und ich betete, dass der Zeitpunkt nicht mehr fern sein würde.

Die nächsten Monate übertrafen meine schlimmsten Befürchtungen. Da die Kirche zerstört war, wurde der Gottesdienst jeden Abend im Dutchy Palace abgehalten. Zusätzlich mussten wir täglich morgens und mittags im Arbeitszimmer zum Gebet niederknien. Während Faith mit Andacht den Worten von Onkel Jonathan lauschte, langweilten Penelope und mich diese Stunden ungemein. Mein Onkel predigte über die zahlreichen Sünden der Welt und dass er dazu ausgewählt worden sei, die Menschheit zu verbessern. Dann betete er für einen endgültigen Sieg des Parlaments und für die Abschaffung des Königtums. In dieser Hinsicht wurden seine Gebete erhört. König Charles, nach der Gefangenschaft in Schloss Hurst auf der Insel Wight nach London gebracht und vor Gericht gestellt, wurde wegen Hochverrats der Prozess gemacht. Mit Entsetzen hörte ich, dass der König, der zu den Vorwürfen keine Stellung bezogen hatte, im Januar 1649 zum Tode verurteilt worden war.

»Wer, außer Gott, soll über mich richten?«, hatte der König dem Gericht entgegengehalten. »Ich bin die höchste Instanz in England, kein Sterblicher hat das Recht, ein Urteil über mich zu fällen.«

Natürlich war er im Recht, aber es nutzte ihm nichts. Oliver Cromwell hatte sich in den Kopf gesetzt, den König zu vernichten, denn nur durch dessen Tod wäre ein Ende des Bürgerkriegs gewährleistet. Ein Aufschrei ging durch die königstreue Bevölkerung der Stadt, als wir im Februar erfuhren, dass König Charles am 30. Januar 1649 vor dem Palast von Whitehall öffentlich hingerichtet worden war. Alle Bewohner drängten sich auf dem Marktplatz um einen Augenzeugen, der durchs Land reiste und eine Schilderung der Hinrichtung gab:

»Der König war ruhig und gefasst. Ich hörte, wie er an dem Morgen seinen Kammerdiener Herbert nach dem Wetter fragte. Als dieser erwiderte, es ginge eine frische Brise, sagte der König: ‚Dann werde ich wohl besser ein zweites Hemd anziehen. Sonst könnten meine Feinde denken, dass ich vor Furcht und nicht vor Kälte zittere. Der König betrat das Schafott durch den Bankettsaal.

Zu diesem Zweck war ein Fenster entfernt worden. Als der Scharfrichter seine Vergebung erbat, bemerkte der König: ›Es ist mir unmöglich, den Untertanen zu vergeben, die mein Blut vergießen Seine Augen wurden verbunden, und er sagte, er möchte noch ein stilles Gebet sprechen. Wenn er die Hände nach vorne ausstrecken würde, wäre er bereit. Das waren seine letzten Worte. König Charles ist tot!« Der Mann tupfte sich den Schweiß von der Stirn, mit jedem Wort erlebte er das schreckliche Geschehen aufs Neue.

»Der König ist tot? Lang lebe König Charles der Zweite von England!«

Penelope hatte den Ruf ausgestoßen, der jetzt von vielen anderen aufgenommen wurde. Die meisten Bewohner von Lostwithiel streckten die Hände in die Höhe und brüllten:

»Lang lebe König Charles der Zweite!«

Plötzlich wurde ich hart am Arm gepackt. Onkel Jonathans wütende Augen funkelten mich an.

»Kommt sofort nach Hause! Das wird euch noch Leid tun!«

Mit der anderen Hand umklammerte er Penelope und zerrte uns die Fore Street hinauf ins Haus. Er sperrte mich in meine Kammer, und kurz darauf konnte ich das klatschende Geräusch des niedersausenden Gürtels auf Penelopes Rücken hören. Doch meine Cousine schrie nicht, ja nicht einmal weinen hörte ich sie. Das gab mir Kraft. Als mein Onkel Minuten später zu mir kam und auch ich zum ersten Mal von ihm geschlagen wurde, blieb mein Mund stumm. Der Schmerz war beinahe unerträglich, doch ich ließ meinen Tränen erst freien Lauf, als ich wieder allein war.

Ich hatte erwartet, dass mich Onkel Jonathan nach dem Vorfall aus dem Haus weisen würde. Doch augenscheinlich hatte er es sich zum Ziel gemacht, meine verlorene und fehlgeleitete Seele zu retten. Penelope und ich wurden eine Woche lang in unseren Kammern eingeschlossen. Wir erhielten täglich einen Krug Wasser und einen trockenen Kanten Brot. Onkel Jonathan brachte ein schlichtes Holzkreuz an der Wand an und stellte eine Kerze davor. Ich musste fünfmal am Tag vor dem Altar niederknien und meine Sünden beichten. Dabei beobachtete er mich streng und murmelte seine Gebete. Doch dann brauchte Onkel Jonathan wieder unsere Hilfe im Haushalt. Aber so einfach sollte die Angelegenheit nicht vergessen sein. Jonathan Hughes schnitt mein Haar ab, damit es restlos unter der Haube verborgen war. Ich nahm es widerspruchslos hin. Etwas in mir war gebrochen. Seit dem Mord am König – ja Mord, anders würde ich die Sache niemals bezeichnen –war mir klar geworden, dass in England nichts mehr so sein würde wie zuvor. Sollte mein Vater tatsächlich noch am Leben und ihm die Flucht ins Ausland gelungen sein, so war ihm jetzt die Rückkehr endgültig versperrt. Es würde ihn in England ebenfalls der Prozess und der Tod erwarten.

Seit meiner Ankunft in Cornwall hatte ich wöchentlich an meine Freundin Dorothy nach Blickland Hall geschrieben. Weitere Briefe an William und Elisabeth Blickland folgten. Monate vergingen, ohne dass ich jemals eine Antwort erhielt. Sicher hatte Martin seiner Schwester den Kontakt mit mir verboten. Manchmal schien es mir, als existierten alle Menschen aus meinem früheren Leben nicht mehr. Es gab für mich also keine andere Möglichkeit, als mich zu fügen und zu versuchen, das Leben im Haus von Jonathan Hughes einigermaßen erträglich zu finden.

Am 19. März 1649 löste Oliver Cromwell das Oberhaus auf.

»Das Haus der Lords ist für das englische Volk nutzlos und gefährlich«, sagte er in einer öffentlichen Rede. »Damit wird die Instanz des Oberhauses ab sofort abgeschafft.«

England hieß nun nicht länger Königreich, sondern Commonwealth und wurde vom Parlament, das nur noch aus dem Unterhaus bestand, regiert. Mit jedem Jahr, das verging, wurde Oliver Cromwell mächtiger. Doch Charles der Zweite, unser rechtmäßiger König, wie ich ihn nannte, war nicht untätig. Er kehrte nach Schottland zurück und wurde dort am 1. Januar 1651 zum König gekrönt. Er unterwarf sich den Gesetzen und Forderungen des Landes und hoffte auf die Unterstützung der schottischen Armee, um einen erneuten Feldzug gegen England führen zu können. Natürlich hatte Charles nicht vergessen, dass es die Schotten waren, die seinen Vater dem Parlament und damit dem Tod ausgeliefert hatten. Doch in seiner jugendlichen Naivität meinte er, nicht dieselben Fehler zu machen wie sein Vater. Als Cromwell in Schottland einmarschierte, um auch dieses Land zu unterwerfen, trat ihm Charles mit einer Armee von vierzehntausend Mann entgegen. Doch die Royalisten wurden, wie so oft zuvor, zuerst in Dunbar geschlagen, und schließlich nahmen die Rundköpfe

Edinburgh ein. Charles setzte sein noch verbliebenes Heer in Richtung Süden, also nach England, in Bewegung. Im Spätsommer 1651 kam es zu der vernichtenden Schlacht bei Worcester, einem kleinen Städtchen am Fluss Severn. Charles musste vom Kirchturm aus hilflos zusehen, wie die Parlamentstruppen die Schotten erst in die Stadt zurückwarfen und dann mit den eroberten Kanonen die Mauern zusammenschossen. Die Anhänger der Stuarts verloren an diesem Tag etwa achttausend Mann an Toten und Verwundeten, der Rest floh vor den Engländern und zerstreute sich unter großen Verlusten in alle Winde. Charles selber gelang, als Holzfäller oder Bauer verkleidet, eine abenteuerliche Flucht. Quer durch das Feindesland floh er über Bristol nach Brighton, wo er ein Schiff nach Frankreich bestieg. Die Wiedereinsetzung der Stuarts auf den englischen Thron war endgültig gescheitert.

Im Sommer 1652 traf für meinen Onkel eine freudige Nachricht ein.

»Ich erhielt heute einen Brief von Oliver Cromwell«, berichtete er beim Abendessen. Deutlich konnte ich den Stolz in seiner Stimme erkennen. Wie ließ sich das mit den puritanischen Gedanken verbinden, dachte ich, unterließ es jedoch, es laut auszusprechen. »Das Parlament hat mir den Posten des Steuereintreibers für den Stadtbezirk Lostwithiel übertragen. In den nächsten Tagen werden Abgesandte von Mister Cromwell eintreffen, um mir das entsprechende Siegel zu überreichen.«

Ich tauschte mit Penelope einen verstohlenen Blick. Wenn das neue Amt für Onkel Jonathan bedeutete, dass er öfters außer Haus war, konnten wir die Veränderung nur begrüßen. Seit dem Vorfall auf dem Marktplatz beobachtete er uns mit Argusaugen. Wenn sich mein Mund nur um eine Spur zu einem Lächeln verzog, zwang er mich niederzuknien und zu beten.

»Auch deine arme Seele kann errettet werden«, predigte Onkel Jonathan. »Du musst nur Gott dafür um seine Hilfe anflehen.«

In den folgenden Tagen mussten Sophie, Faith, Penelope und ich von oben bis unten das Haus putzen. Die Gästezimmer wurden hergerichtet, und mein Onkel sah mit Erregung der Ankunft der Gesandten entgegen. Dann war es endlich so weit.

»Du lässt dich nicht sehen, Patricia«, hatte er mich angewiesen. »Mit deinem gotteslästerlichen Verhalten würdest du die ganze Familie blamieren.«

So saß ich also in meiner Kammer, als die drei Männer eintrafen. Da bereits die Dämmerung eingesetzt hatte, konnte ich durch das Fenster nicht mehr als die Schatten der Gäste erkennen. Später kam Penelope zu mir und brachte mir das Essen.

»Und?«, fragte ich sie erwartungsvoll.

Sie zuckte gleichgültig die Schultern.

»Ach, es sind typische Puritaner, wobei der Jüngste von ihnen recht attraktiv ist.«

»Oh, Penny! Hast du etwa ein Auge auf ihn geworfen?«

»Nein, nein, bestimmt nicht. Ein Puritaner! Könntest du dir vorstellen, mit einem selbst ernannten Heiligen verheiratet zu sein?«

Ich schüttelte den Kopf, stimmte in ihr Lachen ein und begann zu essen.

Penny erhob sich.

»Ich muss wieder zu den Gästen. Schlaf gut, Patricia.«

Nachdem ich mein Mahl beendet hatte, fühlte ich noch keine Müdigkeit. Der Abend war mild. Da im Haus inzwischen alles ruhig war, entschloss ich mich, noch einen kurzen Spaziergang zu machen. Als ich den Innenhof betrat, bemerkte ich einen Mann, der sich zu mir umdrehte, als er meine Schritte hörte.

»Entschuldigung, ich möchte Sie nicht stören«, murmelte ich und wollte mich eilends wieder entfernen. Das Gesicht des Fremden lag im Dunkeln. Jetzt kam er auf mich zu und sagte:

»Ich glaube, wir sind uns noch nicht vorgestellt worden. Sie waren beim Abendessen nicht anwesend?«

Ich erstarrte. Diese Stimme! Unter Tausenden hätte ich sie erkannt! Alles hätte ich erwartet, aber nicht mitten in der Nacht Martin Blickland gegenüberzustehen!

Nun hatte er auch mich erkannt.

»Patricia!«, rief er. »Was machst du denn hier?«

»Jonathan Hughes ist mein Onkel«, erwiderte ich mit zittriger Stimme. Ich war völlig durcheinander. Mein Herz pochte so laut, dass ich meinte, Martin müsse jeden Schlag hören.

»Dein Onkel! Das habe ich nicht gewusst. Komm, lass uns ein paar Schritte gehen. Die Luft ist sehr mild.

Stumm ging ich neben Martin die Fore Street hinunter. Nur aus einzelnen Häusern drang noch Kerzenschein, und der Fluss war in weiches Mondlicht getaucht.

»Du kommst im Auftrag des Parlaments?«, brach ich schließlich das Schweigen.

Martin nickte.

»Ja, Jonathan Hughes wurde damit beauftragt, die fälligen Steuern von der Bevölkerung des Stadtbezirks Lostwithiel einzuziehen. Oliver Cromwell hat mich nach Cornwall gesandt, um deinem Onkel die nötigen Instruktionen zu geben, Aber was machst du hier? Ich habe wirklich nicht erwartet, dich in dieser abgeschiedenen Gegend zu treffen.«

»Du weißt, dass ich Violet's Abbey habe verlassen müssen«, antwortete ich bitter. »Mein einziger Verwandter ist Onkel Jonathan. Mir blieb keine andere Wahl, als ihn um Aufnahme zu bitten. Aber Martin, bitte sag mir: Wie geht es Dorothy? Wo lebt sie? Ist sie glücklich? Ich habe auf keinen meiner Briefe eine Antwort erhalten!«

»Wir leben in unruhigen Zeiten. Da geht manches Schreiben verloren«, wich Martin aus.

Am liebsten hätte ich ihm ins Gesicht geschrien, ich sei sicher, dass er seiner Schwester verboten hatte, mit mir Kontakt zu halten. Aber ich schwieg.

»Dorothy geht es gut. Sie hat ihren Weg zu Gott gefunden.«

»Den puritanischen Weg!«, warf ich heftig ein.

Martin sah mich mit einem eigentümlichen Blick an.

»Noch immer die ungestüme Pat? Haben die Jahre im Hause eines gottesfürchtigen Mannes dich nicht gelehrt, deine Gefühle zu zügeln?«

Ich ballte die Fäuste vor Wut. Wie konnte er es wagen, so mit mir zu sprechen! Wie schulmeisterhaft, wie gönnerhaft!

»Ich bin immer noch ich! Aber ich habe mich auch nicht verkauft, um eine politische Karriere zu machen! Nun, wie es scheint, ist es dir gelungen!« Ich stand mit blitzenden Augen vor Martin. Mein Herz zog sich krampfhaft zusammen. Mein Gott, ich liebte ihn ja noch immer. Nach so vielen Jahren. Wenn er jetzt die Hand nach mir ausstrecken, mich an seine Brust ziehen würde ... Rasch drehte ich mich um. Ich wollte nicht, dass er mir meine Emotionen an den Augen ablesen konnte. Es gab eine Zeit, da hätte ich für Martin alles getan, wäre für ihn durchs Feuer gegangen, doch er hatte mich von sich gewiesen. Er war der Ehemann einer anderen.

»Ich werde deinem Onkel sagen, dass du noch viel zu lernen hast«, sagte Martin. Seine Stimme war sanft und herablassend. »Ich bedaure es, dass du noch nicht den wahren Weg für ein erfülltes Leben gefunden hast. Bete täglich zu Gott, dass er dir diesen Weg weist.«

»Halt deinen Mund, Martin Blickland!«, schrie ich, außer mir vor Wut und Selbstmitleid. »Ihr mit eurem scheinheiligen Getue, mit eurer Selbstgerechtigkeit und Arroganz!«

Martin griff nach meinem Arm. Schmerzhaft konnte ich seine Finger spüren. »Wie kannst du dir solche Worte erlauben? Weißt du nicht, dass ich dich dafür vor Gericht bringen kann?«

Doch ich war so voller Zorn, dass mich seine Drohung nicht schreckte.

»Bitte, dann tu es doch! Bereits einmal hast du mein Leben zerstört, indem du mich gezwungen hast, hierher zu kommen. Es wäre ein Leichtes gewesen, mich in Blickland Hall aufzunehmen. Aber nein, deine Karriere war dir wichtiger! Die Tochter eines Verräters zu beherbergen? Nein, soweit geht die Nächstenliebe von euch Puritanern nicht. Ihr predigt Verständnis und dass sich der Mensch selbst nicht wichtig nehmen sollte. In meinen Augen ist es aber die größte Arroganz zu sagen: ›Du hast Unrecht, weil du es nicht so machst wie ich.‹ Arroganz ist eine Sünde, nicht wahr? Macht ihr euch denn nicht auch der Sünde des Stolzes schuldig, indem ihr täglich Gott dafür dankt, dass ihr nicht so seid wie andere Menschen? Ja, ihr sündigt jeden Tag aufs Neue, denn nur eure Regeln, eure Ansichten lasst ihr gelten. Und damit unterdrückt ihr ein ganzes Volk!«

Martin schlug mich mitten ins Gesicht. Es kam völlig unerwartet. Ich taumelte einige Schritte zurück und hielt meine brennende Wange. Ungläubig starrte ich ihn an. Seine Züge waren verzerrt, und die Augen funkelten vor Zorn.

»Halt dein lasterhaftes Maul!«, presste er zwischen den Zähnen hervor.

Hysterisch lachte ich laut auf.

»Ja, schlag mich doch! Das ist die Macht der Puritaner. Wenn euch die Argumente ausgehen, gebraucht ihr Gewalt. Darum habt ihr auch den König ermordet.«

Martin kam mit seinem Gesicht dem meinen sehr nahe. Fest sah er mir in die Augen. Er hatte seine Stimme wieder meisterhaft im Griff, als er sagte:

»Nur mit Rücksicht auf unsere alte, längst vergangene Freundschaft werde ich davon absehen, dich anzuzeigen. Ich bin überzeugt, dass du mit deinen Äußerungen sowieso bald in Schwierigkeiten geraten wirst. Du weißt, dass für dein Verhalten die Todesstrafe verhängt werden kann?« Er machte eine kurze Pause. Ich hielt seinem Blick stand. Trotz allem, was in den letzten Minuten gesagt und geschehen war, sehnte ich mich danach, mich in seine Arme zu werfen. »Ich muss mich korrigieren. Ich werde nicht für dich beten. Deine Seele ist verloren. Ich werde für deinen Onkel beten, weil er so eine wie dich unter seinem Dach beherbergen muss.« Er schenkte mir einen letzten verächtlichen Blick. Dann eilte er mit schnellem Schritt zum Haus zurück.

Ich blieb in der Nacht stehen und starrte ihm nach. Tiefe Einsamkeit und Hoffnungslosigkeit überfielen mich.

»Martin«, flüsterte ich, »bitte, komm zurück. Ich liebe dich so sehr.«

Ich sah Martin nicht wieder. Die Männer reisten nach zwei Tagen, die ich allein in meiner Kammer verbrachte, ab. Martin schien Onkel Jonathan nichts von unserer Auseinandersetzung erzählt zu haben, denn mein Onkel erwähnte den Vorfall mit keinem Wort. Ich war sicher, wäre er davon in Kenntnis gesetzt worden, hätte er mich erneut geschlagen. So aber ging das Leben in seiner gewohnten Eintönigkeit weiter. Martin Blickland würde ich wohl niemals wiedersehen. Gegenüber Penny hatte ich mein Herz ausgeschüttet. Sie war entsetzt zu hören, dass ich Martin liebte.

»Als ich ihn kennen lernte, war er noch kein Puritaner«, verteidigte ich ihn. »Er war so höflich, galant und lustig.« Mein Blick schweifte in die Ferne. Ich war wieder dreizehn Jahre alt und ritt durch die Kornfelder von Blickland Hall, neben mir Martin, ein Martin, der mit mir flirtete und mir bewundernde Blicke zuwarf.

»Vergiss ihn!«, war Pennys schonungsloser Kommentar.

Ich seufzte und zog die Stirn kraus.

»Ich glaube, das werde ich niemals können. Martin ist ein Teil meines Lebens.«

Da Penelope mit Sophie und mir in erster Linie für den Haushalt zuständig war, wurde Faith von Onkel Jonathan angehalten, ihm bei der Steuereintreibung zu helfen. Doch bereits nach kurzer Zeit zeigte sich, dass Faith zwar alle Bibelsprüche auswendig kannte, für den Umgang mit Zahlen jedoch kein Geschick besaß. Trotz meiner Unterstützung beherrschte sie weder die Addition, noch konnte sie die anteiligen Steuern nach der Größe des Besitzes errechnen. Onkel Jonathan musste ärgerlich zur Kenntnis nehmen, dass seine Lieblingstochter in diesem Bereich keine große Hilfe war. Zähneknirschend übertrug er mir die Aufgabe, und ich machte mich sofort mit Elan über die Bücher her. Zweimal im Jahr kamen die Bürger in den Dutchy Palace, wo nun, neben dem Zoll auf die Zinnbarren, die Steuern an Jonathan Hughes abzuliefern waren.

Nachdem ich mich einige Zeit mit den Büchern beschäftigt hatte, kam mir manches seltsam vor. Immer wieder stieß ich auf Ungereimtheiten. An einem Abend sprach ich Onkel Jonathan diesbezüglich an.

»Onkel, mir ist aufgefallen, dass die Steuern nicht gerecht verteilt sind. So ist zum Beispiel der Besitz der Familie Buxton mit zehn Morgen gleich groß wie die Farm der Familie Parker. Und doch müssen die Buxtons zwanzig Shilling im Jahr mehr als die Parkers an Steuern zahlen. Ich denke, dass hier ein Rechenfehler vorliegen muss.«

Mein Onkel beobachtete mich mit argwöhnischem

Blick. Ich sah, wie seine Wangen sich rot färbten. Ärgerlich antwortete er:

»Ich bat dich, mir zu helfen, weil du gut rechnen kannst. Es ist nicht deine Aufgabe, über Recht oder Unrecht zu urteilen.«

»Aber hier liegt eindeutig eine große Ungerechtigkeit vor.«

Onkel Jonathan hieb mit der Faust auf den Tisch, dass die Teller wackelten.

»Es geht dich nichts an, verstehst du das? Wenn es dir nicht passt, dann kannst du auch gerne wieder das Geschirr in der Küche spülen!« Mit diesen Worten verließ er den Raum, und ich blieb verwirrt zurück.

Penelope lächelte mich an.

»Misch dich nicht ein, Patricia«, riet sie mir. »Ich kann dir sagen, warum die Buxtons mehr Steuern zahlen: Die Männer der Familie haben auf der royalistischen Seite gekämpft. Sie haben nie einen Hehl aus ihrer Königstreue gemacht. Die Parkers dagegen sind Puritaner. Muss ich noch weitersprechen?«

Ich schüttelte den Kopf. Das durfte doch nicht sein!

»Das ist nicht gerecht!«, rief ich erregt.

»Was ist denn schon gerecht, was diese Rundköpfe machen?«, fragte Penelope ironisch. »Wir werden uns damit abfinden müssen oder wir zerbrechen daran. Ach, manchmal möchte ich einfach meine Sachen packen und fortgehen.«

Erschrocken hielt ich die Luft an. Ich sprang auf und umarmte meine Cousine.

»Bitte nicht, Penelope! Du darfst mich hier nicht allein lassen!« Ich machte eine kurze Pause. »Oder wir gehen zusammen. Irgendwohin – vielleicht nach Amerika?«

»Und wie sollen wir dorthin kommen? Hast du Geld? Hast du Beziehungen? Noch ehe wir ein Schiff besteigen, hat Vater uns gefunden und zurückgebracht. Was dann geschieht, mag ich mir gar nicht vorstellen!« Sie schüttelte resigniert den Kopf. »Nein, wir werden uns fügen müssen. Eigentlich geht es uns doch gut. Wir sind jung, gesund und haben genügend zu essen. Das ist mehr, als viele andere in dieser Zeit in England haben.«

Ich stimmte ihr zu und beschloss, mir nicht alles so zu Herzen zu nehmen.

Das war jedoch leichter gesagt als getan. An einem Freitagnachmittag saß ich mit meinem Onkel in der Halle des Dutchy Palace. Es war kalt, und ich fror. Im Kamin brannte kein Feuer, und die einzige Einrichtung der Halle bestand aus einem Schreibtisch, an dem wir saßen, und einem schlichten Holzkreuz an der Wand. Der steinerne Fußboden, der weder mit Binsen noch einem Teppich bedeckt war, strahlte zusätzliche Kälte aus. Onkel Jonathan saß streng und aufrecht auf seinem Stuhl, ein Bild von Selbstgerechtigkeit. Ein Bürger nach dem anderen betrat die Halle und lieferte ordnungsgemäß seine Steuern ab. Die meisten taten es mit grimmigem Gesicht. Gerade stand Kathy Polbrook vor uns, als Onkel Jonathan plötzlich brüllte:

»Was ist denn das?« Kathy blickte ihn verständnislos an. Mein Onkel war aufgestanden und lehnte sich halb über den Schreibtisch. In seinem Gesicht stand nun nicht mehr kühle Gleichgültigkeit, sondern offene Entrüstung. »Was tragen Sie da an Ihren Ohren?«

Erschrocken strich Kathy Polbrook die Haare zurück und griff sich an die Ohren. Ich konnte ein paar kleine, silberfarbige Schmuckstücke erkennen.

»Meine Ohrringe«, flüsterte Kathy.

»Nehmen Sie die sofort ab!«, herrschte Onkel Jonathan sie an.

»Aber sie sind das einzige Andenken an meine verstorbene Mutter. Sie gab mir den Schmuck auf dem Totenbett.«

»Sie sollen sie ablegen«, zischte mein Onkel. Er stand nun aufrecht vor Kathy Polbrook, stolz und selbstgerecht. »Es ist Teufelszeug! So ein Tand dient nicht zum Wohlgefallen unseres Herrn.« Langsam legte Kathy die Ohrringe ab. Dabei rollten Tränen über ihre Wange, doch sie sagte kein Wort. »Ich möchte so eine Geschmacklosigkeit niemals wieder an Ihnen sehen, Kathy Polbrook«, fuhr er fort. »Und was Ihre Steuern betrifft: Ab nächsten Monat werden wir den Betrag erhöhen.«

»Was?«

Er sah sie kalt an.

»Ich bin der Meinung, dass Sie noch nicht den rechten Weg zu Gott gefunden haben. Nun werden Sie härter arbeiten müssen, um die Steuern zu erwirtschaften. Da bleibt keine Zeit mehr für gotteslästerliches Tun.« Onkel Jonathan wandte sich von der jungen Frau ab. »Sie können jetzt gehen und den Nächsten hereinschicken.«

Mein Blick kreuzte den von Kathy, und ich konnte die Verzweiflung in ihren Augen sehen. Ich wusste über ihre Situation Bescheid. Sie lebte mit ihrem Vater, der seit dem Bürgerkrieg Invalide war, auf einem kleinen Hof an der Straße nach St. Austell. Seit ihre Mutter an einem

Fieber gestorben war, pflegte sie den alten Herrn aufopfernd und bewirtschaftete das wenige Land, das zu ihrem Besitz gehörte. Kathy Polbrook war bei allen durch ihre freundliche, unaufdringliche Art beliebt. Der einzige Fehler, den ihr Vater begangen hatte, war, dass er auf der Seite des Königs gekämpft hatte.

Auch bei Alice Walker, die als Nächste die Halle betrat, war die Situation ähnlich. Alice, eine Frau mittleren Alters, hatte ihren Ehemann und zwei Söhne bei der Schlacht von Marston Moor verloren. Sie lebte mit ihrem jüngsten Sohn Peter, gerade zehn Jahre alt, auf dem Hof, der bereits seit Generationen im Besitz der Walkers war. Der Haupterwerb bestand aus Milchwirtschaft und dem Verkauf von Weizen. Doch in diesem Jahr hatten etliche Stürme große Teile der Ernte vernichtet. Dementsprechend konnte Alice Walker die festgesetzte Steuer nicht bezahlen.

»Ich bringe Ihnen zwei Drittel der Summe, Mister Hughes«, sagte sie mit leiser, freundlicher Stimme. »Ich werde mich bemühen, die restliche Summe bis nächsten Monat zu bezahlen.«

Jonathan Hughes sah die Frau ohne jegliches Gefühl kalt an.

»Mistress Walker, Sie kennen die Bedingungen. Die Steuern sind in voller Höhe jeweils zum festgesetzten Termin zu entrichten. Aber ich werde gütig zu Ihnen sein: Zahlen Sie binnen zwei Wochen den Rest. Allerdings wird auch Ihre Steuer ab dem nächsten Monat um fünf Shilling erhöht.«

Ich zog hörbar die Luft ein, was mir einen tadelnden Blick meines Onkels einbrachte. Das konnte er doch nicht machen! Alles Blut war aus Alice Walkers Gesicht gewichen.

»Sie wissen, dass ich die Summe niemals aufbringen kann«, flüsterte sie. Zum zweiten Mal an diesem Tag sah ich eine Frau vor meinem Onkel weinen, und ich konnte nichts tun, war so schrecklich hilflos. »Die Ernte in diesem Jahr war schlecht, und ich habe bereits Vieh verkaufen müssen, um einen Teil der Steuer bezahlen zu können.«

Jonathan Hughes zuckte gleichgültig mit den Schultern. Die undurchdringlichen Augen starrten die Frau an, und er verzog keine Miene.

»Sie kennen die Gesetze, Mistress Walker. Wenn Sie zwei Monate mit den Abgaben im Rückstand sind, wird Ihr Hof versteigert. Es gibt auch bereits jemanden, der die Farm gerne erwerben würde. Es ist also in Ihrem Interesse, den Forderungen termingerecht nachzukommen.«

Alice Walker straffte die Schultern.

»Der Hof ist seit zweihundert Jahren im Besitz der Familie Walker. Mein Sohn wird ihn eines Tages mit seiner Familie bewirtschaften. Niemand wird ihn uns wegnehmen!« Damit drehte sie sich um und ließ meinen Onkel stehen.

Obwohl Alice Walker hoch erhobenen Hauptes den Raum verlassen hatte, wusste ich doch, dass sie draußen bittere Tränen weinte.

»Onkel, wo soll die Frau das Geld hernehmen?«, fragte ich leise.

»Halt deinen Mund!«, herrschte er mich an. »Ich habe auch meine Vorschriften, nach denen ich handeln muss. Wenn Mistress Walker in drei Monaten ihre Steuerschuld nicht beglichen hat, wird der Hof versteigert.« Damit war das Thema beendet. Ich zitterte vor der Gefühlskälte von Jonathan Hughes.

Drei Monate später – wenige Tage vor dem Weihnachtsfest – wurde Alice Walker mitgeteilt, sie müsste bis Ende der Woche den Hof räumen. Natürlich war sie nicht in der Lage gewesen, die erhöhte Steuer zu bezahlen. So wurde der Besitz einem Mann aus Truro zugesprochen. Niemals werde ich die letzte Begegnung mit Alice vergessen. Sie war in unser Haus gekommen, um nochmals mit Onkel Jonathan zu reden.

»Der Hof ist alles, was mein Sohn und ich noch haben«, flehte sie unter Tränen. »Ich habe keine Verwandten. Wo sollen wir hingehen? Wenn Sie uns den Besitz nehmen, müssen wir als Bettler auf der Straße leben.«

Angewidert beobachtete ich, wie mein Onkel in aller Seelenruhe sein Stück Fleisch verspeiste und keine Miene verzog. Alice Walker hatte die letzten Wochen eindeutig Hunger gelitten. Ihre Wangen waren eingefallen, die Kleider schlotterten um den mageren Körper. Und da saß dieser selbstherrliche Puritaner in seinem warmen Haus vor einem opulenten Mahl und stieß andere Menschen gnadenlos ins Unglück.

»Das ändert nichts an meiner Entscheidung«, war der einzige Kommentar, den Onkel Jonathan für die Arme übrig hatte. Verzweifelt verließ Alice Walker das Haus.

In dieser Nacht brannte ihr Hof lichterloh. Als die ersten Männer eintrafen, um zu löschen, war es für Hilfe bereits zu spät.

Alice Walker hatte das noch verbliebene Vieh freigelassen, so dass der Verdacht, es handle sich nicht um einen Unglücksfall, nahe lag.

»Sie hat lieber den Hof angezündet, als ihn Fremden zu überlassen«, flüsterte man sich hinter vorgehaltener Hand zu. Als man schließlich in den Trümmern die verkohlten Leichen einer Frau und eines Kindes fand, sprach in Lostwithiel niemand mehr von etwas anderem.

»Es war Selbstmord«, ging ein Raunen durch die Stadt. »Wie schwer muss es Alice belastet haben, dass sie zu diesem Mittel griff.«

Selbst mein Onkel zeigte sich betroffen. Ich merkte jedoch, dass ihm weniger der Tod der Frau und des Kindes nahe ging, als dass der wertvolle Besitz verloren war. Tatsächlich wurde das Land von einem Mann aus Truro gekauft. Er riss die restlichen Mauern ein und baute ein neues Haus. Das Leben ging seinen Gang, und Jonathan Hughes trieb weiter unbarmherzig die Steuern ein.

An einem Januartag knallte William Hacket, ein Bauer aus der Umgebung, meinem Onkel den Beutel mit Geld auf den Schreibtisch.

»Zählen Sie es nach, Master Hughes«, rief er. »Es fehlt kein Penny. Auch wenn Sie mir nochmals die Steuer erhöhen: Ich werde zahlen, und wenn ich dafür alles verkaufen muss, was ich besitze. Mich werden Sie nicht in den Tod treiben wie die arme Alice!«

»Mäßige deine Zunge, Bauer«, sagte mein Onkel verächtlich, doch William Hacket war ein Mann, der sich nicht den Mund verbieten ließ.

»Was Sie hier im Namen des Parlaments machen, ist reiner Wucher!«, schrie er. »Hat nicht das Parlament diesen entsetzlichen Krieg begonnen, weil der König angeblich das Volk unterdrückte und ausnahm? Aber was machen Sie denn jetzt? Sie sind kein bisschen besser! Sie bluten uns aus, nur weil wir an das Königreich in England geglaubt haben. Ihnen, dem Parlament und allen, die dazugehören, sollte man den Krieg erklären und Sie ebenfalls köpfen. Und mit Ihnen, Master Hughes, würde ich anfangen!«

Jonathan Hughes war langsam aufgestanden und vor den einen guten Kopf kleineren Mann getreten. Nur ein Zucken an der Schläfe verriet mir den Zorn meines Onkels. Mit weit aufgerissenen Augen starrte ich die beiden Männer an. Würde Onkel Jonathan den Bauer züchtigen? Kalt sah er ihn minutenlang an. William Hacket hielt dem Blick stand, er war ein Mann ohne Furcht, der frei seine Meinung geäußert hatte. Wenn ich ehrlich war, so musste ich ihm zustimmen. Was Onkel Jonathan machte, war mehr als nur Pflichterfüllung. Ich war sicher, dass gewisse Summen auch in seine eigene Tasche wanderten.

»Geh mir aus den Augen! Du wirst von mir hören«, war alles, was mein Onkel sagte.

Zwei Tage später erfuhr ich, dass William Hacket verhaftet worden war. Man hatte ihm die Zunge und die Ohren abgeschnitten.

Entsetzt verkroch ich mich in meine Kammer und lag zitternd unter der Bettdecke. Mit was für einem Monster lebte ich in einem Haus!

»Ich muss hier weg«, flüsterte ich, doch erneut stand ich vor der unlösbaren Frage, wohin ich mich wenden sollte. Einzig mit Penelope konnte ich frei sprechen. Doch immer hatten wir Angst, belauscht zu werden und ein ähnliches Schicksal wie William Hacket zu erleiden. Denn dass Jonathan Hughes vor seiner eigenen Familie nicht zurückschrecken würde, stand außer Zweifel.

In den folgenden Wochen wurden die Schicksale von Alice Walker und William Hacket durch die Nachrichten über den Seekrieg in den Hintergrund gedrängt.

1651 hatte Oliver Cromwell zum Schutz der englischen Seefahrt die Navigationsakte erlassen. In derselben legte man fest, dass die von den englischen Kolonien in Afrika, Asien und Amerika importierten oder dorthin exportierten Güter auf Schiffen transportiert werden mussten, die auf englischen Werften gebaut wurden und deren Mannschaft zu fünfundsiebzig Prozent aus Engländern bestand. Die karibische Insel Barbados, die durch ihre Zuckerpflanzungen zu großem Wohlstand gekommen war, hielt jedoch ebenso wie Virginia an ihrer Treue zum König fest. So gaben die Händler dieser beiden Staaten beim Transport ihrer Waren den Holländern den Vorzug. Die Produkte von Barbados und Virginia wurden also auf holländischen Schiffen in alle Welt und auch nach England gebracht. Dagegen richtete sich die Navigationsakte. Zwischen England und den Niederlanden bestand ohnehin kein gutes Einvernehmen, da Charles II. hauptsächlich vom Haus Oranien unterstützt worden war. Holländische Schiffe, die fremde Güter nach England bringen sollten, wurden zum Kapern freigegeben. Die Holländer beschlossen daraufhin, einhundertfünfzig Kriegsschiffe unter Admiral Tromp zum Schutz der freien Fahrt der holländischen Handelsschiffe in See stechen zu lassen. Der englische Admiral Blake seinerseits fuhr fort, sein Durchsuchungsrecht auszuüben.

Also kam es zu zahlreichen Seeschlachten, bei denen die Engländer die Oberhand behielten. Auch wenn die Kämpfe weit fort von Cornwall ausgetragen wurden, erschreckte mich die Gewissheit, dass wir uns wieder im Krieg befanden, und obwohl ich keinen Grund hatte, mit Cromwell zu sympathisieren, war ich doch unendlich erleichtert, als uns die Nachricht erreichte, dass die Niederlande die Navigationsakte anerkannt hatten.

Es war in dieser Zeit, als Penelope sich veränderte. Hatten wir noch bis vor kurzer Zeit so gut wie jede Minute miteinander verbracht, so meinte ich manchmal, sie wiche mir aus. Immer seltener kam sie vor dem Zu-Bett-Gehen in meine Kammer. Und wenn sie kam, dann sprach sie über Belangloses wie zum Beispiel das Essen für den kommenden Tag oder eine Warenlieferung von John Spears' Laden.

Ich vermutete, dass Penelope mir misstraute, seit ich für ihren Vater die Bücher führte. Eines Abends, als sie mir wieder sehr wortkarg schien, sprach ich sie darauf an.

»Penny«, sagte ich, »wir sprechen kaum noch miteinander. Denkst du, dass ich Onkel Jonathan etwas erzählen würde?«

Penelope sah mich erstaunt an.

»Nein, ich würde das niemals denken. Bei Faith, obwohl sie meine leibhaftige Schwester ist, wäre ich da nicht so sicher.«

Ich berührte leicht ihren Arm.

»Aber warum bist du dann in letzter Zeit so still geworden? Ich habe den Eindruck, du ziehst dich von mir zurück. Wie lange ist es her, seit wir Spaziergänge am Fluss entlang oder nach Restormel gemacht haben?«

Meine Cousine lächelte, ein hintergründiges, fast geheimnisvolles Lächeln. Ihr Blick ging an mir vorbei in die Ferne, und ich sah ein Leuchten in ihren Augen.

»Es wird sich alles ändern, Pat«, flüsterte Penny. »Mein Vater hat bald keine Macht mehr über mich.«

Erschrocken rief ich, ungeachtet der nächtlichen Zeit: »Willst du fortgehen?«

Penny legte rasch ihre Hand auf meinen Mund.

»Pst! Bist du verrückt? Ich kann nicht mehr sagen. Aber glaube mir, es hat nichts mit dir zu tun. Ich muss jetzt gehen. Gute Nacht, Pat.«

»Warte noch!«, rief ich, doch Penelope hatte das Zimmer bereits verlassen. Sekunden später hörte ich, wie die Haustür leise geöffnet und dann wieder geschlossen wurde. Durch das kleine Fenster erkannte ich im Mondlicht eine Gestalt, die die Fore Street hinabhastete. Obwohl ich ihr Gesicht nicht hatte erkennen können, war ich sicher, dass es meine Cousine war. Wo wollte sie hin? Es war bereits nach Mitternacht! Welches Geheimnis verbarg Penelope vor mir?

Dass Penelope mitten in der Nacht das Haus verließ, wiederholte sich in den nächsten Wochen. Manchmal dachte ich daran, ihr heimlich zu folgen. Ich beobachtete sie aufmerksam, und immer öfter bemerkte ich, dass sie häufig geistesabwesend wirkte. Sie verrichtete ihre Arbeit ordentlich, nur manchmal huschte ein verstecktes Lächeln über ihr Gesicht. Sogar Faith war die Veränderung der Schwester aufgefallen.

»Du scheinst endlich den wahren Glauben gefunden zu haben«, sagte Faith zu ihr. »Es ist gut, dass du Vater nicht mehr widersprichst und bei allen Gebeten dabei bist.«

Ich hatte meine Zweifel. Aus der aufbrausenden, trotzköpfigen Penelope schien, oberflächlich betrachtet, eine gefügige, genügsame Frau geworden zu sein, dennoch kannte ich Penny gut genug, dass ich ihr Verhalten unmöglich mit der Hinwendung zum Puritanismus begründen konnte.

Als sie eines Sonntags nach Einbruch der Dunkelheit erneut heimlich das Haus verließ, warf ich mich schnell in meinen Umhang und folgte ihr. Penelope hegte wohl keinen Verdacht, jemand könnte ihr folgen, denn sie wandte sich nicht einmal um. Ungefähr eine Meile flussaufwärts huschte sie in ein Wäldchen. Leise, bemüht auf keinen morschen Ast zu treten, tastete ich mich durch die Bäume. Dann sah ich sie: Penelope lag in den Armen eines Mannes, die beiden küssten sich leidenschaftlich. Vorsichtig schlich ich mich von dannen. Ich lächelte. Nun wusste ich um das Geheimnis meiner Cousine. Sie war verliebt! Bestimmt war der junge Mann kein Puritaner, und deshalb traf sie sich heimlich mit ihm. Obwohl ich Penelope ihr Glück wirklich gönnte, dachte ich ängstlich daran, dass sie mich vielleicht verlassen würde. Was sollte ich nur ohne sie, meine beste Freundin, tun?

Onkel Jonathan lud seit einiger Zeit regelmäßig den Gemischtwarenhändler John Spears zum Abendessen ein. Mister Spears war ein ruhiger, etwas langweiliger Gast. Mir waren jedoch die Blicke, mit denen mein

Onkel Penelope und John Spears beobachtete, nicht verborgen geblieben. Ich vermutete, dass Onkel Jonathan eine Verbindung zwischen den beiden wünschte. Schadenfroh dachte ich an den jungen Mann, dem Penelope ihr Herz geschenkt hatte. Eines Abends, Penny besuchte mich in meiner Kammer, sprach ich sie darauf an.

»Penny, ich weiß, dass du verliebt bist!«

Erschrocken starrte sie mich an.

»Woher?«

»Keine Angst, ich habe es niemandem verraten, aber dein Verhalten war eindeutig. Ist es nicht lustig, dass dein Vater versucht, dich mit John Spears zu verkuppeln?«

Ungläubig weiteten sich ihre Augen.

»Mit dem alten Mann? Davon habe ich nichts bemerkt.«

Das war typisch für meine Cousine. Sie ging so in ihrem Glück auf, dass sie die Umgebung um sich herum fast nicht mehr wahrnahm.

»Erzähl mir von ihm«, bat ich sie.

Penelope kroch zu mir ins Bett und kuschelte sich an mich. Sie verschränkte die Arme unterm Kopf und starrte an die Decke.

»Sein Name ist Philipp, und er ist Fischer drüben in Fowey. Wir trafen uns zufällig am Hafen, als mir ein Korb mit Wäsche aus den Händen glitt. Er half mir, und seitdem sehen wir uns häufig. Ach, Pat, er ist so zärtlich und verständnisvoll! Ich hätte nie geglaubt, dass ich nach David jemals wieder jemanden lieben kann!«

Ich drückte Penny fest an mich.

»Werdet ihr heiraten?«

Sie nickte.

»Ja, aber es ist nicht so einfach. Philipp ist ein einfacher Fischer. Er lebt mit seiner kranken Mutter und sechs jüngeren Geschwistern in einer kleinen Kate. Er ist der einzige Verdiener der Familie, und das Geld, das er mit dem Fischfang verdient, reicht gerade, damit seine Familie nicht verhungert. Zudem ist er ein glühender Royalist, Vater würde niemals seine Zustimmung geben.«

»Wenn ihr euch wirklich liebt, dann werdet ihr auch ohne Geld glücklich«, sagte ich überzeugend. »Du wirst dann nach Fowey gehen? Ich kann verstehen, dass du dieses Haus bald verlassen möchtest.«

»Ach, Pat, ich verspreche dir: Wir werden immer Freundinnen bleiben. Ich weiß, wie schrecklich es für dich sein muss, hier zurückzubleiben. Aber du könntest doch John Spears heiraten.«

»Ich? Jetzt bist du aber völlig verrückt«, lachte ich. Penny stimmte ein, und wir kicherten um die Wette, bis wir uns die Decke über die Köpfe zogen, damit man uns im Haus nicht hörte. Es war schön, Penny so fröhlich zu sehen, auch wenn es mir bei dem Gedanken, sie bald zu verlieren, beinahe das Herz zerriss.

Das Jahr 1653 brach mit furchtbaren Stürmen an. Bäume wurden entwurzelt, Dächer abgedeckt, und so manche aus Holz gebaute Kate brach in sich zusammen. Tagelang war der Schiffsverkehr am Hafen eingestellt, hoch schlugen die Wellen an den Strand.

»Eine Strafe Gottes!«, rief Onkel Jonathan und erhöhte die Anzahl der täglichen Gebete.

»Warum? Was haben wir ihm getan?«, konnte ich mich nicht enthalten zu fragen.

Mein Onkel streifte mich mit einem verächtlichen Blick.

»Diese Verderbtheit und dein Unglauben an die Kirche – das straft Gott!«, donnerte er, und Faith stand eifrig nickend daneben.

»Du musst mehr beten«, flüsterte sie und faltete die Hände.

»Ja, ja«, murmelte ich und ging in meine Kammer. Ich hatte alle Haus- und Flickarbeiten erledigt, doch spazieren gehen wollte ich nicht, das Wetter war zu schlecht. Beinahe waagrecht peitschte der Regen durch die Straßen. Gelangweilt starrte ich aus dem Fenster, als sich die Tür einen Spalt öffnete.

»Patricia?« Penelopes Stimme klang seltsam erstickt.

»Komm rein«, forderte ich meine Cousine auf. Sie trat ins Zimmer und schloss hinter sich rasch die Tür. Ich erschrak, als ich in ihr Gesicht sah. Es war rot und verschwollen, ihr Haar hing wirr unter der Haube hervor.

»Hast du geweint?«, fragte ich.

Mit einem Aufschrei stürzte sich Penelope in meine Arme. Sie schluchzte und stammelte unzusammenhängende Worte. Besänftigend strich ich über ihren Rücken. Was war geschehen? Nach einigen Minuten schien Penelope sich zu beruhigen.

»Es ist wegen Philipp«, murmelte sie, und sofort rollten wieder Tränen über ihre Wangen. Er hat sie verlassen, dachte ich sofort, doch die Wahrheit war viel schlimmer. »Ich habe ihn seit zehn Tagen nicht mehr gesehen. Davor haben wir uns jeden Abend im Wäldchen getroffen, aber dann ist er einfach nicht mehr gekommen. Darum habe ich einen Jungen nach Fowey geschickt, um ihm eine

Nachricht zu bringen. Der Junge kam vorhin zurück und sagte mir, Philipp sei im Sturm mit dem Boot aufs Meer gefahren. Seitdem hat ihn keiner mehr gesehen. Nur das Boot ist vor sechs Tagen in Bodinnick angetrieben worden.«

Eine eisige Faust griff nach meinem Herzen.

»Du meinst …« Ich wagte es nicht, die schreckliche Vermutung auszusprechen.

»Er ist tot!«, schrie Penelope. »Philipp ist im Meer geblieben! Warum bloß ist er bei diesem Wetter hinausgefahren?« Sie warf sich bäuchlings aufs Bett und weinte hemmungslos.

Hilflos stand ich daneben. Es gab nichts, was ich tun oder sagen konnte. Es gab keinen Trost.

»Vielleicht ist er irgendwo an Land gespült worden und konnte bisher nicht nach Hause zurückkehren«, sagte ich schließlich, obwohl ich wusste, dass dies unwahrscheinlich war. Bei dem Sturm der letzten Tage würde kein Mensch länger als einige Minuten im eiskalten Wasser des Meeres überleben. Arme Penelope! Doch die schlimmste Nachricht stand mir noch bevor. Sie setzte sich auf, wischte die Tränen ab und starrte mich an. Auf einmal war ihr Blick hart, er ging durch mich hindurch, und mit tonloser Stimme sagte sie:

»Ich erwarte ein Kind von ihm.«

Am nächsten Tag, der Sturm hatte etwas nachgelassen, machte ich mich auf den Weg nach Fowey. Ich klammerte mich an die Hoffnung, dass die Nachricht von Philipps Tod falsch gewesen war, dass andere Gründe ihn hinderten, zu Penelope zu kommen. Ich musste meiner

Cousine unter allen Umständen helfen!

Was geschehen würde, wenn Onkel Jonathan von der Schwangerschaft erfuhr, wagte ich mir nicht vorzustellen. Noch vor Sonnenaufgang brach ich auf.

»Richte deinem Vater aus, dass ich bis zum Abend zurück bin«, sagte ich zu der erstaunten Faith. »Ich habe etwas Dringendes zu erledigen.«

»Das wird ihm aber nicht recht sein«, erwiderte sie.

Ich winkte ab.

»Ach was, es gibt im Haus heute nicht viel zu tun. Die Bücher sind ebenfalls auf dem Laufenden. Das Essen kannst du zubereiten.« Es war mir gleichgültig, was Faith dachte oder meinem Onkel sagen würde. Ich hatte Penelope gegenüber nichts von meinem Vorhaben erwähnt, um keine falsche Hoffnung in ihr zu wecken.

Ich ging flussabwärts, bis ich im Dorf Milltown ein Fuhrwerk fand, das mich bis nach Fowey mitnahm. Die ältere Frau, die den Karren mit dem altersschwachen Pferd kutschierte, brachte Hennen in die Hafenstadt.

»Mein Mann und beide Söhne sind im Krieg gefallen«, erzählte sie mir. Es war immer wieder die gleiche Geschichte.

Ich war zum ersten Mal in Fowey. Als ich am Hafen stand und den Arbeitern, die geschäftig größere und kleine Schiffe be- und entluden, zusah, fiel mir ein, dass ich den Nachnahmen von Philipp gar nicht kannte. Suchend sah ich mich um, bis ich eine Gruppe von Männern entdeckte, die am Strand saßen und Netze ausbesserten.

»Kennt ihr den Fischer Philipp?«, sprach ich sie an.

»Hm, der auf dem Meer geblieben ist, letzte Woche?«,

lautete die brummige Antwort eines kräftigen Kerls.

Ich nickte.

»Ich bin eine Bekannte. Wo finde ich die Mutter von Philipp?«

Der Mann deutete in östliche Richtung.

»Dort oben, am Ende des Weges, es ist das letzte Haus am Rand der Klippen.«

Ich bedankte mich, und nach einem steilen Anstieg stand ich vor einer windschiefen Kate. Ich klopfte, erhielt aber keine Antwort. Vorsichtig öffnete ich die Tür und spähte in den dunklen Raum. Eine Woge übel riechender Luft schlug mir entgegen.

»Hallo, ist jemand zu Hause?«, rief ich.

Ich meinte, einen schwachen Laut aus dem hinteren Teil des Raumes zu vernehmen, und stieß die Tür weiter auf. Durch das hereinflutende Licht konnte ich in der linken Ecke eine Bettstatt erkennen. Darauf lag ein Bündel Lumpen. Langsam ging ich in die Hütte hinein. Plötzlich bewegten sich die Lumpen. Zu meinem Entsetzen stellte ich fest, dass auf dem Bett eine weibliche Person lag, die mir schwach mit der Hand winkte. Der Gestank war unbeschreiblich. Ich fürchtete, mich jeden Moment übergeben zu müssen.

»Verzeihen Sie mein Eindringen«, presste ich hervor. »Sind Sie die Mutter von Philipp, dem Fischer?«

Die Frau richtete sich schwerfällig auf.

»Ist er am Leben?«, keuchte sie. Mich traf ein Schwall von schlechtem Atem.

Ich schüttelte bedauernd den Kopf.

»Ich hoffte, von Ihnen zu hören, dass er den Sturm überlebt hat. Es tut mir Leid, Sie so leidend zu sehen.«

Die Alte starrte mich aus blutunterlaufenen Augen an.

»Woher kommst du?«, fragte sie. »Du redest so hochgestochen, das verstehe ich nicht. Meinen Sohn hat das Meer genommen wie auch seinen Vater und den Bruder. Jetzt sind nur noch die Mädchen da.«

Grenzenlose Resignation überfiel mich. Hier konnte ich keine Hilfe für Penelope erhoffen. Die Frau lebte offensichtlich in bitterer Armut, wahrscheinlich hatte Philipp mit seiner Arbeit die gesamte Familie ernährt.

»Verzeihen Sie, dass ich gestört habe«, murmelte ich und tastete mich rücklings zur Tür. Luft, dachte ich, ich brauche unbedingt frische Luft! Draußen lehnte ich mich an eine Mauer und atmete tief die frische Seeluft ein. Meine Mission blieb erfolglos. Wir mussten uns damit abfinden, dass Penelopes Geliebter und der Vater ihres Kindes für immer auf dem Grund des Meeres lag.

Zu beobachten, wie schlecht es Penelope in den nächsten Wochen ging, zerriss mir beinahe das Herz. Zu ihrer Trauer um den geliebten Mann kam noch die entsetzliche Angst vor der Entdeckung der Schwangerschaft durch ihren Vater. Lange würde sie die Tatsache nicht mehr verheimlichen können. Ihre Haut war grau, die Augen lagen in tiefen Höhlen, und kein Lächeln zeigte sich mehr auf ihren Lippen. Oft musste Penelope sich übergeben, und sie wurde von heftigen Schwindelgefühlen geplagt. In einer letzten verzweifelten Hoffnung schrieb ich an Dorothy:

Eine Verwandte ist in einer schlimmen Situation. Darum bitte ich dich, sie für die nächsten Monate in deinem Hause aufzunehmen. Penelope kann arbeiten, sie scheut keine Tä-

tigkeit …

Doch wie die Jahre zuvor erhielt ich keine Antwort.

Woche um Woche verging, und eines Abends war Penelopes Zustand nicht länger zu verbergen.

»Mir wird schlecht.«

Aschfahl im Gesicht, versuchte sie aufzustehen. Halt suchend griff sie in die Luft und, bevor ich ihr zu Hilfe eilen konnte, brach Penelope ohnmächtig zusammen.

Mein Onkel sprang auf und beugte sich über seine Tochter.

»Was ist mit ihr?«, fragte er.

»Sie bekommt ein Kind!«, rief Faith laut und sah mich triumphierend an. »Ich habe es schon lange bemerkt, auch wenn ihr meint, ich sei noch zu jung!«

Onkel Jonathans Gesichtsfarbe wechselte von Bleich zu Rot. Mit weit aufgerissenen Augen brüllte er mich an:

»Ist das wahr?«

Bevor ich antworten konnte, hatte Faith das Kleid ihrer Schwester an deren Leib gedrückt.

»Sieh her, Vater, man kann es bereits ganz deutlich erkennen.«

Ich wandte mich stumm ab und benetzte einen Lappen mit Wasser. Sanft tupfte ich über Penelopes Stirn, bis sie langsam wieder zu sich kam. Als sie in die Augen ihres Vaters blickte, wusste sie, dass nun alles aus war.

»Lasst uns allein!«, herrschte Jonathan Hughes Faith und mich an.

Schnell verließen wir den Raum. Auf dem Gang verpasste ich Faith eine schallende Ohrfeige. Ich hatte mit so viel Kraft und Wut zugeschlagen, dass mir die Handfläche schmerzte und Faith rücklings einen Meter durch den Flur geschleudert wurde.

»Du scheinheiliges, boshaftes Biest!«, schrie ich sie an. Faith heulte laut auf.

»Das sage ich Vater!«

»Ja, ja, von mir aus. Doch er wird jetzt andere Sorgen haben, als sich um dich zu kümmern.« Ich trat einen Schritt auf sie zu. »Geh mir jetzt aus den Augen, sonst vergesse ich mich. Ich hätte nicht übel Lust, dich richtig durchzuprügeln!«

»Deine Seele wird auf ewig im Feuer schmoren!«, heulte Faith und rannte die Stiege hinauf.

Ich beachtete sie nicht mehr. Mit klopfendem Herzen lauschte ich an der Tür und hörte mit Entsetzen das Klatschen von Leder auf nackter Haut. Ohne nachzudenken stürmte ich ins Esszimmer. Ein Bild des Grauens bot sich mir: Penelope lag mit entblößtem Oberkörper auf dem Tisch, und mein Onkel hieb mit der kurzen Lederpeitsche auf ihren Rücken ein. Mit einem Aufschrei warf ich mich in seine Arme.

»Nein, Onkel! Hör auf! Bitte!«

Er stieß mich von sich weg, hörte jedoch mit Schlagen auf. Schwer atmend sank er auf einen Hocker.

»Verschwinde aus meinem Haus! Du bist nicht länger meine Tochter.« Seine Stimme war ausdruckslos und kalt. »Und du, Tochter eines Verräters, kannst gleich mit der Hure gehen.«

Penelope richtete sich mit schmerzverzerrtem Gesicht auf.

»Ja, Vater, ich gehe. Aber eine Bitte habe ich: Lass Patricia aus dem Spiel. Sie hat mit der Sache nichts zu tun. Ich schwöre dir, sie hat von meiner Schwangerschaft bis eben nichts gewusst.«

»Penny …«, flüsterte ich, doch mit einer Handbewegung gebot sie mir zu schweigen.

»Du wirst eines Tages an deiner Selbstgefälligkeit ersticken, Vater. Mag sein, dass ich gesündigt habe. Doch ich hatte das Glück, die Liebe zu erleben. Etwas, was du niemals kennen und spüren wirst.« Dann ging sie hoch erhobenen Hauptes und mit stolzem Blick hinaus.

Jonathan Hughes blieb als gebrochene Gestalt auf dem Hocker sitzen. Ich wusste, jetzt würde nichts mehr so sein wie zuvor.

Zwei Tage später wurde Penelope gefunden. Ihre Leiche hatte sich flussabwärts im Gestrüpp verfangen. Als die Männer an Jonathan Hughes' Tür klopften, um ihm seine Tochter zu bringen, rief er:

»Nehmt sie mit! Das ist nicht meine Tochter! Sie hat Gott in der allerschlimmsten Art und Weise beleidigt, seine Gesetze mit Füßen getreten.«

Dann drehte er sich um und ließ die Männer vor der Tür stehen. Sogar Faith starrte ihn entsetzt an.

»Aber Vater! Es ist doch Penelope«, murmelte sie.

Er streifte Faith mit kaltem Blick.

»Wartet nicht eine Arbeit auf dich?«

Ich eilte den Männern nach, die den Leichnam zum Friedhof brachten. Penelope wurde ohne jede Zeremonie am Rand des Kirchhofs begraben. Man grub einfach ein Loch und warf ihren kalten, starren Körper, der einzig in ein Tuch gewickelt worden war, hinein. Kein Geistlicher war anwesend, kein Kreuz, kein Stein zierte ihr Grab. Eine Selbstmörderin hatte kein Anrecht auf ein christliches Begräbnis. Weinend kauerte ich mich auf die Erde. Mit Penelope war auch etwas in mir gestorben.

Vorwurfsvolle, aber hauptsächlich mitleidige Blicke streiften mich, wenn ich durch den Ort ging. Doch niemand sprach mich auf meine Cousine und das Verhalten meines Onkels an. Mit Faith redete ich kein Wort mehr. Im Unterbewusstsein machte ich sie für den Selbstmord verantwortlich, auch wenn ich wusste, dass die Wahrheit über Penelopes Schwangerschaft früher oder später ohnehin ans Licht gekommen wäre. Das Leben im Haus meines Onkels war unerträglich geworden. Ich wusste, ich würde jede, aber auch wirklich jede Möglichkeit ergreifen, um das Haus zu verlassen.

John Spears, der Gemischtwarenhändler, bedachte mich ebenfalls mit einem mitleidigen Blick. Er wartete, bis ich die einzige Kundin in dem kleinen Verkaufsraum war, dann sagte er:

»Die Sache mit Ihrer Cousine tut mir Leid, Miss Wilborough.«

»Ja, ja«, murmelte ich und wünschte, er würde die Waren in die Kiste packen und seinen Mund halten. Immer, wenn die Sprache auf Penelope kam, stiegen mir die Tränen in die Augen, auch wenn ihr Tod mittlerweile drei Monate zurücklag.

»Wenn ich Ihnen helfen kann ...«, sagte John Spears. Ich sah erstaunt auf.

»Danke, das ist sehr freundlich. Doch Sie können wohl keine Toten wieder zum Leben erwecken, oder?«, bemerkte ich zynisch. Sogleich schämte ich mich, er meinte es bestimmt nur gut. Ich starrte auf sein dunkles

Gewand und konnte nur daran denken, dass John Spears auch ein Puritaner war. Wegen solcher Fanatiker, wie er und mein Onkel es waren, hatte Penelope den Weg ins Wasser gewählt. Ich wollte rasch die Kiste nehmen, als er sagte:

»Wenn Sie die Sachen bis zum Abend nicht benötigen, bringe ich sie ins Haus. Ihr Onkel hat mich zum Abendessen eingeladen.«

Ich zog eine Augenbraue hoch.

»Ach ja? Es ist sehr freundlich von Ihnen, die Einkäufe mitzubringen.«

John Spears machte einen Schritt auf mich zu. Fast schien es mir, als wolle er nach meiner Hand greifen. Im letzten Moment jedoch zögerte er.

»Ich ... ich freue mich, Sie heute Abend wiederzusehen«, sagte er, und eine zarte Röte überzog sein Gesicht.

Ich nickte ihm kurz zu und verließ das Geschäft. Meine Gedanken drehten sich unaufhörlich um Penelope. Was der Gemischtwarenhändler dachte, war mir vollkommen gleichgültig.

Wider Erwarten verlief der Abend harmonisch. John Spears und sogar mein Onkel lobten den Lammbraten und die gerösteten Kartoffeln, die ich zubereitet hatte. Selbst Faith war bei Tisch ungewöhnlich still und damit einigermaßen erträglich. Es kam mir der Gedanke, Onkel Jonathan könnte den Händler als Ehemann für Faith in Betracht ziehen. Das Mädchen war jetzt beinahe siebzehn Jahre alt und wirkte sehr reif für ihr Alter. Eigentlich sollte John Spears ja Penelope heiraten. Doch wenn die eine Tochter stirbt, kommt einfach die nächste an die Reihe, dachte ich bitter. Mir sollte es recht sein.

Ich würde es sehr begrüßen, nicht mehr mit Faith unter einem Dach leben zu müssen.

Nach dem Essen bat John Spears meinen Onkel, mit mir einen kurzen Spaziergang machen zu dürfen.

Obwohl ich wenig Lust auf die weitere Gesellschaft von Mister Spears verspürte, holte ich mein Tuch und war froh, der stickigen Atmosphäre im Haus für einige Zeit entfliehen zu können.

»Ich wollte Ihnen in den letzten Wochen bereits sagen, dass ich das Verhalten von Mister Hughes nicht richtig finde«, sagte John Spears, als wir einige Schritte gegangen waren. »Ich lehne jede Art von körperlicher Gewalt ab.«

»Ach? Aber Sie sind doch auch ein Puritaner!«

Er nickte.

»Ja, auch ich finde die wahre Erfüllung darin, Gott zu dienen. Doch wir Puritaner sind nicht alle gleich. Man darf sein Herz nicht allen Sündern gegenüber verschließen. Gott lohnt es einem viel mehr, wenn man einen Sünder auf den rechten Weg zurückführt.

»Also war meine Cousine auch in Ihren Augen eine Sünderin?«, fragte ich spitz.

Er stockte kurz, ich hatte ihn aus der Fassung gebracht.

»Selbstmord ist die größte Sünde schlechthin«, sagte er schließlich.

Es reizte mich plötzlich ungemein, diesen ruhigen und selbstsicheren Mann zu provozieren.

»Und dass sie sich vor der Ehe mit einem Mann den fleischlichen Gelüsten hingegeben, ein Kind erwartet hat – ist das auch eine Sünde?«

Leider war es zu dunkel, so konnte ich sein Gesicht nicht sehen. Doch ich hörte, wie John Spears tief Luft holte.

»Sie sollten über so etwas nicht sprechen«, flüsterte er, obwohl niemand in der Nähe war. »Auch Sie werden eines Tages den wahren Weg zu Gott erkennen und Ihre Pflicht ihm gegenüber erfüllen.«

Ich zuckte gleichgültig mit den Schultern.

»Mir ist kalt. Ich möchte jetzt lieber wieder ins Haus zurückkehren.«

In den kommenden Wochen war John Spears ein häufiger Gast im Haus meines Onkels. Schon bald war es unübersehbar, dass seine Besuche nicht meiner Cousine Faith, sondern mir selbst galten. Er war nett, höflich und behandelte mich zuvorkommend. Ich hatte resigniert, nach Penelopes Freitod gab es keinen Lichtblick mehr in meinem Leben. Als John Spears mich schließlich bat, seine Frau zu werden, stimmte ich zu. Und so heiratete ich im Sommer 1653 den fünfzehn Jahre älteren Mann mit dem schütteren Haar.

Während der schlichten Zeremonie, als der Geistliche seine salbungsvollen Worte sprach, dachte ich über mein Leben nach. Ich war jetzt einundzwanzig Jahre alt. Was hatte ich noch vor wenigen Jahren von meinem Leben und der Welt erwartet? Seltsam, wenn man jung und glücklich ist, denkt man, es würde auf ewig so weitergehen. Ich sah mich an der Seite von Martin über die Felder von Blickland Hall reiten, mein Haar flatterte im Wind. Damals war ich wirklich der Meinung, dass sich daran nie etwas ändern könnte. Meine Welt war Violet's Abbey, die tiefe Verbundenheit zu meinem Vater, meine Freundin Dorothy und die Wochen in Blickland Hall.

Was war seither alles geschehen! Ich hatte die liebsten Menschen verloren: Vater und Penelope. Von Dorothy war seit Jahren keine Nachricht gekommen, und der Mann, den ich liebte, hatte sich gegen mich gewandt. Nein, ich fühlte mich an meinem Hochzeitstag nicht mehr wie ein junges Mädchen. Ich erwartete vom Leben nur noch meinen Frieden zu finden.

»An der Seite eines Puritaners?«, flüsterte eine Stimme in mir.

»Warum nicht? John Spears ist sanft und gutmütig, ganz anders als mein Onkel«, sprach ich mir selber Mut zu.

Nun war ich also die Frau eines Puritaners. Onkel Jonathan stand mit zufriedenem Lächeln in der Kirche, Faith dagegen bedachte mich mit bösen Blicken. Deutlich stand ihr ins Gesicht geschrieben, dass sie gehofft hatte, John Spears für sich selbst zu gewinnen.

In der Hochzeitsnacht lag ich gespannt hinter den Bettvorhängen und wartete auf meinen Ehemann. Einen Moment lang stellte ich mir vor, es wäre Martin, der zu mir käme. Eine Träne stahl sich in den Augenwinkel, ich schluckte und lenkte meine Gedanken auf das kommende Geschehen. Ich wusste, was mich erwartete, welcher Art meine eheliche Pflicht war.

Die Tür wurde geöffnet, und ich hörte den Atem eines Mannes. Nein, natürlich war es nicht Martin, der die Bettvorhänge zur Seite zog, sondern mein Ehemann John. Doch was tat er jetzt? Überrascht setzte ich mich im Bett auf und starrte ihn an.

John hatte sich neben dem Bett niedergekniet und betete mit gesenktem Kopf:

»Oh, Herr im Himmel. Ich bitte dich, mir zu verzeihen, was ich nun tun muss. Herr, du weißt, dass ich es nicht aus fleischlicher Begierde tue, sondern um Kinder zu zeugen, wie es unsere Pflicht ist. Darum segne diese Frau und mache sie fruchtbar ...«

Ich glaubte, meinen Ohren nicht zu trauen! Als John endlich ins Bett stieg, schloss ich die Augen und flüchtete mich in meine Traumwelt, ich stellte mir vor, in Martins Armen zu liegen.

Johns Gebete wurden schnell erhört. Bereits zwei Monate nach der Hochzeit zeigten sich bei mir eindeutige Anzeichen einer Schwangerschaft. Die Niedergeschlagenheit, die sich meiner zeitweise beschlich, war wie weggeblasen. Ich würde ein Kind bekommen! Dieses neue Abenteuer war es wert, einen ungeliebten Mann geheiratet zu haben.

John nahm die Nachricht freudig entgegen. Obgleich ich meinte, einen Schimmer von Enttäuschung in seinem Gesicht zu erkennen. Durch die Schwangerschaft war jetzt der Zweck der nächtlichen Umarmungen erfüllt. Es gab keinen Grund mehr, dass John mein Bett aufsuchte.

»Gott hat unsere Gebete erhört«, sagte John.

»*Deine* Gebete«, korrigierte ich ihn. Ich hatte niemals vor, Gott dafür um Verzeihung zu bitten. »Jetzt kannst du in dein Zimmer zurückkehren«, fuhr ich boshaft fort. »Es könnte doch sein, dass du deinen fleischlichen Gelüsten nachgibst, wenn du weiterhin das Bett mit mir teilst. Das würde Gott dir sicher niemals verzeihen.«

John sah mich traurig an. Sofort taten mir meine Worte Leid. Ich hatte wirklich keinen Grund, mich zu beklagen. Die Räume über dem Laden waren groß und gemütlich. Eine Dienstmagd ging mir bei der Haushaltsführung zur Hand, und John begrüßte es, wenn ich ihm im Laden half. Er war stets ruhig und freundlich zu mir und in der Tat in keiner Weise mit Jonathan Hughes zu vergleichen. John praktizierte seinen Glauben in erster Linie an sich selbst. Im Mittelpunkt seines Lebens stand die Selbstdisziplin und Introspektion. Er lebte nicht so sehr wie mein Onkel in Opposition zu den Königstreuen, vielmehr verurteilte er einzig und allein den katholischen Glauben.

»Niemand darf es jemals mehr zulassen, dass Rom unser Land regiert«, sagte er zu mir. »Darum war es auch notwendig, Charles Stuart seines Throns zu entheben.«

»Und ihn ermorden zu lassen«, ergänzte ich.

»Patricia, früher oder später wäre Charles zum Katholizismus konvertiert. Das musste unter allen Umständen vermieden werden. Glaube mir, von den Katholiken geht alles Übel dieser Welt aus.«

»Ich frage mich nur, warum jeder Mensch glaubt, seine Art, Gott zu dienen, sei die einzig richtige. Glaubst du nicht, dass Gott dabei langsam den Überblick verliert?«

John machte mich manchmal rasend! Nie erhob er die Stimme, nie zeigte sich Ärger in seinem Gesicht. Seine Blicke waren vorwurfsvoll und mitleidig. Sie zeigten mir, dass er mich nicht für sittsam und genügsam hielt. Er missbilligte Frauen, die einfach sagten, was ihnen in den Sinn kam, doch niemals ließ er seinem Unmut darüber freien Lauf. Im Stillen hoffte er, dass ich eines Tages von anderen puritanischen Frauen lernte, mich richtig und gottesfürchtig zu benehmen. Gerade dieses Verhalten war es, was mich mitunter so zornig machte. Dennoch bemühte ich mich nach Kräften, seinen Wünschen entgegenzukommen. Ich kniete neben John beim Gebet und murmelte die Worte, mit denen er Gott anrief. Ich war eine gute Hausfrau, und wir hatten häufig Gäste, natürlich nur puritanische Familien. Nach dem Abendessen verzog sich John mit den Männern in sein Arbeitszimmer, und ich blieb mit den Frauen allein. Ich nannte sie bei mir »graue Mäuse«, weil sie alle in die gleichen dunklen Gewänder gekleidet waren und ihre Haare unter der weißen Haube versteckten. Ihre Haut war genauso grau wie ihre Kleider, und sie sprachen mit leiser, unterwürfiger Stimme. Ach, ich sah doch genauso aus, verhielt mich ebenso leise, unterwürfig, rief ich mir ins Gedächtnis. Nein, nicht ganz, denn unter meiner äußeren Erscheinung tobte noch immer ein wilder Charakter. Er würde sich niemals zügeln lassen!

In den folgenden Monaten lebte ich zufrieden und innerlich im Einklang mit mir selbst. Ich freute mich unendlich auf mein Kind und konnte den Tag der Entbindung kaum erwarten. Als das kleine Mädchen schließlich das Licht der Welt erblickte, schwebte ich wie auf Wolken. Es war eine leichte Geburt gewesen. Glücklich drückte ich das Kind an meine Brust. Alle meine Sorgen und Ängste waren vergessen und vorbei! Ich hatte endlich ein Lebewesen, dem ich meine ganze Liebe schenken konnte, das zu mir gehörte und für das ich verantwortlich war.

John Spears stand vor meinem Bett und sah mich liebevoll an. Ja, er lächelte sogar, als unser kleines Mädchen mit den Händchen in die Luft grabschte.

»Ich hoffe, du bist nicht zu sehr enttäuscht, dass es ein Mädchen ist«, sagte ich. Wir hatten während der Schwangerschaft zwar nie darüber gesprochen, aber jeder Mann wünschte sich doch einen Sohn.

»Ich habe nie einen Jungen gewollt«, erwiderte John. »Ich wollte immer dieses süße, kleine Mädchen. Sie soll Hope heißen, denn durch sie habe ich die Hoffnung, dass du nun endlich den richtigen Weg zu Gott finden wirst, Patricia.«

Mit einem Ruck richtete ich mich im Bett auf.

»Was?«, rief ich. »Ich will keinen von diesen furchtbaren puritanischen Namen! Ich möchte unsere Tochter Roberta nennen, in Gedenken an meinen Vater Robert.«

John runzelte die Stirn.

»Das kommt überhaupt nicht in Frage! Roberta! Das ist ja ein spanischer, papistischer Name. Nein, sie wird Hope heißen. Vergiss nicht, meine Liebe, es ist die höchste Tugend einer Ehefrau, ihrem Mann zu gehorchen.«

Wir sahen uns an. Ich spürte, dass John in diesem Fall unnachgiebig war. Wir hatten unseren ersten richtigen Streit. Als er ohne ein weiteres Wort mein Zimmer verließ, sank ich erschöpft in die Kissen zurück. Nein, ich würde mir die Freude über mein Kind nicht verderben lassen.

Unsere Tochter wurde auf den Namen Hope getauft. John hatte mir schließlich gestattet, sie mit zweitem Namen Roberta zu nennen.

»Ich wünsche jedoch nicht, dass sie in unserem Haus mit Roberta angesprochen wird«, bemerkte er. Resigniert stimmte ich zu. Ich wusste jedoch, dass das kleine blonde

Mädchen mit den großen bläuen Kulleraugen für mich immer Roberta sein würde.

Ich liebte es, meiner Tochter abends ein Schlaflied vorzusingen. Ich erinnerte mich an alle Lieder, die mein Vater gesungen hatte. Roberta lauschte stets mit großen Augen und gab fröhliche Krählaute von sich. Ich freute mich an ihrer Reaktion, nicht ahnend, dass mein Gesang John so sehr erboste.

»Du sollst mit dem Kind beten und ihm kein Teufelszeug beibringen«, herrschte er mich an.

»Es sind doch nur Kinderlieder«, protestierte ich.

»Kinderlieder! Von Hexen, Gnomen und Wichten! Ich verbiete dir, Hope mit diesem gotteslästerlichen Kram zu behelligen!«

»Ich bete ja auch mit ihr! Aber ein paar einfache Lieder haben noch keinem Kind geschadet.«

Doch John blieb unnachgiebig. So sang ich nur noch, wenn ich mit Roberta allein im Haus war. Da dies nur sehr selten der Fall war, vergaß ich die Lieder nach und nach, und in unserem Haus gab es keine Fröhlichkeit mehr.

Trotz allem wuchs meine Tochter zu einem hübschen und lebhaften Kind heran. Bereits mit knapp drei Jahren verstand sie, warum ihr Vater sie »Hope« rief und ich sie zärtlich »Roberta« nannte. Zu meinem Erstaunen hing sie mit großer Liebe an ihrem Vater. John erzog seine Tochter mit Strenge, verzichtete jedoch auf jegliche Art von Schlägen. Dennoch konnte ich in Robertas Augen oft Unverständnis erkennen, wenn John beinahe jeden Satz mit: »Das sollst du nicht ...« begann. Trotzdem liebte sie es, sich am Abend in seinen Schoß zu kuscheln und mit seinen Fingern zu spielen. Zufrieden betrachtete ich das harmonische Bild. Mehr konnte ich von meinem Leben nicht erwarten.

Natürlich hatte John wenige Wochen nach Robertas Geburt wieder begonnen, mein Bett aufzusuchen. Es war unsere Pflicht Gott gegenüber, wie er sagte. Ich ließ es willenlos über mich ergehen. Längst funktionierte es mühelos, mich in die Traumwelt zu flüchten, in der Martin zu meinem Liebhaber wurde. Diesmal blieben Johns Gebete unerhört. Zu meinem Bedauern wurde ich in den folgenden Jahren nicht mehr schwanger. Wie gern hätte ich ein weiteres Kind gehabt, einen Jungen vielleicht, aber es sollte nicht sein. So fügte ich mich in mein Schicksal und schenkte Roberta meine ganze Liebe.

Im Laufe der Jahre veränderte sich der Gesundheitszustand meines Mannes. Öfters griff er sich an die Brust und klagte über Atemnot und Stiche in der Herzgegend. Ich redete auf ihn ein und konnte ihn schließlich überzeugen, den Arzt in Bodmin aufzusuchen. Dieser stellte eine leichte Herzschwäche fest.

»Nicht lebensbedrohlich«, sagte er. »Sie sollten sich nur nicht übermäßig aufregen, Mister Spears. Viel frische Luft und fettarmes Essen, dann werden Sie bestimmt hundert Jahre alt.«

Im Jahr 1657 erreichte uns die Nachricht, das Parlament habe Oliver Cromwell die Königswürde angeboten. Zu meiner Erleichterung lehnte er jedoch ab. König Oliver! Es wäre eine lächerliche Vorstellung gewesen, sich diesen groben, ungeschlachten Mann ohne höfische Manieren als König vorzustellen. Cromwell behielt sich aber vor, selbst seinen Nachfolger zu bestimmen. Sein Sohn Richard sollte nach seinem Tod das Amt des Lordprotektors ausüben. Aber noch lebte Cromwell und herrschte mit diktatorischer Macht. Seit Beendigung des Krieges war der religiöse Eifer, der seinerzeit das Parlament beherrscht hatte, weit gehend zurückgedrängt worden. Man erregte sich nun über Grundsätzliches, und Oliver Cromwell hatte viele Gegner. Doch unerbittlich und oft mit Waffengewalt durch die Unterstützung der Armee regierte er und löste wiederholt das Parlament auf, wenn es nicht seiner Meinung war. Der Unmut im Volk wuchs, die Gefahr eines weiteren Bürgerkriegs drohte.

Anfang 1658 wurde Jonathan Hughes des Amtes als Bürgermeister und Steuereintreiber enthoben. Die Bürger in Lostwithiel ließen sich nicht länger von einem Despoten unterdrücken. Sie fürchteten auch keine Konsequenzen mehr aus London. Cromwell hatte genügend Schwierigkeiten in der Hauptstadt, er würde sich kaum um Geschehnisse im fernen Cornwall kümmern. Es blieb Jonathan Hughes nichts anderes übrig, als sich dem Willen des Stadtrates zu fügen. Sein Nachfolger wurde Eric Wilson. jeder wusste, dass er ein gerechter Mann und absolut königstreu war. Die Menschen ließen sich nicht länger vorschreiben, woran sie Freude haben durften oder nicht. Die Kleider der Frauen wurden bunter, und oft schallte ein herzhaftes Lachen in den Straßen. Meine Cousine Faith hatte einen Farmer geheiratet, und Onkel Jonathan zog zu der jungen Familie auf den Hof. Das Haus in der Fore Street wurde verkauft. Der neue Eigentümer war ein älterer Herr ohne Anhang. Wir erfuhren nicht viel über ihn, nur dass er Brian Hicks hieß und aus London kam. Mister Hicks grüßte stets freundlich und war ein häufiger Kunde in Johns Laden. Doch über sein Privatleben und die Gründe, warum er nach Cornwall gekommen war, äußerte er sich nicht.

An einem Aprilnachmittag unternahm ich mit Roberta einen Spaziergang zur Ruine hinauf. Das Kind jagte jauchzend den ersten Schmetterlingen hinterher, und ich hatte Mühe, sie nicht aus den Augen zu verlieren.

»Roberta!«, rief ich. »Bleib bitte in meiner Nähe!«

»Ja, ja, Mama.«

Am Waldrand traf ich zu meiner Überraschung Brian Hicks. Er zog freundlich seinen Hut und deutete eine Verbeugung an.

»Genießen Sie auch die Frühlingssonne?«, fragte ich höflich, konnte aber seine Antwort nicht mehr abwarten.

»Mama! Ich habe mir Aua gemacht!«, hörte ich meine Tochter schreien. Erschrocken rannte ich zu ihr. Roberta lag auf dem Boden und weinte bitterlich. Sie musste gestürzt sein, denn ihr linkes Knie war aufgeschrammt und blutete kräftig.

»Lassen Sie mich mal sehen.« Ich hatte Brian Hicks ganz vergessen. Erstaunt beobachtete ich, wie er sanft mit Roberta sprach und die Wunde am Knie untersuchte. Er sah mich an. »Ich bin Arzt«, erklärte er. »Die Verletzung ist nicht schlimm. Die Wunde muss nur gereinigt werden, und das Kind sollte das Bein zwei, drei Tage schonen. Kommen Sie, wir bringen die Kleine nach Hause.«

Mister Hicks hob Roberta auf seine Arme, und ich ging neben ihm den Hügel hinunter. Arzt! Verstohlen sah ich den Mann von der Seite an.

»Sie praktizieren aber nicht im Ort?«, fragte ich und

hoffte, er würde mich nicht als neugierig empfinden.

»Nein, ich habe mich sozusagen zur Ruhe gesetzt. Aber wenn ich hier und da helfen kann, tue ich es gerne.«

Mister Hicks begleitete uns nach Hause. Ich bedankte mich für seine Hilfe und lud ihn ein, auf eine Erfrischung hereinzukommen. Er winkte jedoch lächelnd ab.

»Das ist sehr freundlich von Ihnen, Misses Spears. Doch was ich getan habe, war selbstverständlich. Außerdem würde mich Ihr Mann in seinem Haus sicher nicht als Gast begrüßen wollen.« Er lüftete seinen Hut und ging davon.

Verwirrt sah ich der Gestalt nach. Was hatte er damit gemeint? John behandelte ihn als Kunden stets höflich, wenn auch nicht überschwänglich. Aber das war ohnehin nicht Johns Art. Er war zu allen Menschen kühl und zurückhaltend.

Als ich am Abend John von Robertas Verletzung und Mister Hicks' Hilfe erzählte, reagierte er in der Tat ungehalten.

»Ich möchte nicht, dass der Mann in mein Haus kommt!«

Das konnte ich nicht verstehen.

»Warum? Den Laden betritt er doch auch regelmäßig.«

»Das ist etwas anderes. Im Geschäft ist Mister Hicks ein Kunde, aber sonst können wir mit dem Mann keinen persönlichen Kontakt pflegen. Er ist Katholik, und ich kann keine papistischen Sprüche in meinem Haus dulden.«

»Was?« Ich war erstaunt. »Ich hatte nicht den Eindruck, dass Brian Hicks über seinen Glauben spricht. Er hat vielmehr Rob... äh Hope sehr geholfen. Ich glaube, er kann gut mit Kindern umgehen.«

John hatte zwischenzeitlich zu seinen Büchern gegriffen und schlug eines auf. Ein Zeichen, dass er die Unterhaltung für beendet betrachtete.

»Der Ketzer kommt mir nicht ins Haus«, war seine letzte Bemerkung, und ich fügte mich – wie immer.

Ende September 1658 hörte ich gegen Mittag Lärm auf der Straße. Ein Reiter preschte auf den Marktplatz. Die Menschen liefen aus den Häusern, doch ich konnte nicht verstehen, was der Reiter ihnen zurief. So ließ ich die Kartoffeln fallen, wischte mir die Hände ab und rannte hinaus.

»Er ist tot«, konnte ich den Boten nun hören. »Oliver Cromwell ist tot! Er starb bereits am dritten September. Sein Sohn Richard hat die Regierung übernommen.«

Ich lehnte mich an eine Hauswand. Jetzt war dieser schreckliche Mensch also tot! Das musste ein schwerer Schlag für Jonathan Hughes sein. Mein Onkel hatte den Diktator regelrecht vergöttert.

»Alles wird sich ändern«, sagte eine Frau neben mir.

»Ach was, was soll sich schon ändern? Du hast doch gehört, der Sohn hat seinen Platz eingenommen«, entgegnete eine andere. Doch die erste schüttelte energisch den Kopf.

»Ich habe Verwandte in London. Sie schreiben mir ab und zu. Dieser Richard Cromwell hat nicht das Format seines Vaters. Glaub es mir, es wird sich was ändern.«

Ich kehrte ins Haus zurück. Zu gerne wollte ich dieser Frau glauben, doch auch ich war überzeugt, dass sich in der Regierung nichts ändern würde. Cromwell blieb

Cromwell.

Tatsächlich geschah das nächste Jahr über nichts. Wir hörten zwar immer wieder, Richard Cromwell habe Schwierigkeiten, sich beim Parlament durchzusetzen, er besaß weder die Intelligenz noch die Skrupellosigkeit seines Vaters.

Im Winter 1659 drangen zum ersten Mal Gerüchte nach Lostwithiel, ein gewisser General Monk habe Kontakt zu dem im Exil in Holland lebenden Charles Stuart aufgenommen. Monk, der zweite Sohn eines Landedelmanns aus Devon, hatte im Bürgerkrieg auf der Seite des Parlaments gekämpft. Er war ein hervorragender Führer und Stratege und bei den Soldaten sehr beliebt gewesen, doch kam er nicht mit der Art zurecht, mit der Oliver Cromwell später England regierte, und zog sich auf seinen Landsitz zurück. Jetzt war er in die Niederlande gereist, um mit Charles Stuart Einzelheiten für dessen eventuelle Rückkehr auf den englischen Thron zu diskutieren.

Ich beobachtete die Situation gespannt. Sollte es tatsächlich eine Möglichkeit geben, die Monarchie in England wiederherzustellen?

Im Januar jedoch geschah ein anderes, schreckliches Ereignis, das mein Denken an die Politik völlig ausschaltete. Beim Essen stocherte Roberta lustlos auf dem Teller herum.

»Sitz gerade und iss anständig, Hope«, wies John sie zurecht.

»Ich habe keinen Hunger, Vater«, flüsterte das Mädchen. »Mein Kopf tut so weh.«

Ich fühlte ihre Stirn und erschrak.

»Das Kind hat Fieber, John«, rief ich. »Komm, Kleine, ich bring dich sofort ins Bett.«

Schwach und matt lag Roberta zwischen den Kissen. Ihr kleiner Körper glühte. Ich versuchte, ihr durch kühle Umschläge Linderung zu verschaffen. Sicher hatte sich Roberta in dem kalten Wind erkältet. Endlich schlief meine Tochter ein, doch ihr Atem ging unregelmäßig, und keuchende Geräusche kamen aus der Lunge.

Ich wachte die ganze Nacht an ihrem Bett. Irgendwann, der Morgen zog bereits dämmernd durchs Fenster, musste ich wohl eingenickt sein. Ich erwachte durch rasselnden Husten, der sich aus der Kehle meiner kleinen Tochter quälte.

»Mami, mir tut die Brust so weh«, flüsterte sie schwach.

»Bleib ruhig, Roberta, ich werde nach dem Arzt schicken.«

Schnell lief ich ins Schlafzimmer. John lag noch im Bett, erwachte jedoch bei meinem Eintreten.

»Roberta geht es sehr schlecht«, schrie ich. »Bitte, schick nach einem Arzt! Ich habe große Angst um sie.«

Erschrocken sprang John aus dem Bett und kleidete sich rasch an. Dann sahen wir beide nach dem Kind. Sie war wieder eingeschlafen, wälzte sich jedoch ruhelos zwischen den Decken.

»Ich reite sofort nach Bodmin«, sagte John und legte besorgt seine Hand auf Robertas Stirn.

»Ach, übrigens – der Name unserer Tochter lautet Hope. Ich denke, das hast du in deiner Erregung völlig vergessen.«

Ich machte eine abfällige Handbewegung. Mein Herz

war voller Sorge um mein Kind, ich wollte jetzt nicht über Namen streiten.

»Warum willst du einen Arzt aus Bodmin holen?«, fragte ich erstaunt. »Das dauert viel zu lange! Ich werde nach Brian Hicks schicken. Er weiß sicher Rat.«

John packte mich so hart am Oberarm, dass ich einen Schmerzenslaut nicht unterdrücken konnte.

»Brian Hicks? Ich habe dir deutlich genug gesagt, dass dieser Mann unsere Schwelle nicht überschreitet.«

»Aber Hope ist krank! Sie stirbt vielleicht! Es ist doch völlig gleichgültig, ob ein Arzt Katholik oder Puritaner ist!«, schrie ich John an. Ich konnte es nicht fassen.

»Hicks wird mit seinem papistischen Zauber meine Tochter nicht anrühren«, rief er. Ich erschrak vor seinem entschlossenen Blick.

»Es ist auch mein Kind, John. Und ich werde jetzt zu Brian Hicks gehen.«

Ich wandte mich der Tür zu. Doch bevor ich sie öffnen konnte, packte mich John an den Schultern und zog mich ins Zimmer zurück. Grob wurde ich auf einen Hocker gestoßen.

»Das wirst du nicht! Wir wollen doch sehen, wer hier der Herr im Haus ist! Viel zu lange habe ich mir von dir auf der Nase herumtanzen lassen, Patricia. Wenn ich sage, der Mann kommt mir nicht ins Haus, so erwarte ich, dass du das akzeptierst. Ich reite jetzt nach Bodmin. Wage es ja nicht, gegen meine Anweisungen zu handeln.«

John stürmte aus dem Raum. Entsetzt hörte ich, wie sich der Schlüssel im Schloss drehte. Heftig rüttelte ich an der Türklinke. Es war Tatsache – mein eigener Ehemann hatte mich eingesperrt. Nach einem Blick auf Roberta, die sich weiterhin unruhig hin und her warf, eilte ich zum Fenster. Das Zimmer lag im zweiten Stock. Aus Sicherheitsgründen, damit Roberta nicht hinausstürzen konnte, hatte John vor dem Fenster Gitterstäbe anbringen lassen. Ich öffnete den Flügel und rief auf die Straße:

»Hallo, hört mich jemand! Bitte, schickt Brian Hicks zu mir, mein Kind ist krank.«

Ich habe nie erfahren, ob mich niemand hörte oder ob mir niemand helfen wollte. Auf jeden Fall saß ich Stunde um Stunde wartend am Bett meiner Tochter, doch im Haus regte sich kein Laut. John würde mit dem Arzt aus Bodmin nicht vor dem Spätnachmittag zurückkehren. Das wenige Wasser, was sich noch in der Schüssel befunden hatte, war gegen Mittag verbraucht. Jetzt konnte ich nicht einmal mehr Robertas kleinen, heißen Körper kühlen.

Die Kirchturmuhr schlug die zweite Mittagsstunde, als Robertas Bewegungen schwächer wurden. Sie befand sich in einer Art Dämmerzustand. Vorsichtig nahm ich den zarten Körper in die Arme und bettete den Kopf an meine Brust. Wie erstarrt saß ich da und murmelte:

»Nein, bitte nicht! Bitte, bitte nicht! Nimm mir nicht meine Tochter!«

Doch meine Bitten wurden nicht erhört. Als zwei Stunden später John die Tür wieder aufschloss und mit dem Arzt eintrat, taumelte ich auf ihn zu. In meinen Armen hatte ich unser totes Kind. Stumm, mit erstarrtem Gesichtsausdruck, legte ich den Körper, aus dem jedes Leben entwichen war, in die Arme meines Ehemanns. Ich sah ihm ein letztes Mal in die Augen, dann verließ ich die Kammer. Mit John würde mich niemals wieder etwas verbinden.

Die Beerdigung und die folgenden Tage gingen wie in einem Nebel an mir vorüber. Ich murmelte dankbar Antworten auf die zahlreichen Beileidsbekundungen, aber es berührte mich nicht wirklich. Alles in mir war gestorben – gestorben wie meine kleine Tochter. Erstaunlich besorgt in dieser Zeit zeigte sich Faith. Täglich besuchte sie mich und versuchte, mir Trost zu spenden. Sie berichtete von der Farmarbeit, und manchmal gelang es ihr tatsächlich, mich einige Minuten von meinem Schmerz abzulenken. Doch wenn ich allein war, griff er mit ganzer Macht nach meinem Herzen. Automatisch erledigte ich die täglichen Pflichten im Haushalt und half John im Laden. Einem Gespräch mit ihm wich ich jedoch aus. Ich beobachtete ihn prüfend. John sah elend aus. Zweifellos war Robertas Tod auch an ihm nicht spurlos vorübergegangen. Seine Gesichtsfarbe war grau, die Wangen eingefallen. Aber ich konnte ihm nicht die Hand reichen. Ich konnte es einfach nicht! Allein sein Anblick löste Widerwillen gegen ihn und seine Lebenseinstellung aus. Ich hasste und verabscheute ihn. Jahrelang hatte ich versucht, eine gute und gehorsame Ehefrau zu sein, hatte mich in mein Schicksal gefügt. Jetzt war ich am Ende meiner Kräfte. Es gab für mich auf der Welt nichts mehr, was meinem Leben noch einen Sinn gab. Mit Roberta war auch ich ins dunkle Grab gesunken. Einzig mein Körper, eine gefühllose, atmende Hülle, erfüllte seine Pflichten.

Vier Wochen nach der Beerdigung klopfte John abends an meine Kammertür. Unaufgefordert trat er ein.

Ich saß auf einem Stuhl am Fenster und blickte in den Sonnenuntergang.

»Was willst du?«, fragte ich unfreundlich, ohne mich ihm zuzuwenden.

John trat hinter mich. Ich konnte seine Anwesenheit fühlen, und unwillkürlich rutschte ich auf dem Stuhl bis an die äußerste Kante. Möge er mich doch wieder allein lassen.

»Patricia, wir sollten endlich miteinander reden«, bat er. Seine Stimme klang verzweifelt, aber es berührte mich nicht. Ich hatte ihm nichts mehr zu sagen. »So kann es doch nicht weitergehen. Auch ich habe mein Kind verloren. Ich habe Hope geliebt, doch das Leben geht seinen Gang. Wir werden unsere Tochter niemals vergessen.« Die Worte rauschten an meinen Ohren vorbei. Es interessierte mich nicht. Wenn er nur schwiege und ginge, wünschte ich und seufzte. »Patricia, du bist noch jung. Wir können ein weiteres Kind haben.«

Der letzte Satz hatte mich mit aller Deutlichkeit erreicht. Mit einem Ruck wandte ich mich um, dachte, mich verhört zu haben.

»Was hast du gesagt?«, flüsterte ich heiser.

John trat einen Schritt auf mich zu und berührte meinen Arm. Erstarrt durch das eben Gehörte, ließ ich ihn gewähren.

»Wir sind Mann und Frau. Wir haben unsere Pflicht Gott gegenüber zu erfüllen und ihm weitere Kinder zu schenken.«

Ich konnte es nicht glauben!

»Gott! Bleib mir mit deinem Gott fern! Ich bin fertig mit ihm! Für mich gibt es keinen Gott mehr!« Mit einer energischen Handbewegung gebot ich John zu schweigen, als er mich unterbrechen wollte, und fuhr fort: »Dieser ach so gütige Gott ... dein Gott ... hat mir alles genommen, was ich in meinem Leben jemals geliebt habe! Meinen Vater, Penelope und mein Kind.« Und auch Martin, fügte ich in Gedanken hinzu. »Ich pfeife auf Gott, und ihr alle mit eurem scheinheiligen Getue widert mich an!«

Ich hatte mich richtig in Wut geredet, die erste Gefühlsregung seit Robertas Tod. Meine Wangen glühten, und ich zitterte am ganzen Körper.

»Patricia, schweig«, krächzte John, das Gesicht vor Entsetzen verzerrt. »Du versündigst dich mehr, als du es jemals getan hast. Wie kannst du so über Gott sprechen? Bitte, lass dich doch von mir leiten.«

»Von dir? Von dem Mörder meiner Tochter?«, kreischte ich hysterisch. »Ja, Mörder! Durch deinen verdammten puritanischen Starrsinn wurde ein unschuldiges Kind getötet! Und jetzt kommst du in meine Kammer und sagst: ›Wir haben ein Kind verloren. Das ist tragisch, aber wir können ja ein neues machen!‹ Wahrscheinlich lechzt du bereits seit Tagen danach!«

»Patricia, sei still! Um Gottes willen, sprich nicht solche Worte!«

Johns Augen waren unnatürlich aufgerissen, sein Gesicht hatte jegliche Farbe verloren. Stöhnend griff er sich an die Herzgegend und ließ sich auf die Bettkante fallen. Voller Hass starrte ich John an. Mein Schmerz hatte ein Ventil gefunden, meine Versteinerung begann zu bröckeln. Ich wollte nicht mehr schweigen! Alles, was Martin, Onkel Jonathan und John mir angetan hatten, brach jetzt aus mir heraus.

John faltete die Hände und murmelte leise ein Gebet.

»Ja, bete nur! Rufe deinen Gott, der nur straft und Leid über die Menschen bringt, an. Bete für dich, dass du mit der Schuld, dass du unsere Tochter hast sterben lassen, weiterleben kannst.«

»Du bedarfst meiner Gebete, Frau«, stöhnte John.

Ich ging auf ihn zu, legte meinen Arm um seine Schultern.

»Nicht ich«, sagte ich und unterdrückte ein Lächeln. »Du bist es, der beten muss. Bete jetzt, wie du jedes Mal, bevor du in mein Bett gestiegen bist, gebetet hast. Denn das ist es doch, was du willst.«

»Patricia, ich ...«

»Schweig! Du bist ein Mann wie jeder andere auch. Du sehnst dich nach dem Körper einer Frau, nach meinem Körper, gib es endlich zu! Versteck dich nicht länger unter dem Mantel der Frömmigkeit!« Mit einem Ruck riss ich mir das Mieder und die Bluse vom Leib. Mein langes Haar fiel auf die Schultern, und mein Busen war nackt. Verführerisch strich ich über meine vollen Brüste und zeigte sie John. »Hier, sieh her! Komm, Mann, streck deine Hände aus, berühre sie! Das willst du doch! Es ist doch unsere Pflicht, ein neues Kind zu zeugen!«

Ich weiß nicht, was über mich gekommen war. Ich liebte John nicht, ich hasste ihn, aber in diesem Moment wollte ich ihm die Augen über sich selbst öffnen, ihm beweisen, dass er ein triebhafter Mann war wie jeder andere auch.

John wich erschrocken auf dem Bett zurück.

»Du bist der Teufel!« Sein Atem ging keuchend,

Schweißperlen glitzerten auf der Stirn. Doch ich kannte keine Gnade. Aufreizend tanzte ich mit nackter Brust vor ihm.

»Betrüg dich nicht länger. Sieh dich selbst, wie du bist. Ein Mann, nicht mehr und auch nicht weniger. Du bist ein Puritaner, aber andere sind ebenfalls Puritaner. Du bist wollüstig, aber andere Männer sind ebenfalls wollüstig. Du bist genauso wie alle anderen. Du willst mit mir schlafen! Nicht nur, um ein Kind zu zeugen, sondern um deine Wollust zu befriedigen! Das kannst du nicht mit Gebeten übertünchen. Wahrscheinlich sehnst du dich schon lange nach mir, aber du fandest bisher keinen Anlass, wieder in mein Bett zu steigen. Vielleicht hast du Roberta auch aus diesem Grund sterben lassen?«

Ich wusste, ich war ungerecht, aber mein Herz war voller Zorn und Hass. Nicht nur auf John, sondern auf mein ganzes Leben in den letzten zwölf Jahren.

So plötzlich, wie es über mich gekommen war, war alles vorüber. Die Leere bemächtigte sich meiner wieder. Ich bedeckte meinen Oberkörper und bat leise:

»Bitte, geh jetzt.«

Doch John lag röchelnd in den Kissen. Sein Gesicht hatte eine bläuliche Farbe angenommen. Nur mit großer Mühe konnte ich verstehen, was er keuchte:

»Bitte, einen Arzt ... schnell ...«

Ich lachte laut auf.

»Einen Arzt? Den aus Bodmin? Das dauert viel zu lange, bis er hier ist!«

Unruhig warf John den Kopf hin und her.

»Hicks ...«, stöhnte er. »Hol Hicks ... mein Herz ...«

»Einen Katholiken? Aber mein lieber John, du hast

wohl vergessen, dass du Brian Hicks den Zutritt zu diesem Haus untersagt hast.« Meine Stimme triefte vor Ironie. Voller Abscheu starrte ich auf meinen Ehemann. Nicht ein Funke Mitleid regte sich in meinem Herzen. Er war einfach nur widerlich.

»Frau ... bitte ...«

Ich winkte ab.

»Ich denke, ich bringe dich jetzt in dein Zimmer.«

Gut, dass John nicht sehr groß und kräftig war. Er stützte sich schwer auf mich, als ich ihn über den Gang in seine Kammer brachte. Dort legte ich ihn auf sein Bett und zog ihm die Schuhe aus.

»Arzt ...«, röchelte er. Sein Zustand wurde immer bedenklicher. Es rührte mich nicht im Mindesten. Ich warf ihm einen letzten Blick zu und verließ dann stumm den Raum. Mein Ehemann war mir völlig gleichgültig.

In dieser Nacht tat ich kein Auge zu. Der Wutausbruch hatte meine innere Sperre gelöst. Endlich konnte ich weinen. Weinen um meine tote Tochter und um alles, was ich verloren hatte. Nichts würde mehr so sein wie vorher, ich musste mein Leben radikal ändern.

Es berührte mich nicht, dass John in dieser Nacht starb. Ich fand ihn am Morgen leblos in seinem Bett und schickte die Magd nach Brian Hicks. In den Minuten, bis der Arzt kam, stand ich regungslos an Johns Lager und blickte ohne jegliches Gefühl auf die kalten und erstarrten Züge.

»Nun sind wir quitt«, murmelte ich. Ich hatte ihn getötet. Ich hatte ihm die Hilfe eines Arztes verweigert, wie John sie Roberta verweigert hatte. Aber kein Funke von schlechtem Gewissen oder gar Reue rührte sich in mir. Mit Gott hatte ich abgeschlossen. Soll er mich ruhig verdammen. Schlechter als jetzt könnte es mir ohnehin nicht mehr gehen.

In Windeseile sprach sich die Nachricht herum, dass die »arme Misses Spears« nur wenige Wochen, nachdem sie ihr einziges Kind zu Grabe getragen hatte, nun auch noch Witwe geworden war.

»Das ist mehr, als man ertragen kann«, flüsterten die Leute.

»Sie ist eine starke Frau. Seht nur, wie gefasst sie ist.«

»Das ist die Trauer. Wahrscheinlich ist ihr der Verlust noch gar nicht richtig bewusst geworden.«

Ich ließ die Leute reden. Im Geheimen lachte ich sie aus. Wenn sie wüssten! Brian Hicks hatte eindeutig »Herzversagen« festgestellt.

»Wahrscheinlich war der Tod seiner Tochter zu viel für sein schwaches Herz«, sagte er und hielt mit dieser Meinung auch im Ort nicht hinterm Berg. Und so stand ich erneut an einem offenen Grab. Ich spielte die trauernde Witwe gut. Niemand ahnte, dass ich mich wie von einer Last befreit fühlte.

John war ein guter Geschäftsmann gewesen. Der Laden hatte immer hohen Gewinn abgeworfen, und so war ich gut versorgt. Vorerst wollte ich das Geschäft weiterführen. Irgendwann würde ich mir dann Gedanken machen, wie mein weiteres Leben verlaufen sollte.

Der Frühling kam und mit ihm die erfreulichsten Nachrichten. Im April 1660 kündigte Charles Stuart in Breda, seinem holländischen Exil, eine Amnestie für seine parlamentarischen Gegner, religiöse Toleranz sowie seine Zustimmung zu einer konstitutionellen Monarchie an. Ich konnte es kaum glauben. Sollte nun wirklich alles vorbei sein? Am 8. Mai 1660 proklamierte das neue Parlament, das sich nach der Auflösung des Langen Parlaments gebildet hatte, Charles zum König von England und forderte ihn offiziell zur Rückkehr auf. Richard Cromwell verließ in aller Stille London, und die Stadt bereitete sich auf den Einzug des Königs vor. Anfang Juni trafen die ersten Reiter aus der Hauptstadt in Cornwall ein. König Charles der Zweite war in England! Wir waren wieder eine Monarchie! Auf seinem ganzen Weg von Dover nach London hatten Menschen die Straßen gesäumt und Blumen auf den Weg gestreut. Als der König am 26. Mai in London einzog, erwarteten ihn Zehntausende von jubelnden Untertanen. Aus den Brunnen der Stadt floss Wein, und die Leute sangen und tanzten in den Straßen. Vereinzelte Stimmen behaupteten, er hätte seine erste Nacht in England im Bett einer gewissen Barbara Palmer verbracht. Angeblich war die Dame bereits in Holland seine Geliebte gewesen. Auf jeden Fall eilte König Charles der Ruf voraus, kein Kostverächter zu sein, was die Damenwelt betraf. Auch den Gerüchten, er hätte mit einer Lucy Walter in Rotterdam einen bereits elfjährigen Sohn, schenkte ich nicht viel Beachtung. Nach den langen Jahren der Sittenstrenge würde England eine etwas lockerere Moral sicher gut tun. Die Restauration, die Wiedereinsetzung der Stuarts, hatte begonnen, und auch ich wusste, dass unser aller Leben von nun an anders verlaufen würde.

Die Wochen vergingen in ruhigen Bahnen. Alex, ein junger Mann, der John wiederholt im Laden geholfen hatte, beschäftigte ich nun den ganzen Tag. Er war fleißig und behandelte mich mit dem nötigen Respekt. Auf dieser Basis konnte ich das Geschäft mühelos weiterführen. Wenn mich auch keine Reichtümer erwarteten, ich würde mein Auskommen haben.

Ich war mit Alex zum Markt nach Bodmin gefahren. Diese Fahrten hatte John immer ohne mich erledigt.

»An den Markttagen treibt sich oft Gesindel in der Stadt herum«, hatte er gesagt und mich zu Hause gelassen.

Deswegen genoss ich an diesem Tag die Fahrt nach Bodmin besonders. Bei der St.-Petroc's-Kirche überließen wir den Wagen einem Knecht, der sich für ein paar Shilling um die Pferde kümmern würde. Da ich zum ersten Mal in der Stadt auf dem Markt war, wanderte ich staunend von Stand zu Stand. Alex hatte ich mit dem Auftrag, Getreide und Zucker zu kaufen, fortgeschickt. Wir würden uns erst am Nachmittag wieder an der Kirche treffen. Ausgiebig betrachtete ich die Waren, besonders gut gefielen mir die bunten Stoffe. Was für Farben konnte man jetzt wieder kaufen! Blutrote Seide lag neben leuchtend gelber, blauer und grüner. Ich kaufte von allen Farben und Materialien ein. Sicher würden die Frauen in Lostwithiel auch begierig auf Buntes sein. Im Laden gab es nur dunkle Stoffe und weiße Spitze. An einem Stand konnte ich nicht widerstehen. Ich erwarb ein grasgrünes Samtband, das ich mir sogleich in mein Haar flocht. Ach, es war schön, wieder Farben zu tragen, doch in Lostwithiel würde ich das Band die nächsten Monate nicht benutzen können. Zumindest noch eine gewisse

Zeit musste ich die trauernde Witwe spielen. Seufzend ging ich weiter, kaufte einen Becher verdünntes Bier und einen flachen, mit Mus gefüllten Pfannkuchen. Die Sonne schien warm, in den Bäumen sangen die Vögel, und wohin ich auch blickte, sah ich in lachende und glückliche Gesichter.

Am Ende der Hauptstraße hörte ich Musik. Es hatte sich eine Menschenmenge gebildet. Beim Näherkommen erkannte ich zwei Wagen, bunt bemalt. Sogleich dachte ich an Zigeuner. Das war doch das Volk, vor denen ich, zuerst durch Onkel Jonathan, dann durch John, immer wieder gewarnt worden war. Gespannt drängte ich mich durch die Menge. Enttäuscht stellte ich jedoch fest, dass es sich keinesfalls um Zigeuner handelte.

Die Frau und die zwei Männer, die singend und tanzend die Menschen unterhielten, sahen sehr englisch aus. Fasziniert starrte ich die Frau an. Sie war nicht mehr jung, o nein! Sicher hatte sie die dreißig schon überschritten. Doch ihre schlanke, anmutige Figur drehte sich scheinbar schwerelos im Takt der Musik im Kreis. Das aschblonde Haar fiel ihr in wilden Locken bis an die Hüften. Die Männer schienen etwas jünger zu sein, der eine ebenfalls blond, der andere schwarzhaarig. Der Dunkle schlug die Laute, während der andere mit seiner kräftigen Stimme ein Lied zum Besten gab. Gebannt verfolgte ich die Aufführung bis zum Ende. Die Frau verneigte sich vor dem Publikum, dann ging sie mit einem Hut durch die Reihen. Als sie vor mir stand, trafen sich kurz unsere Blicke, und sie lächelte. Sie hatte strahlende blaue Augen. Natürlich warf auch ich ein Geldstück in den Hut. Als ich später die Straße wieder hinaufschlenderte, gingen mir die Schauspieler nicht mehr aus dem Sinn. Leise summte ich die eben gehörte Melodie vor mich hin. Ach, ich hatte so lange nicht mehr gesungen! Seit Roberta tot war. Ein Schatten fiel über den schönen Tag. Nicht daran denken, sagte ich mir und schluckte tapfer die aufsteigenden Tränen hinunter.

Es blieb noch etwas Zeit, bevor ich mich wieder mit Alex traf. Die Waren hatte ich alle gesehen und meine Einkäufe erledigt. Alex würde später die Sachen mit dem Karren abholen. In der Nähe der Kirche stutzte ich. Unweit meines eigenen Wagens standen die beiden der Schauspieler. Ich konnte sehen, wie der blonde Mann auf einer Kiste saß und sich mit einer Jacke abmühte. Offensichtlich wollte er einen Riss im Ärmel flicken, was ihm aber deutliche Schwierigkeiten bereitete.

»Das ist eigentlich keine Arbeit für Männer«, sagte ich und trat auf ihn zu. Er blickte überrascht auf, stutzte einen Moment, um mich dann mit einem Lächeln anzustrahlen. Er schien in meinem Alter zu sein, aber etwas an ihm wirkte jünger.

»Irgendjemand muss es ja machen«, sagte er bedauernd und zuckte mit den Schultern. »Und Maud hat noch einiges zu erledigen.«

Maud? Er meinte sicher die Tänzerin.

»Geben Sie her! Ich kann es nicht mit ansehen, wie Sie den Stoff behandeln.« Ich nahm dem sprachlosen Mann die Jacke einfach aus der Hand, setzte mich auf eine Kiste und stopfte mit wenigen Stichen den Riss, der nicht der Rede wert war. »So, fertig! Man sieht es kaum noch«, sagte ich dann und stand auf. In diesem Augenblick erschien die Tänzerin. Sie hatte wohl alles gesehen, denn laut schimpfte sie:

»Morton! Wie kannst du nur die Lady belästigen!«

Ich lächelte sie beruhigend an.

»Ihn trifft keine Schuld. Ich habe beobachtet, wie er sich mit der Näharbeit furchtbar abmühte. Für mich war es aber nur eine Kleinigkeit.«

»Dann muss ich Ihnen danken.«

»Und ich Ihnen, Miss Maud. Verzeihen Sie, aber Ihr Nachname wurde bisher nicht genannt.«

Die Frau lachte. Am liebsten hätte ich mich noch länger mit ihr unterhalten, aber ich sah Alex zu unserem Wagen zurückkehren.

»Maud ist in Ordnung, Misses«, sagte sie.

Ich verabschiedete mich und ging zu Alex. Seltsam, aber Maud war mir vom ersten Moment an vertraut gewesen. Sie strahlte etwas Warmes und Vertrauenswürdiges aus. Beim Fortgehen drehte ich mich noch einmal um.

»Übrigens – die Musik und Ihr Tanz haben mir sehr gut gefallen!«

»Danke!«, rief Maud, hob die Hand und winkte mir zu.

Zurück in Lostwithiel, räumten Alex und ich die Waren in die Regale. Rigoros warf ich die grauen und schwarzen Stoffballen auf den Boden.

»Fort mit ihnen«, rief ich, »in diesem Geschäft wird es nur noch fröhliche Farben geben.«

Alex sah mich zwar etwas erstaunt an, immerhin war ich erst seit wenigen Wochen Witwe, räumte aber kommentarlos die Ballen in den Hof.

»Werde sie morgen verbrennen«, murmelte er, und ich

nickte als Zustimmung.

Am Abend briet ich mir zwei Eier und aß etwas Brot dazu.

Zwischenzeitlich war die Dämmerung hereingebrochen, doch die Luft war noch warm. Im Haushalt war alles erledigt, und so beschloss ich, einen kleinen Spaziergang zu machen. Wie seit Jahren führte mich mein Weg zum Fluss hinunter. Sanft plätscherte das Wasser an die Kaimauer. Nur noch wenige Menschen waren unterwegs. Plötzlich stutzte ich. Das konnte doch nicht sein! Sicher bildete ich mir das nur ein. Es war ein schöner Tag gewesen. Maud und ihre Freunde hatten einen starken Eindruck bei mir hinterlassen, so dass ich jetzt meinte, am Flussufer ihre Wagen zu sehen. Doch auch nachdem ich mir fest die Augen gerieben hatte, standen die bunten Karren noch da. Mein Herz klopfte vor freudiger Erregung. Warum übten die Fremden eine so große Faszination auf mich aus?

Morton, deutlich erinnerte ich mich an seinen Namen, zupfte an der Laute und summte leise eine Melodie, die ich erkannte. Penelope hatte manchmal, wenn wir allein waren, das Lied gesungen. Ohne nachzudenken, näherte ich mich der Gruppe und fiel in Mortons Gesang ein:

»Der Pisky läuft leise durch die Nacht,
Bleibt in euren Häuser und gebt gut Acht!
Unsinn wird im Moor getrieben,
Wärst du nur im Bett geblieben!«

Als die Strophe zu Ende war, lächelte Maud freundlich. Sie schien nicht überrascht, mich zu sehen.

»Du hast eine wundervolle Stimme. Setz dich«, forderte sie mich auf. »Ein Becher Wein?«

Ich nickte dankend und ließ mich neben ihr vor dem Feuer nieder.

»Was macht ihr in Lostwithiel?«, fragte ich, meine Neugier nicht verbergend.

»Wir sind auf der Reise nach London. In Bodmin fanden wir keinen geeigneten Lagerplatz, so dass wir uns für heute Nacht hier niederließen. Wohnst du hier?«, fragte Maud direkt.

»Ja, nur einige Häuser die Straße hinauf. Wenn ihr wollt, könnt ihr die Nacht in meinem Haus verbringen.«

Warum sagte ich das? Ich war im Begriff, mir völlig fremde Leute unter mein Dach einzuladen, Gesindel, wie John sie bezeichnet hätte. Aber vielleicht war es gerade der Gedanke an John, der mich die Einladung wiederholen ließ.

»Warum? Die Nacht ist doch wunderschön, oder? Aber danke, das ist sehr freundlich. Wie ist übrigens dein Name?«

»Patricia Spears«, antwortete ich. Daraufhin stellte Maud mir ihre zwei Begleiter vor. Morton hatte ich bereits kennen gelernt, der andere war Harry.

Es war völlig verrückt! Da saß ich am Abend unter freiem Himmel mit fahrendem Volk, trank roten, süßen Wein und sang Lieder. Nach einiger Zeit erzählte Maud:

»Meine Eltern besaßen ein kleines Theater in London. Dort wurde ich vor sechsunddreißig Jahren geboren. Seit meiner Kindheit tanzte und sang ich auf der Bühne, bis dieser schreckliche Cromwell alle Theater schließen ließ. Wir mussten die Stadt verlassen und gingen zu meinen

Großeltern nach Penzance. Dort habe ich im letzten Jahr Morton und Harry kennen gelernt. Sie schlugen sich mehr schlecht als recht als Musikanten durch. ja, und jetzt werden wieder alle Theater in London eröffnet. Der König ist ein großer Kunstliebhaber und hat viel von der französischen Lebensart mit nach England gebracht. Wir kehren in die Stadt zurück. Meine Eltern sind zu alt für die Reise, sie wollten mich nicht begleiten. Ich habe keine Ahnung, was uns in London erwartet. Ob mein Elternhaus überhaupt noch steht oder ob sich dort zwischenzeitlich andere Leute eingenistet haben.«

»Das ist sehr mutig«, warf ich ein.

Maud lachte. Ihre Stimme war tief und kehlig.

»Leider haben wir nicht viel Geld. So müssen wir uns eben unterwegs durch Auftritte immer ein paar Pennys erarbeiten. Unser nächstes Ziel ist Plymouth, dann Exeter. So dauert es zwar länger, bis wir London erreichen, aber ich habe so lange gewartet. Da kommt es auf ein paar Wochen mehr nicht an.«

London! Sie würden nach London gehen. Natürlich hatte ich in den letzten Wochen öfters darüber nachgedacht, in die Stadt zurückzukehren. Doch was sollte ich alleine dort? Auch ich wusste nicht, was aus unserem Haus in Westminster geworden war. Ich erinnerte mich, dass Vater mir geschrieben hatte, sein ganzer Besitz sei durch Cromwell enteignet worden. Bestimmt gehörte das Haus längst jemand anderem.

Maud hatte mein Mienenspiel beobachtet.

»Es ist verrückt«, sagte sie. »Wir kennen uns kaum. Ich weiß nur, dass du eine sehr schöne Stimme hast, eine Stimme, die wir in unserem kleinen Theater gut gebrauchen könnten.« Sie machte eine kurze Pause und sah mir fest in die Augen. Wie hypnotisiert hing ich an ihrem Blick. »Wir fahren morgen bei Sonnenaufgang. In meinem Wagen ist noch ein Plätzchen zum Schlafen frei, Patricia.«

Wie im Traum ging ich nach Hause, schloss die Tür auf und stieg die steile Stiege in den ersten Stock hinauf. Ich ging durch alle Räume: das schlicht eingerichtete Wohnzimmer, die Schlafzimmer, die kleine Kammer, in der Roberta gestorben war. Ich betrachtete die Möbel, die mir seit Jahren vertraut waren, meine Hand strich über Dinge, die ich wie selbstverständlich Tag für Tag benutzt hatte. Ich empfand dabei keine Gefühlsregung. Es waren für mich nur tote Gegenstände. Einzig bei der Puppe, die Roberta besessen hatte, spürte ich einen Kloß im Hals. Aus der Schublade im Arbeitszimmer nahm ich den Beutel mit dem Geld und überflog die Summe. Es war nicht viel, aber es würde eine Weile reichen. Mein Bündel war schnell gepackt. Zwei schlichte, robuste Kleider, eine Haube und ein zweites Paar Schuhe. Ich besaß nicht viel und ich brauchte nicht viel.

Die Kirchturmuhr schlug Mitternacht, als ich mich in der Küche auf einen Schemel setzte. Dort blieb ich, stumm und unbeweglich, bis der Morgen langsam seine Sonnenstrahlen durchs Fenster schickte. Dann stand ich auf, verließ das Haus und schloss die Tür hinter mir nicht ab. Es war mir egal, was mit allem hier geschehen würde. Der Laden, voll gestopft mit Waren – irgendwer würde sich darum kümmern, Alex vielleicht. Aber mir war es egal. Ich hinterließ keine Nachricht, ich ging einfach. Als hätte ich hier nie existiert. Und tatsächlich hatte ich die vergangenen zwölf Jahre auch nicht gelebt. Die Hülle meines Körpers hatte geatmet, gegessen und funktioniert. Es war vorbei, unwiderruflich.

Die ersten Vögel stimmten ihren Morgengesang an, als ich zügig die Fore Street zum Fluss hinunterschritt. Was die Zukunft mir auch bringen würde, es konnte nur besser sein.

London

Unzählige Kirchtürme reckten ihre Spitzen in den Himmel. Eine unüberschaubare Menschenmenge drängte durch die engen Straßen, rücksichtslos, laut und lärmend. Pferdefuhrwerke bahnten sich rigoros einen Weg durch das Gewühl. Ziegen und Schweine wurden mit Peitschen vorangetrieben, und Bettler, ihre Verkrüpplungen und Wunden offen zur Schau stellend, kauerten in Hauseingängen. Züchtige Hausfrauen mit hochgeschlossenen Kleidern gingen neben freizügigen, üppigen Weibsbildern, deren Busen nur notdürftig bedeckt war und deren Wangen unnatürlich rot leuchteten. Männer und Frauen küssten sich ungeniert in den Türen der Tavernen, aus denen laute Musik und Gesang erklangen. Hier und da prügelten sich Männer, beschimpften sich Frauen und übergaben sich Betrunkene mitten auf der Straße. Auf einer Treppe saß eine Frau. Sie stillte ein Kleinkind an ihrer Brust und nahm zwischendurch kräftige Schlucke aus einer Schnapsflasche. Die Häuser standen teilweise so eng, dass sich die Dachfirste berührten, und man meinte, die Fachwerkbauten müssten jeden Augenblick in sich zusammenstürzen.

London! Fasziniert sah ich mich in der Stadt um, sog tief die Luft ein, die nach Krankheit, Fäulnis und Unrat roch, in mir aber Heimatgefühle weckte. Ich war wieder zu Hause! Die Stadt schien ein einziger Sündenpfuhl geworden zu sein, doch ich genoss es. Zu lange war ich von der Welt ausgesperrt gewesen.

Maud und Harry lenkten die Wagen sicher durch die Straßen.

»Verschwinde, du Hund!«, brüllte Maud, wenn ihr jemand den Weg versperrte, und hatte keine Skrupel, die kurzschwänzige Peitsche einzusetzen. Wir fuhren über den Holborn Hill, passierten den Fluss Fleet über die Holborn Bridge und bogen nach rechts in die Snow Hill Street ein. Bei Newgate gab es einen Stau, denn das Tor – fünf Stockwerke hohe, burgartige Türme – konnte nur von einem Wagen passiert werden. Diesen Engpass musste man überwinden, um in die eigentliche Stadt zu kommen. Während wir warteten, warf ich ängstliche Blicke zu dem angrenzenden Gefängnis. Hinter den dicken, dunklen Mauern fristeten Hunderte von Unglücklichen ein menschenunwürdiges Dasein, und kaum einer würde das Verlies lebend verlassen. Dann endlich ging es weiter. Nach wenigen Minuten erreichten wir Cheapside, und Maud bog nach rechts, dann gleich wieder nach links ab.

»Wir sind da!«, rief sie mit roten Wangen. Wir waren in der Budge Row, mitten im Herzen Londons, angekommen. Die schmale Straße, höchstens acht Fuß breit, war gepflastert, doch links und rechts verliefen die Abwasserrinnen in Richtung Fluss. Auch hier schienen sich die Giebel der Häuser beinahe zu berühren, so dass die Straße fast völlig im Dämmerlicht lag, obwohl es erst später Nachmittag war.

Die letzten drei Wochen waren wohl die aufregendsten meines bisherigen Lebens. Maud, Harry und Morton nahmen es als selbstverständlich, dass ich sie nach London begleitete.

Sie fragten nicht nach meinen Beweggründen, ich gehörte jetzt einfach zu ihnen. Als wir in Plymouth rasteten, um mit Aufführungen ein paar Shilling zu verdienen, bot ich Maud von meinem Geld an. Sie lehnte es strikt ab.

»Du brauchst dein Geld in London sicher selbst.«

»Aber ich darf mit euch fahren, esse von euren Lebensmitteln. Ich möchte mich dafür erkenntlich zeigen«, protestierte ich.

»Dann sing«, antwortete Maud.

Und so stand ich im Hafenviertel von Plymouth auf der Straße und sang vor fremden Menschen alte Weisen und fröhliche Trinklieder. Zuerst dachte ich, jeder würde mich auslachen oder, was noch schlimmer wäre, keiner würde zuhören. Doch immer mehr Leute blieben stehen, und viele klatschten im Takt mit. Der Beutel, den Maud später herumgehen ließ, kam gut gefüllt zurück.

»Oh, Onkel Jonathan«, dachte ich und konnte ein Grinsen nicht unterdrücken, »wenn du mich jetzt sehen könntest!«

So wie in Plymouth war es in jeder Stadt – Exeter, Taunton, Yeovil, Shaftesbury, Andover und Newbury, bis wir endlich London erreichten. Immer wieder kam es während der Fahrt zu hitzigen Diskussionen zwischen den Freunden.

»Sie will *Romeo und Julia* aufführen«, teilte mir Morton erregt mit. »Ausgerechnet *Romeo und Julia*! Das wird doch jetzt in jedem Theater Englands gespielt!«

Maud lachte.

»Vielleicht, aber unsere Interpretation wird etwas Besonderes sein. Wir werden es nämlich singen.«

»Wie ... singen?«, fragte Harry erstaunt.

»Seid ihr eigentlich dumm?«, wunderte sich Maud

und raufte sich die Haare. »Du, Morton, schreibst die Melodien, und Pat wird die Julia singen.«

»Das kann ich nicht!«, riefen Morton und ich gleichzeitig. Doch Maud ließ unseren Einwand nicht gelten.

»Natürlich werden wir nicht das ganze Schauspiel aufführen, nur die besten Teile daraus. Morton, du kannst gleich heute Abend mit der Musik anfangen, und du, Pat …«, sie warf mit, ein reichlich mitgenommenes Textbuch zu, »kannst schon mal beginnen, die Texte der Julia auswendig zu lernen.«

Es war eine verrückte Idee. Doch je öfter ich die Zeilen von William Shakespeare las, umso mehr begeisterte ich mich für die Sache. Ich hatte eine Seite an mir entdeckt, die ich nie vermutet hätte. Die letzten zwölf Jahre waren nicht spurlos an mir vorübergegangen. Auch wenn ich den Puritanismus aus tiefstem Herzen hasste, war öffentlich aufzutreten oder gar Theater zu spielen doch der Anfang des direkten Wegs in die Hölle. Dennoch konnte ich es kaum erwarten, bis wir wieder Rast machten und ich auf der Straße für die Schaulustigen singen konnte. Ich genoss die bewundernden Blicke, badete mich im Applaus und spürte eine gewisse Macht, wenn die vielen Zuhörer ganz still waren, nur um meiner Stimme zu lauschen. Ich schlüpfte in die Maske einer anderen Frau und vergaß meine Trauer um die verlorenen geliebten Menschen.

Während der Reise erzählte ich Maud meine Lebensgeschichte, verschwieg jedoch meinen Anteil am Tod meines Mannes. Maud reagierte genau so, wie ich es erwartet hatte, sie zeigte kein Mitleid mit mir.

»Ja, ja, wir haben es alle nicht leicht gehabt, aber das

ist jetzt vorbei. Wir sollten es vergessen und in die Zukunft schauen.«

Sie hatte Recht, doch ich würde Roberta niemals vergessen.

Oft kamen wir in den Städten mit den Menschen ins Gespräch. Ein-, zweimal hielt man uns für zwei Ehepaare. Wir taten nichts, um das Missverständnis aufzuklären, doch ich machte mir so meine Gedanken.

»Es ist schon etwas seltsam, dass zwei Frauen allein mit zwei Männern unterwegs sind …«, deutete ich Maud gegenüber vorsichtig an.

Sie lachte und warf ihre langen Haare zurück.

»Ach, *das* meinst du! Da brauchst du dir keine Sorgen zu machen. Morton und Harry leben nur für ihre Kunst. Und sie sind die besten Freunde, die *besten,* verstehst du?« Nein, ich verstand es nicht. In der puritanischen Welt hatte es solche Art Beziehung nicht gegeben. So musste Maud deutlicher werden. »Na, sie lieben sich – und ihre Musik.«

Zuerst war ich entsetzt. Zwei Männer, das war doch nicht normal! Doch Maud nahm mir meine Bedenken. Das hätte es schon immer gegeben, meinte sie. Bereits vor Tausenden von Jahren, ebenso wie die Liebe zwischen zwei Frauen. Dies war eine völlig neue Erkenntnis für mich, und einige Tage dachte ich sogar daran, die Gruppe zu verlassen. In der Zwischenzeit hatte ich Morton und Harry jedoch wirklich lieb gewonnen und gemerkt, dass sie keine anderen Menschen waren, nur weil sie sich gegenseitig liebten. Es gab wohl noch viel auf der Welt, das ich lernen musste.

Morton hatte zwischenzeitlich ein paar schöne Melodien komponiert, die er uns, wenn wir am Abend lagerten, vorspielte. Ich versuchte, den Text dazu zu singen:

»So einzige Lieb aus großem Hass entbrannt!
Ich sah zu früh, den ich zu spät erkannt.
O Wunderwerk! Ich fühle mich getrieben,
Den ärgsten Feind aufs zärtlichste zu lieben.«

Maud klatschte begeistert in die Hände.

»Das ist wundervoll! Morton, du bist ein Genie! Du, Pat, wirst mit deiner Stimme ganz London erobern!

Unsere Reise in die Hauptstadt verlief auf diese Weise richtig kurzweilig. Als wir endlich in London eintrafen, fühlte ich mich den drei anderen fest dazugehörig und konnte mir nicht vorstellen, die Freunde jemals wieder zu verlassen.

Jetzt standen wir endlich vor Mauds Elternhaus in der Budge Row.

»Es steht noch«, murmelte sie mit erstickter Stimme und Tränen in den Augen. Ich drückte ihren Arm. »Hier bin ich geboren. Das ist meine Heimat. Mein Gott, es steht tatsächlich noch, und niemand anderes wohnt darin!«

Erst jetzt wurde mir klar, was Maud all die Zeit bewegt haben musste. Uns gegenüber hatte sie immer einen optimistischen Eindruck gemacht, doch tief in ihrem Inneren wohl in panischer Angst gelebt, ihr Elternhaus abgebrannt, abgerissen oder in fremden Händen vorzufinden. Zweifellos war das Haus jahrelang unbewohnt gewesen, denn es machte einen verwahrlosten Eindruck.

Die unteren Fenster waren mit Brettern vernagelt, an den oberen die Scheiben zum Teil zerschlagen. Vier Steinstufen führten zu einer Tür hinauf, die ebenfalls zugenagelt war. Für Morton und Harry war es jedoch ein Leichtes, das morsche Holz zu entfernen. Dabei machten sie natürlich einigen Lärm. Leute blieben auf der Straße stehen und sahen zu uns herüber. Im Nebenhaus wurde ein Fenster geöffnet, und eine Frauenstimme schrie:

»He, ihr Halunken! Macht ihr wohl, dass ihr da fortkommt. Sonst rufe ich den Büttel!«

Ich blickte zu der Frau hoch. Es war jedoch so dunkel, dass ich nicht viel erkennen konnte. Der Stimme nach musste es sich um eine ältere Person handeln, ich meinte, einen Schopf flammend roter Haare gesehen zu haben. Maud wandte sich ebenfalls der Frau zu.

»Ma Brewster?«, flüsterte sie ungläubig, dann schrie sie plötzlich: »Ma Brewster, ich bin es – Maud Brown! Ich bin wieder hier!«

Das Fenster wurde zugeknallt und Sekunden später die Tür des Nachbarhauses aufgerissen. Fasziniert starrte ich dem Wesen entgegen, das aus dem Haus auf uns zukam. Die Frau war kaum größer als ich, doch von unglaublichem Umfang. Die leuchtend roten Haare fielen lose über den Rücken, und aus dem schwammigen Gesicht blinzelten uns winzige Augen kurzsichtig an. Bekleidet war die Frau mit einer Art Umhang, der in den buntesten Farben schillerte. Die gewaltige Brust hob und senkte sich vor Aufregung, und an eben diese ließ sich jetzt Maud mit einem Seufzer fallen.

Morton, Harry und ich wurden Zeuge einer überwältigenden Begrüßungsszene, betreten sahen wir uns an.

Anscheinend hatten die beiden unsere Gegenwart völlig vergessen. Dann löste sich Maud vom Busen der Nachbarin und stellte uns vor.

»Ma Brewster hat schon immer hier gelebt«, sagte sie.

Die Frau lachte, ihre Stimme war laut und dröhnend.

»Ja, ja, mein Schätzchen, habe dir schließlich auf die Welt geholfen. Du wolltest gar nicht kommen, aber Ma Brewster hat es dann doch geschafft.«

Morton und Harry brachen die Tür vollends auf, und wir betraten das Haus. Wie erwartet sahen wir nur Schmutz und Chaos. Schließlich war über zwölf Jahre niemand mehr hier gewesen.

»Hier könnt ihr nicht schlafen«, meinte Ma Brewster. »Ihr kommt mit zu mir. Braucht wahrscheinlich erst mal ein anständiges Essen, und morgen werden wir uns um das Theater kümmern.«

Dankbar nahmen wir die Einladung an. Mein Magen knurrte vor Hunger, und ich sehnte mich nach einem weichen Bett. Wir folgten der dicken Frau ins Nebenhaus, und ich hatte das Gefühl, eine andere Welt zu betreten. Durch einen schmalen, hellen Gang kam man in einen großen Saal, der sich über zwei Stockwerke erstreckte. An allen vier Seiten lief ringsum eine Galerie, die Pfeiler waren mit Goldfarbe bemalte, griechischen Tempeln nachempfundene Säulen. Vom oberen Stockwerk gingen einzelne Türen ab. Da der Raum gut beleuchtet war, konnte ich erkennen, dass an jeder Tür ein Name stand: Marcy, Mary, Sabina, Nancy ... Der Saal selbst war sehr elegant, aber überladen eingerichtet. Überall standen mit Samt und Seide überzogene Sessel und Sofas, davor niedrige Tische, auf denen Schalen mit

Obst zum Zugreifen einluden. Die Vorhänge waren aus schwerem, dunkelrotem Samt mit goldenen Troddeln an den Seiten.

Ich sah mich staunend um. Ich war in einem eleganten Haus aufgewachsen, und auch Violet's Abbey hatte einen gewissen Stil besessen, doch hier war alles eine Spur zu elegant, zu übertrieben. Ich konnte nicht einordnen, in was für ein Haus wir geraten waren.

Ma Brewster führte uns in eine geräumige Küche, in der ein großer Tisch den Mittelpunkt bildete. Dort saßen bereits vier Mädchen, die sich die herzhaften Speisen schmecken ließen. Bei unserem Eintreten blickten sie überrascht auf. Als sie Morton und Harry sahen, setzten sich zwei der Mädchen augenblicklich in Positur und zeigten den Männern ein verführerisches Lächeln. Irritiert stellte ich fest, dass die Mädchen zwar bildhübsch aussahen, für die Tageszeit jedoch seltsam gekleidet waren. Wäre es nicht später Nachmittag gewesen, hätte ich gedacht, sie seien gerade erst aus dem Bett gestiegen. Alle vier trugen eine Art Nachtgewand, das die Brüste nur notdürftig bedeckte, ja sogar die Brustwarzen schimmerten deutlich durch den dünnen Stoff. Die Wangen und Lippen waren rot geschminkt, die Haare in kunstvollen Locken drapiert. Ma Brewster forderte uns auf, Platz zu nehmen und zuzugreifen.

»Es ist genügend da. Dora, bring noch vier Gedecke.«

Auf ihren Ruf erschien ein kleines, schmächtiges Mädchen und leistete der Anordnung Folge. Dora konnte kaum mehr als zwölf oder dreizehn Jahre zählen, doch in ihren Augen lag ein Ausdruck, der sie sehr viel älter erscheinen ließ.

Maud griff ohne Zögern nach dem Braten und leerte den Becher Wein in einem Zug. Auch mir lief beim Anblick der Speisen das Wasser im Mund zusammen, und ich machte mir keine weiteren Gedanken und ließ es mir schmecken. Währenddessen erzählte Maud der dicken Frau, wie sie die letzten Jahre verbracht hatte.

»Und jetzt will ich das Theater wieder öffnen und frischen Wind auf die Bühne bringen. Jeder behauptet, dass unser König das Schauspiel liebt.«

Ma Brewster schlug sich prustend auf die Schenkel.

»Und ob er das tut, nicht wahr, Mädels? Old Rowley mag alles, was ihm das Leben versüßt!«

Die Mädchen stimmten lachend ein. Von Maud hatte ich bereits gehört, dass König Charles den Spitznamen *Old Rowley* vom Volk erhalten hatte, und ich war gespannt, ob ich ihn in naher Zukunft einmal würde sehen können. Maud sprach weiter von ihrem Haus.

»Ich hatte nicht erwartet, es in einem solch schlechten Zustand vorzufinden, andererseits bin ich froh, dass niemand eingezogen ist.«

»Oh, es gab schon Interessenten, aber ich sagte zu allen, die Eigentümer würden bald zurückkommen. Ich wollte doch nicht, dass direkt vor meiner Nase ein Konkurrenzunternehmen entsteht. Aber keine Sorge, Maud, wir bringen den Laden schon wieder in Schwung.«

Wir zogen uns bald zurück, die Anstrengungen der langen Reise steckten uns allen in den Knochen. Maud und ich teilten uns ein Zimmer. Beim Eintreten fiel mir auf, dass ebenso wie beim Nachbarraum, in dem Morton und Harry die Nacht verbringen sollten, kein Namensschild an der Tür war. Ma Brewster bemerkte meinen

Blick und sagte:

»Ich habe letzte Woche zwei Mädchen verloren. Sie mussten gehen, hatten die Franzosenkrankheit. Das kann ich in meinem Haus nicht dulden.«

Verständnislos sah ich Maud an. Ich hatte noch nie etwas von einer Krankheit, die aus Frankreich kommen sollte, gehört. Doch als ich zum Bett ging, richtete sich meine Verwunderung sogleich auf andere Dinge. Über dem komfortablen Lager hing ein überdimensionaler Spiegel. Das Zimmer war, wie auch der große Saal, mit viel Plüsch eingerichtet. Ich setzte mich aufs Bett und fragte Maud fassungslos:

»Wo sind wir hier eigentlich?«

Maud lachte und hopste ausgelassen auf der weichen Matratze.

»Ma Brewster wohnt hier, solange ich denken kann. Du hast es ja gehört, sie hat bei meiner Geburt als Hebamme fungiert. Ich hätte nicht gedacht, dass sie noch in London ist. Aber diese Frau kann niemand unterkriegen, nicht einmal Cromwell.

»Aber was ist das hier für ein Haus?«, bohrte ich weiter. »Eine Art Schule für junge Mädchen?«

Maud starrte mich mit offenem Mund an.

»Du hast zwar lange unter Puritanern gelebt, aber ich hätte nicht gedacht, dass ich dir erklären muss, was ein Bordell ist.«

Ein Bordell! Erschrocken griff ich nach einem Kissen, um es gleich wieder fallen zu lassen, als hätte ich mir die Finger daran verbrannt.

»Du meinst ... wir sind ... in einem ... und die Mädchen sind ...«, stotterte ich fassungslos.

Maud verdrehte die Augen ob meiner Einfalt.

»Ja, wir sind in einem Bordell, und die Mädchen, die wir in der Küche getroffen haben, sind Huren. Ma Brewster betreibt das Gewerbe seit ihrer frühesten Jugend, und sie genießt in ganz London einen guten Ruf. Sie behandelt ihre Mädchen streng, aber gerecht. Du hast vorhin gehört, dass zwei kranke Mädchen das Haus verlassen mussten. Aber keine Angst, Ma Brewster setzt sie nicht auf die Straße. Sie hat einen so großen Bekanntenkreis, dass sie für die Mädchen irgendwo in einem Haushalt eine Stellung als Dienstmagd findet. Du hast Dora in der Küche gesehen? Nun, sie ist das Kind eines der Mädchen das in diesem Haus gearbeitet hat. Normalerweise bringt Ma Brewster die Kinder zu Pflegefamilien oder in gute Waisenhäuser. Doch Doras Mutter ist bei der Geburt gestorben, gerade in der Zeit, als der König hingerichtet wurde, kurz bevor meine Familie London verließ. Viele Familien waren durch den Bürgerkrieg zerstört und zahllose Kinder elternlos geworden. Die Waisenhäuser waren hoffnungslos überfüllt. Ma Brewster brachte es nicht übers Herz, Dora in ein solches Haus zu geben. So blieb die Kleine hier und hat sicher kein schlechtes Los gezogen.«

»Ja, um als Hure zu enden«, warf ich sarkastisch ein.

Maud schenkte mir einen verwunderten Blick.

»Es gibt Schlimmeres, zum Beispiel auf der Straße zu verhungern. Außerdem ist Dora für das Geschäft noch zu jung. Sie kann auch einen anderen Weg wählen. Ich bin sicher, Ma Brewster findet für sie auch eine Beschäftigung als Magd. Auf jeden Fall lasse ich auf meine Freundin nichts kommen. Ich bewundere sie wirklich, wie sie es geschafft hat, das Etablissement in den letzten Jahren zu halten.«

»Hat denn Cromwell die ... Bordelle ...«, mir fiel es schwer, das Wort auszusprechen, »... nicht auch verboten?«

»Natürlich, Pat, doch ich bin überzeugt, das Geschäft ist genauso gut gelaufen wie vorher. Wahrscheinlich zählten sogar die nach außen strengsten Puritaner mit ihrer Doppelmoral zu den besten Kunden. Aber jetzt lass uns schlafen. Wir haben ein paar anstrengende Tage vor uns.«

Maud drehte sich auf die Seite und war binnen weniger Minuten eingeschlafen. Ich musste mich mit der Tatsache, in einem Bordell zu sein, erst einmal abfinden. Ich war zutiefst geschockt, war ich doch nie zuvor mit solchen Menschen in Kontakt gekommen. Bei jedem Geräusch schreckte ich auf. Manchmal konnte ich ein Mädchen lachen hören, dann wieder eine tiefe Männerstimme. Zweifellos hatte der Betrieb im Haus angefangen. Ich presste die Hände auf die Ohren und vergrub mein Gesicht in das Kissen. Ein neues Zeitalter war angebrochen, alte Moralvorstellungen wurden über Bord geworfen, und ich befand mich mittendrin und würde mich sicher daran gewöhnen. Schließlich siegte die Müdigkeit, und als Maud mich am nächsten Morgen weckte, musste ich zugeben, so gut wie schon lange nicht mehr geschlafen zu haben.

Die Sonne stand bereits hoch am Himmel.

»Mensch, wir haben verschlafen«, rief Maud. Wir zogen uns rasch an und eilten nach unten in die Küche. Ma Brewster saß am Tisch und ließ sich das Frühstück schmecken. Sonst war niemand zu sehen.

»Warum hast du uns nicht geweckt?«, fragte Maud in vorwurfsvollem Ton.

»Ihr habt den Schlaf nötig gehabt. Nach dem Frühstück gehen wir rüber.«

Als wir wenig später Mauds Haus betraten, sahen wir überrascht, dass der Raum voller Menschen war. Das Theater war in einem denkbar schlechten Zustand. Ich schätzte, auf den Bänken, die jetzt zerbrochen und schmutzig vor der Bühne lagen, fänden an die hundert Personen Platz. Der Verputz blätterte von den Wänden, und die Vorhänge hingen mottenzerfressen in Fetzen herab. Hinter der Bühne, in dem Raum, der einst als Gardarobe gedient hatte, herrschte ein heilloses Durcheinander. Alte Möbel, modrige Kleider und allerhand Gerümpel lagen bunt durcheinander.

»Unsere Requisiten«, murmelte Maud und hielt mit spitzen Fingern ein blaues, ebenfalls von Motten zerfressenes Leinenkleid in die Höhe. »Na, davon ist wohl nichts mehr zu gebrauchen.«

Ungefähr zwanzig Männer und Frauen waren eifrig dabei, die schlimmste Unordnung zu beseitigen.

»Was ist denn hier los?«, rief Maud und sah sich fragend um. »Peter! Henry! Und Charlie! Was macht ihr denn alle hier?«

Die angesprochenen Männer grinsten breit. Es waren derbe, grobschlächtige Gesellen, jedoch mit freundlichen und gutmütigen Gesichtern.

»Schön, dass du wieder da bist! Wir haben schon mal angefangen, hier etwas Ordnung zu schaffen.«

Es war unglaublich! Noch in der Nacht hatte Ma

Brewster dafür gesorgt, dass es sich in Windeseile herumsprach, dass Maud Brown wieder in der Stadt war, um das Theater zu eröffnen. So waren Nachbarn aus der ganzen Umgebung bereits in den frühen Morgenstunden gekommen, um zu helfen. Maud standen vor Rührung die Tränen in den Augen.

»Danke«, flüsterte sie Ma Brewster zu.

Die Frau tätschelte mit einem gütigen Lächeln Mauds Arm.

»Ist schon in Ordnung, Mädchen. Außerdem wenn das Theater wieder in Schwung kommt, profitiert mein Etablissement auch nicht schlecht davon. Wenn ich nur an die alten Zeiten denke …« Wehmütig ging ihr Blick in die Ferne. Doch nach Sekunden riss sie sich zusammen, klatschte in die fleischigen Hände und rief: »Auf, auf, Männer! Wir brauchen mehr Werkzeug, Hammer und Nägel. Na los, bewegt euren faulen Arsch!«

Vom oberen Stockwerk kam ein Mädchen mit einem vollen Wassereimer herunter. Ich erkannte in ihr eine von Ma Brewsters Angestellten, wenn man es so ausdrücken wollte. Sie trug ein blaues, züchtiges Kleid, hatte die Ärmel aufgekrempelt und das Haar unter einem Kopftuch verborgen. Sie grüßte in unsere Richtung und sagte:

»Die anderen sind oben. Da ist mächtig was zu tun, aber heute Abend könnt ihr hier schlafen.«

Wir stiegen in den ersten Stock hinauf. Vom Gang führten fünf Türen in mittelgroße Zimmer.

»Meine Eltern vermieteten auch Gästezimmer«, erklärte Maud und öffnete eine Tür nach der anderen. Hier war das Mobiliar zwar nicht beschädigt, doch der Staub lag fingerdick, und ein muffiger Geruch hing in den Räumen.

Im zweiten Stock befanden sich drei weitere kleine Kammern. In einer hatte ein Küchenmädchen gewohnt, die beiden anderen waren als Abstellräume genutzt worden. Beinahe in jedem Zimmer waren Frauen mit Besen und Schaufeln, Wasser, Bürsten und Lappen beschäftigt, den gröbsten Schmutz zu beseitigen. Maud und ich schlossen uns sofort an, und die nächsten Stunden vergingen wie im Flug. Gegen Mittag brachte Ma Brewster einen großen Topf mit Gemüsesuppe in die Küche, und wir stärkten uns nach der schweißtreibenden Arbeit.

»Wie soll ich euch nur jemals danken?«, fragte Maud und sah alle Freunde an.

»Wir sind doch eine Familie«, erwiderte Peter. »Wir müssen zusammenhalten. Wir kommen auch alle zu deiner Wiedereröffnung.«

»Da gibt es dann Freibier«, versprach Maud.

In den folgenden Tagen wurde gehämmert, genagelt und gesägt. Neue Vorhänge und Bettbezüge wurden genäht, und ich schrubbte die Küche, bis die alten Steine wie ein Spiegel glänzten. Maud, Harry, Morton und ich hatten vier der oberen Zimmer bezogen, und ich genoss es, wieder einen eigenen Schlafplatz zu haben. So aufregend die Fahrt von Cornwall nach London gewesen war, es hatte auch seine Vorteile, sich abends zurückzuziehen und allein sein zu können.

Nach zwei Wochen erstrahlte das Theater in neuem Glanz. Am Abend sprachen wir über einen neuen Namen.

»Unter meinen Eltern hieß es *The King's Head.* Ich finde den Namen jetzt jedoch nicht sehr passend, jeder denkt dabei doch an den Kopf des armen Königs Charles.«

Wir stimmten ihr zu, also musste ein neuer Name gefunden werden. Schließlich einigten wir uns auf den zugegebenermaßen nicht besonders fantasievollen Namen *The Little Theatre.*

Ma Brewster lachte, als Maud sie davon in Kenntnis setzte.

»Nun ja, der Name passt zumindest.«

In den zwei Wochen war ich so beschäftigt gewesen, dass ich gar nicht daran gedacht hatte, was mein eigentliches Ziel in London gewesen war. Ich fühlte mich so sehr der Gruppe zugehörig, freute mich auf die Zeit, wenn wir die Bühne in Betrieb nehmen würden, dass ich ganz vergessen hatte, unser altes Haus in Westminster aufzusuchen. Als Maud mich darauf ansprach, zuckte ich gleichgültig mit den Schultern.

»Das gehört sicherlich längst jemand anderem. Mein Vater ist tot, und niemand wusste, dass ich in Cornwall war. Mein Zuhause ist jetzt hier bei euch.«

Maud nahm mich gerührt in die Arme.

»Du solltest aber trotzdem mal nachsehen. Du hast mir erzählt, dein Vater wäre eine bedeutende Persönlichkeit in des Königs Armee gewesen. Charles zeigt sich gegenüber den Anhängern seines Vaters äußerst großzügig. Du solltest ihn aufsuchen.«

Ich wusste, dass Maud Recht hatte. Aber solange ich nicht nach Westminster ging, ersparte ich mir die Erinnerung. Dennoch konnte ich nicht ewig davor weglaufen. Und so machte ich mich an einem Vormittag, als es im Theater wirklich nichts mehr zu tun gab, auf den

Weg. Maud hatte sich angeboten, mich zu begleiten. Ich lehnte ab. Mit meinen Erinnerungen musste ich allein fertig werden.

Es war ein weiter Weg, doch ich hatte bewusst auf eine Mietkutsche verzichtet. Der Herbst sandte goldene Sonnenstrahlen zur Erde, und es machte mir Freude, die fröhlichen, bunt gekleideten Menschen in den Straßen zu beobachten. Ich verließ die Stadt durch das Ludgate-Tor und folgte der Fleet Street. Auf der Themse herrschte Hochbetrieb, Dutzende von Schiffen und Kähnen ankerten am Ufer und entluden ihre Waren. Mit der Zeit wurden die Straßen breiter, das Pflaster sauberer und die Häuser größer. Ich erkannte einzelne Kreuzungen wieder, kam an einem Park vorbei, in dem mein Vater mit mir als Kind oft spazieren gegangen war. Schließlich stand ich vor unserem Haus, und plötzlich drehte sich die Zeit zurück. Ich war wieder das zwölfjährige Mädchen, das die Stufen hochgerannt war, die Tür aufgedrückt hatte und sich dem Vater in die Arme warf. Fast erwartete ich, dass unsere alte Köchin mit einem Korb am Arm aus dem Souterrain kommen würde. Tatsächlich kam in diesem Moment wirklich jemand aus dem Haus. Es war eine junge Frau, die Kleidung wies sie eindeutig als Magd aus. Kurz entschlossen sprach ich sie an.

»Entschuldigen Sie bitte, sind die Besitzer des Hauses zu sprechen?«

Die Frau musterte mich abschätzend von oben bis unten. Mein Kleid war zwar sauber, aber doch schlicht. Sie schüttelte den Kopf.

»Nein, Seine Lordschaft ist verreist«, antwortete sie

knapp.

»Seine Lordschaft?«

»Ja, Lord Ragley. Der Eigentümer des Hauses.«

Lord Ragley! Ich hatte den Namen nie zuvor gehört. Also bestätigten sich meine Befürchtungen, und unser Haus hatte einen neuen Besitzer.

»Betteln ist sinnlos«, fügte die Frau unfreundlich hinzu und ließ mich auf der Straße stehen.

Resigniert trat ich den Rückweg in die Stadt an. Warum war ich jetzt so enttäuscht? Ich hatte es doch geahnt! Zwölf Jahre waren eine lange Zeit. Wie hatte ich erwarten können, dass das Haus leer stehen würde?

Maud gab mir nochmals den Rat, den König aufzusuchen.

»Wer weiß, wie dieser Lord Ragley zu dem Haus gekommen ist. Du bist die einzige Erbin deines Vaters. Es ist durchaus denkbar, dass König Charles dir das Haus zurückgibt.«

»Und dann?«, fragte ich traurig. »Soll ich etwa ganz allein in Westminster wohnen? Und wovon soll ich leben? Nein, nein, ich habe mich damit abgefunden, dass dieses Kapitel meines Lebens abgeschlossen ist. Hast du mir nicht immer gesagt, man solle vergangenen Zeiten nicht nachtrauern, sondern positiv und mit erhobenem Haupt in die Zukunft blicken?«

Sie bestand aber trotzdem darauf, ich solle eine Audienz beim König beantragen. Ich versprach, darüber nachzudenken.

In der nächsten Woche begann Maud mit den Proben. Morton und Harry hatten viele Melodien geschrieben, und ich konnte fast alle Verse der Julia auswendig. Jetzt probten wir vier Stunden täglich, die Texte und die Melodien in eine Einheit zu bringen. Maud war unerbittlich.

»Das ist eine traurige Stelle, Pat«, schrie sie. »Du singst es, als ob Julia sich freut, den Grafen zu heiraten, obwohl sie schon längst mit Romeo vermählt ist. Du musst das ganze Leid in deine Stimme legen, denn Julia ist eher bereit zu sterben, als den Ungeliebten zu ehelichen.«

Ich seufzte und versuchte es erneut:

»Oh, lieber als dem Grafen mich vermählen,
Heiß von der Zinne jenes Turms mich springen,
Da gehen, wo Räuber streifen, Schlangen lauern,
Und kette mich an wilde Bären fest;
Birg bei der Nacht mich in ein Totenhaus
Voll rasselnder Gerippe, Moderknochen
Und gelber Schädel mit entzahnten Kiefern;
Heiß in ein frisch gemachtes Grab mich gehen
Und in das Leichentuch des Toten hüllen.
Sprach man sonst solche Dinge, bet' ich schon;
Doch tu' ich ohne Furcht und Zweifel sie,
Des süßen Gatten reines Weib zu bleiben.«

Ein Schluchzen kam von der Tür her.

»Ach, ist das traurig!«

Ma Brewster tupfte sich mit einem Seidentuch die Tränen aus den Augen. Auch Maud war diesmal zufrieden.

»Ja, ich denke, das könnte ankommen«, murmelte sie.

Maud wollte, dass ich meinen Namen änderte.

»Patricia Wilborough – das ist einfach zu lang. Das

kann sich niemand merken. Du brauchst einen kurzen Namen, der sich gut einprägt. Dabei können wir Pat durchaus lassen.«

Nach einigem Überlegen einigten wir uns auf den Namen Penny Pat. Ich hatte Penny in Erinnerung an meine Cousine Penelope gewählt.

»Findest du nicht, dass der Name etwas Verruchtes hat?«, fragte ich zweifelnd.

Maud lachte.

»Na und? Umso besser, dann werden sich die Leute eher an ihn erinnern.«

Herbststürme mit Wind und Regen peitschten durch Londons enge Gassen, als wir beschlossen, die erste Aufführung zu wagen. Der kleine Theaterraum erstrahlte in neuem Glanz, überall roch es nach frischer Farbe. Maud hatte einen Drucker, ebenfalls ein alter Bekannter ihrer Eltern, aufgetan, der für einen nahezu lächerlichen Preis Werbeplakate druckte. Darauf wurde die Geschichte von *Romeo und Julia* in musikalischer Form angekündigt. *In der Hauptrolle: die berühmte Penny Pat* – die Zeile sprang mir regelrecht ins Auge.

»Berühmt!«, rief ich. »Maud, ich habe noch nie auf einer Bühne gestanden! Bist du verrückt? Wie konntest du nur?«

Maud lachte vergnügt.

»Na und? Wer weiß das schon? Wer dich singen hört, wird keinen Zweifel haben, dass du zu den ganz Großen im Land gehörst!«

Tage vor der ersten Aufführung klopften wiederholt gut gekleidete Männer an unsere Tür. Bedauernd vernahmen sie, dass das Theater noch nicht eröffnet sei, und bestätigten eifrig, zu den Aufführungen zu kommen.

»Die kommen von Ma Brewsters Etablissement«, erklärte Maud. »Sie hat nämlich sehr viele gut betuchte Kunden. Auch Leute vom Hof sind darunter. Sie rührt fleißig die Werbetrommel, und so profitieren wir auch davon.«

Es war mir zwar immer noch nicht recht, direkt neben einem Bordell zu leben und zu arbeiten, doch hatte ich die Mädchen inzwischen kennen gelernt und sie richtig ins Herz geschlossen. Sie kamen alle aus zerrütteten Elternhäusern und wären ohne Ma Brewster sicher auf der Straße untergegangen. Die Mutter von Betty war eine Hure gewesen und hatte ihre Tochter bereits im Alter von zehn Jahren an fremde Männer verkauft. Sie war völlig dem Alkohol verfallen und tat für eine Flasche Gin alles. Auch Betty hatte schon begonnen, ihr Leid im Alkohol zu vergessen, bis sie in betrunkenem Zustand zufällig vor Ma Brewsters Kutsche taumelte. So fand sie Aufnahme in deren Haus. Betty hat ihre Mutter nie wiedergesehen.

»Wahrscheinlich hat sie sich schon längst zu Tode gesoffen«, sagte sie gefühllos.

Eine ähnliche Vergangenheit hatte jedes der Mädchen. Bei Ma Brewster fanden sie ein Dach überm Kopf, gute Nahrung, und die Kundschaft war ausgewählt.

Betrunkene und Raufbolde hatten keinen Zutritt, darauf achtete Ma Brewster streng. Es war auch schon zweimal vorgekommen, dass ein Kunde eines der Mädchen zu einer ehrbaren Frau gemacht hatte. Jedes Mädchen behielt die Hälfte der Einnahmen, so dass sie, bei sparsamer Lebensweise, nach einigen Jahren durchaus in der Lage waren, sich auf eigene Füße zu stellen.

Am Tag vor der ersten Aufführung ging ich nach Whitehall. Ich hatte mich jetzt doch dazu durchgerungen, beim König vorzusprechen. Doch gleich am ersten Tor, als ich mein Anliegen dem Wachoffizier schilderte, wurde ich zurückgewiesen.

»Seine Majestät befindet sich auf Reisen«, war die Antwort. »Versucht es in einem Monat erneut.«

Es sollte also nicht sein, dachte ich und konzentrierte mich auf den Auftritt, der, wie es in London üblich war, am Nachmittag stattfinden sollte. Wir mussten während des Tageslichts spielen, denn es wäre zu gefährlich gewesen, die Bühne und den Zuschauerraum am Abend mit Kerzenlicht zu erhellen. Da es bereits einige Brände gegeben hatte, hatte der König das Benutzen von offenem Feuer während der Vorstellungen untersagt.

Die Werbebemühungen von Ma Brewster und Maud rund um Budge Row zeigten den gewünschten Erfolg. So war das Theater tatsächlich bis auf den letzten Platz gefüllt.

Die Bühne hatte einen schweren, dunkelblauen Vorhang bekommen, hinter dem ich nun mit Morton und Harry stand.

»Ich kann das nicht«, jammerte ich und hielt mir den Kopf.

»Ja, ja, ich weiß«, sagte Maud ungerührt. »Du gehst jetzt einfach da raus und singst, das ist alles.«

»Alles? Das ist eine Katastrophe!«

»Penny Pat! Reiß dich zusammen!«

»Ich kann nicht.«

Ich konnte mich gerade noch umwenden und erbrach mich in einen Eimer mit Putzwasser, der an der Seite stand. Maud stemmte die Hände in die Seiten und lachte laut los.

»Das ist gut! Das ist sogar sehr gut! Du wirst einfach umwerfend sein.« Dann gab sie mir einen Schubs, zog den Vorhang zur Seite, und ich hörte wie durch einen Nebel meinen Namen nennen und Morton die ersten Töne spielen.

Ich starrte verzweifelt auf einen Nagel in der Decke und verkrampfte die Finger hinter meinem Rücken, doch plötzlich öffnete sich mein Mund, und die Töne kamen rein und klar aus meiner Kehle. Es war so, als wären Harry und ich allein im Raum und führten nur eine der unzähligen Proben durch.

»Willst du schon gehen? Der Tag ist ja noch fern.
Es war die Nachtigall und nicht die Lerche,
Die eben jetzt dein banges Ohr durchdrang;
Sie singt des Nachts auf dem Grantbaum dort.
Glaub, Lieber, mir: es war die Nachtigall.«

Harry antwortete in einer Art Sprechgesang. Im Raum war es ganz still geworden, kein Laut, nicht einmal das Scharren der Füße war mehr zu hören. Ich spielte und sang die Julia, wie ich sie nie zuvor gesungen hatte. Harry wurde tatsächlich zu meinem Geliebten, zu dem Mann, dem mein ganzes Herz gehörte. In der hereinbrechenden Dämmerung erinnerte er mich an Martin. Die gleiche Größe, dieselbe Statur, und wenn er lächelte, meinte ich, Martin würde neben mir auf der Bühne stehen.

Viel zu schnell war es vorbei. Nachdem der letzte Ton

verklungen war, blieb alles still.

O Gott, es hat ihnen nicht gefallen, dachte ich voller Panik und wollte von der Bühne laufen. Doch dann brach der Applaus los.

»Bravo!«, erklang es vielstimmig, und die Leute trampelten auf den Boden. Wir fassten uns an den Händen und verneigten uns mehrmals. Es war ein sensationeller Erfolg.

Erschöpft, aber glücklich saß ich später in der Garderobe hinter der Bühne. Maud schloss mich fest in ihre Arme.

»Du warst wunderbar«, flüsterte sie mit Tränen in den Augen, »einfach wunderbar!«

Und ich fühlte mich an diesem Abend nach langer Zeit wieder richtig glücklich.

Unsere einmalige Art, Shakespeares berühmtestes Stück aufzuführen, sprach sich in London rasch herum. Bereits nach zwei Wochen standen die Menschen Stunden vor der Aufführung vor dem Haus Schlange, um hereingelassen zu werden. Nie im Leben hätten wir an einen solchen Erfolg geglaubt! Nur Morton, unser ewiger Pessimist, hielt sich stöhnend den Kopf.

»Was machen wir nur als Nächstes? Wir müssen dann ja noch besser sein. Oh, was sollen wir bloß aufführen?«

Maud und ich lachten. Über die Zukunft machten wir uns jetzt keine Gedanken. Wir genossen den Augenblick und hofften, der Erfolg möge noch recht lange andauern.

Während einer Vorstellung – ich hatte gerade mein erstes Stück gesungen – merkte ich, dass irgendetwas anders war als sonst. Ich spürte, wie ich beobachtet wurde. Ja natürlich, einhundertzwanzig Augenpaare verfolgten jede meiner Bewegungen, doch diesmal war das Gefühl anders. Schließlich wandte ich mich um, und dann sah ich ihn. Rechts vor der Bühne, lässig an die Wand gelehnt, weil er keinen Sitzplatz mehr bekommen hatte, stand er, ein dunkelhaariger Mann, dessen schwarze, stechende Augen mich zu durchbohren schienen. Unsere Blicke kreuzten sich, und ein spöttisches Lächeln huschte über sein Gesicht. Schnell wandte ich mich ab, konzentrierte mich wieder auf meinen Text, doch unwillkürlich wurde mein Blick von dem Fremden magisch angezogen. Er war groß, von athletischem Körperbau und relativ dunkler Gesichtsfarbe. Kein Mann, den ich auf den ersten Blick als gut aussehend bezeichnen würde. Und doch ging etwas Faszinierendes von ihm aus, das mich zwang, ihm immer wieder Beachtung zu schenken.

In der kurzen Pause der Aufführung kam Maud in die Garderobe geeilt.

»Was ist los, Pat? Du wirkst heute etwas unkonzentriert.«

»Hast du den Mann rechts an der Wand gesehen?«, fragte ich. »Er beobachtet mich die ganze Zeit.«

Maud zuckte die Schultern.

»Na und? Die Zuschauer *sollen* dich beobachten. Das ist der Sinn der Schauspielerei.«

Ich schüttelte heftig den Kopf und konnte Maud nicht zustimmen.

»Aber nicht so wie er. Ich ... äh ... ich habe das Gefühl, dass er mich mit seinen Blicken regelrecht auszieht.«

Maud riss ihre Augen weit auf.

»Oh! Der ist mir entgangen! Ich werde ihn mir mal ansehen.«

Nach der Pause das gleiche Spiel, doch ich zwang mich, nicht mehr in seine Richtung zu blicken, und das Publikum dankte es mir mit dem gebührenden Applaus. Kaum war ich zurück in der Garderobe, teilte mir Maud aufgeregt mit, der Mann bitte um ein Gespräch mit mir. Das war nicht ungewöhnlich und kam auch nicht zum ersten Mal vor. Beinahe täglich erhielt ich Blumen, Konfekt oder auch kleine Geschenke von Herren und die Einladung, mit ihnen zu speisen. Die Geschenke gab ich jedes Mal zurück, und bisher war ich keiner Einladung, nicht einmal zu einem persönlichen Gespräch, gefolgt. So schüttelte ich auch jetzt den Kopf.

»Ich glaube, dies ist ein wirklicher *Herr*«, betonte Maud. »Auch wenn er recht einfach gekleidet ist, so strahlt er doch eine gewisse Eleganz aus.«

»Na und?«, wollte ich wissen.

»Du kannst ja nur mal kurz mit ihm sprechen, Pat. Natürlich werde ich dabei sein. Wer weiß, vielleicht ...« Sie ließ den Satz unvollendet, doch ich konnte mir denken, in welche Richtung sich die Gedanken meiner Freundin bewegten. Darum verneinte ich noch einmal.

»Schlag es dir aus dem Kopf, Maud. Ich habe kein Interesse an einer Affäre. Schick ihn weg, so wie die anderen auch.«

Es war keine Seltenheit, dass Schauspielerinnen den Bemühungen von so genannten Gentlemen erlagen. Doch das waren junge Mädchen, naiv und dumm. Meist waren die Männer bereits verheiratet, hatten fünf Kinder zu Hause und suchten nur ein Abenteuer. Ma Brewster hatte mir zur Genüge von solchen Herren erzählt und mich vor ihnen gewarnt. Selbst wenn der Betreffende noch ledig war, dachte er nicht im Traum daran, ein Mädchen, nachdem er seinen Spaß mit ihr gehabt hatte, zu einer ehrbaren Frau zu machen.

»Du findest eher eine Nadel im Heuhaufen, als dass ein Mann von Stand eine vom Theater heiraten würde«, hatte Ma Brewster gesagt. »In meinem Laden ist das anders. Meine Mädchen wissen, auf was sie sich einlassen, und sie werden gut dafür bezahlt. Natürlich ist es schon geschehen, dass ein Lord –einmal sogar ein Herzog – eines meiner Mädchen zu seiner persönlichen Mätresse gemacht hat. Sie bekam ein Haus auf dem Land und führte ein sorgenfreies Leben, aber nur solange sie jung und hübsch war. Irgendwann suchen sich diese Männer dann eine Neue, eine noch Jüngere. Also, Pat, Finger weg von den zweifelhaften Kavalieren!«

Voll und ganz stimmte ich ihr zu. Außerdem war ich kein junges Mädchen mehr. So hatte ich also nicht vor, mit irgendeinem Herrn, egal aus welcher Gesellschaftsschicht er stammte, in näheren Kontakt zu treten.

Am nächsten Tag war der Mann wieder da, am übernächsten ebenfalls, und so ging es eine Woche lang. Er stand immer am selben Platz und sah mich lächelnd an. Eigentlich war sein Blick nicht unsympathisch, dachte ich. Sein dunkles Haar war sehr kurz geschoren. Das ließ darauf schließen, dass er oft eine Perücke trug.

»Ein weiteres Zeichen, dass er vielleicht von Adel ist«, meinte Maud.

Auf mich wirkte er eher wie ein Kaufmann. Doch

warum machte ich mir überhaupt Gedanken über ihn?

Dann blieb er plötzlich unseren Vorstellungen fern. Widerwillig musste ich mir eingestehen, dass ich enttäuscht war, ihn nicht mehr an der Wand stehen zu sehen. Nun, er hatte es aufgegeben. Obwohl ich nicht an ihm interessiert war, kratzte es an meinem Selbstbewusstsein, dass er sich so schnell von mir abgewandt hatte.

Plötzlich, nach einiger Zeit, war er wieder da! Ich erblickte ihn in dem Moment, als ich die Bühne betrat. In meinen Augen blitzte Freude auf. Auch wenn ich meinen Blick sofort abwandte, hatte er doch meinen erfreuten Ausdruck bemerkt. Er deutete eine elegante Verbeugung in meine Richtung an und schenkte mir ein solches Lächeln, dass sich ein flaues Gefühl in meinen Magen einschlich. Als er nach der Vorstellung durch Maud um ein Essen mit mir bat, stimmte ich zu Mauds grenzenlosem Erstaunen zu.

Wir saßen uns im Nebenraum des *Valentine,* einem Gasthaus direkt um die Ecke des Theaters, gegenüber.

»Es ist eine große Ehre für mich, Sie heute als mein Gast begrüßen zu dürfen, Miss Penny«, sagte er, ergriff meine Hand und deutete einen Handkuss an. Beinahe widerstrebend entzog ich sie ihm. Was war nur mit mir los? Warum versetzte mich die Nähe dieses Mannes, der sich mir bis jetzt noch nicht vorgestellt hatte, in eine derartige Erregung?

»Verzeiht, aber ich glaube, ich habe Ihren Namen nicht richtig verstanden ....«, sagte ich spitz.

»Oh, es ist unverzeihlich! Ich heiße Will Brown, Kaufmann aus Exeter.«

»Brown!«, rief ich erstaunt. »Das ist auch der Name

meiner Freundin und Besitzerin des Theaters. Handelt es sich um eine Verwandte Ihrer Familie?«

Belustigt merkte ich, dass Will Brown einen Moment unsicher wurde.

»Ah, nein ... ich denke nicht. Aber der Name Brown ist weit verbreitet.«

Und genauso falsch wie dein Beruf, dachte ich mir. Gespannt wartete ich darauf, wie das Spiel weitergehen würde.

Während Will Brown sich begeistert über meinen Gesang äußerte, nippte ich vorsichtig an dem süßen und schweren Wein. Ich wollte auf jeden Fall einen klaren Kopf behalten.

»Ich bin etwas überrascht, dass Sie in Ihrem Alter noch auf der Bühne stehen, Miss Penny. Bei Ihrer Stimme und Ihrer Schönheit sollte man wetten, dass ein Mann Sie schon längst zu Ihrer Frau gemacht hat.«

»Misses, wenn ich bitten darf«, entgegnete ich scharf. »Auch wenn es Sie nichts angeht: Ich bin Witwe und gezwungen, mir meinen Lebensunterhalt zu verdienen. Ich hatte aber bisher nicht das Gefühl, dass sich das Publikum daran stört, dass ich die Zwanzig überschritten habe.«

»Nichts lag mir ferner, als Sie zu beleidigen, Misses Penny«, rief Will Brown. »Dass Ihr Gatte verstorben ist, tut mir ehrlich Leid. Ich kann Ihnen versichern, es gibt in ganz London keine andere Schauspielerin, die sich mit Ihnen messen könnte.«

Er sah mich mit seinen dunklen Augen durchdringend an, so dass ich ihm nicht länger böse ein konnte.

»Dann kennen Sie also das Theater, Mister Brown?«,

fragte ich. »Erwähnten Sie nicht, aus Exeter zu stammen?«

»Ja, das stimmt. Doch meine Geschäfte führen mich oft nach London.«

»So wie auch jetzt, nicht wahr? Und derweil wartet Ihre Familie bestimmt schon auf Ihre Rückkehr«, konnte ich mir nicht verkneifen.

Sein spöttisches Lächeln gab mir zu verstehen, dass er den Hintergrund meiner Frage verstanden hatte.

»Ich habe keine Familie mehr, auch keine Frau oder Kinder.«

Ich errötete und stammelte:

»Verzeihen Sie, ich wollte nicht indiskret sein.«

In diesem Augenblick erlöste mich der dicke, rotgesichtige Wirt aus der peinlichen Situation, indem er Platten und Schüsseln mit dampfendem Essen auftrug. Köstlich stieg mir der Duft der Speisen in die Nase, und die nächste halbe Stunde schwiegen wir und langten kräftig zu. Ein Gefühl absoluter Entspannung erfüllte mich. Schon lange hatte ich mich nicht mehr so gelöst gefühlt. Lag es an der gemütlichen Atmosphäre des Gasthauses, am Essen oder gar an der Anwesenheit von Will Brown?

Später brachte er mich zum Theater zurück und verabschiedete sich mit einem Handkuss, doch in seinen Augen konnte ich das Feuer der Leidenschaft brennen sehen, und ich wusste, eine einzige Geste meinerseits würde genügen, dass er mich in seine Arme zog. Schnell sagte ich »gute Nacht« und verschwand ins Haus. Mit klopfendem Herzen lehnte ich mich von innen an die Tür und lauschte seinen forteilenden Schritten. Was war mit mir los? Hatte ich mich in einen Fremden, der mir einen falschen Namen und Beruf – dessen war ich sicher – angegeben hatte, verliebt?

Wir trafen uns noch zweimal im *Valentine,* und Will Brown machte aus seinem Begehren mir gegenüber keinen Hehl. Mit Maud hatte ich lange über den Mann gesprochen und ihr meine Gefühle ihm gegenüber nicht verheimlicht.

»Na und, Pat«, sagte sie leicht. »Das Leben ist zu kurz, um es mit Skrupeln und Anstand zu verbringen. Wenn du ihn magst …« Sie ließ den Rest unvollendet, doch ich wusste, was Maud mir sagen wollte. Und ich war nahe daran, mich auf eine Affäre mit Will Brown einzulassen. Ich war eine noch junge Frau, attraktiv und voller Leidenschaft. Das war mir erst bewusst geworden, seit ich regelmäßig auf der Bühne stand. Mein Hang zur Selbstdarstellung war unverkennbar, denn nichts erregte mich mehr als der tobende Applaus der Menschenmenge, vor dem ich mich demütig verbeugte. Natürlich hatte ich die körperliche Liebe mit John kennen gelernt. Aber das hatte ich nur ertragen, indem ich fest an Martin gedacht hatte. Doch jetzt spürte ich eine Unruhe in mir, eine Sehnsucht, mich in die Arme eines Mannes zu schmiegen, aus freien Stücken, einfach nur, weil ich es wollte. Und dieser Mann trug die Züge des Kaufmanns Will Brown aus Exeter. Als mir die Erinnerung an Martin durch den Kopf schoss, verbannte ich den Gedanken an ihn. Martin war Vergangenheit.

Wieder hatten wir ein vorzügliches Mahl genossen. Will lehnte sich bequem in seinem Stuhl zurück und forderte mich auf, aus meinem Leben zu erzählen.

»Oh, ich weiß nicht, ob das interessant ist«, antwortete ich. »Ich habe zwölf Jahre bei Puritanern in Cornwall verbracht.«

Er riss die Augen auf und starrte mich an.

»Puritaner! Lieber Himmel, du siehst aber wahrlich nicht wie eine Puritanerin aus!«

Wir waren inzwischen zu der vertrauten Anrede übergegangen. Wenn Will meinen Namen aussprach, er nannte mich natürlich Penny, lief mir jedes Mal ein wohliger Schauer über den Rücken. Verächtlich verzog ich mein Gesicht.

»Ich eine Puritanerin! Bei Gott – nein! Ich hasse die Puritaner! Sie haben mir alles genommen, was ich liebte: meinen Vater, meine Cousine und zuletzt noch mein Kind.« Beim Gedanken an Roberta stiegen Tränen in meine Augen.

Will beugte sich vor und wischte sie liebevoll von meinen Wangen.

»Armes Mädchen«, murmelte er. »Ich kann gut zuhören ...«

So erzählte ich ihm von meiner Kindheit in Violet's Abbey, der schrecklichen Schlacht von Naseby und dem Leben im Haus meines Onkels. Nur über den Tod meiner Tochter konnte ich nicht sprechen. Ein Würgen im Hals hinderte mich daran. Will hielt die ganze Zeit meine Hand.

»Dein Vater kämpfte für den König, sagtest du. Er müsste doch jetzt hoch in Charles' Gunst stehen. Warum muss sich seine Tochter dann als Schauspielerin verdingen?«

»Ich habe seit Naseby nichts mehr von ihm gehört«, erwiderte ich dumpf. »Er ist bestimmt tot.«

»Mmh ... eine lange Zeit, zugegeben. Wie war sein Name?«

»Sir Robert Wilborough. Du hast sicher noch nie vom ihm gehört.«

Will gab mir keine Antwort. Nachdenklich runzelte er die Stirn.

»Hast du nicht beim König nachgefragt? Sicher gibt es eine Möglichkeit, deinen Besitz in London zurückzuerhalten.«

Ich schüttelte den Kopf und berichtete von meinem Erlebnis, als ich mein elterliches Haus aufsuchte.

»Zudem war ich in Whitehall. Doch König Charles war verreist. Dann hatten wir so viel Arbeit im Theater. Nein, nein, ich habe mich mit allem abgefunden, wie es ist. Und ich bin glücklich.«

Will stand auf und ging langsam im Raum auf und ab.

»Penny, ich habe gewisse ... nun ja ... Beziehungen zum Hof. Vielleicht könnte ich etwas über deinen Vater in Erfahrung bringen.«

»Du? Zum Hof? Als Kaufmann?«, fragte ich, und doch war ich über sein Angebot nicht sonderlich überrascht. Von Anfang an hatte ich meine Zweifel in Bezug auf seinen Namen und Beruf gehabt. Nun bestätigte er mir mehr oder weniger, dass er dem Adel angehörte.

Will ging auf meine Bemerkung nicht ein. Er trat dicht zu mir, und seine Hand fuhr über mein Haar bis hinunter zu meinem Hals.

»Du bist eine wunderschöne Frau, Penny Pat. Ich begehre dich sehr«, flüsterte er heiser. »Wenn du mir ein wenig entgegenkommen würdest ... Wer weiß, was ich in Erfahrung bringen könnte ...«

Entrüstet sprang ich so hastig auf, dass der Stuhl krachend zu Boden fiel.

»Was fällt dir ein!«

»Nun, ich *habe* Beziehungen zu höchster Stelle, zum König selbst. Ein Wort von mir und das Haus gehört wieder dir. Komm, Penny, du magst mich doch auch! Wir werden viel Spaß miteinander haben.«

Keuchend drückte ich mich an die Wand, als Will immer näher kam. Plötzlich ergriff er meinen Kopf und presste seine Lippen hart auf die meinen. Mit der anderen Hand begann er, geschickt mein Kleid aufzuknöpfen. Scheinbar willenlos ließ ich es geschehen, erwiderte sogar seinen Kuss, nicht ohne Leidenschaft, wie ich zu meinem Entsetzen feststellte. Als ich merkte, dass sein Griff sich lockerte, riss ich mit einer raschen Bewegung mein rechtes Knie in die Höhe und traf ihn an seiner empfindlichsten Stelle. Mit einem Aufschrei gab er mich frei, und ich schlug ihm mit aller Wucht ins Gesicht.

»Ich hatte gedacht, wir wären Freunde, Mister *Brown!* Darin habe ich mich wohl schrecklich getäuscht. Sie glauben, nur weil ich als Schauspielerin mein Geld verdiene, bin ich auch gleichzeitig käuflich! Vielleicht mag das auf manche meines Gewerbes zutreffen, aber ich bin keine Hure! Wenn Sie das wollen, so müssen Sie das Haus von Ma Brewster aufsuchen. Wie können Sie nur so roh und gefühllos meine Lage zur Befriedigung Ihrer Gier ausnutzen! Vielleicht gehören Sie wirklich dem Hof an und sind kein Kaufmann. Aber jeder Schafhirte in diesem Land hat mehr Anstand und Benehmen als Sie!«

Ich lief zur Tür, die glücklicherweise nicht verschlossen war. Will, der sich inzwischen von seinem Schmerz etwas erholt hatte, machte keine Anstalten, mir zu folgen.

»Penny!«, schrie er mir hinterher. »Überleg es dir. Ich könnte vielleicht wirklich wichtige Informationen für dich haben!«

»Steck sie dir in den ...«, murmelte ich und rannte hinaus.

Maud empfing mich mit erstauntem Blick und schenkte mir sofort ein Glas Whisky ein. Meine Hände zitterten so stark, dass ich kaum das Glas halten konnte. Bebend vor Wut berichtete ich ihr von dem Erlebten.

»Ich hatte eher den Eindruck, dass du Will sehr gern hast«, warf Maud ein, als ich unterbrach, um einen Schluck zu trinken. »Warum hast du sein Angebot nicht angenommen?«

Mit aufgerissenen Augen starrte ich die Freundin an.

»Das kann nicht dein Ernst sein! Maud, sag, dass du das nicht von mir denkst! Ich bin doch keine, keine ... keines der Mädchen von nebenan! Ich lasse mich nicht erpressen!«

Die ganze Nacht wälzte ich mich schlaflos im Bett, vergrub meinen Kopf im Kissen und trommelte mit den Fäusten auf das Laken.

»Du dummer Kerl«, schimpfte ich in das Kissen. »Warum hast du das gemacht?«

Ich glaube, das Schlimmste an der Sache war, dass ich früher oder später Will Browns Bemühungen erlegen wäre, denn ich hatte ihn wirklich gern. Ich konnte es nicht erklären warum. Irgendetwas Faszinierendes, das mich in den Bann zog, ging von ihm aus. Dadurch, dass er mir vorgegaukelt hatte, Informationen über meinen Vater zu beschaffen, wenn ich mit ihm das Bett teilte, hatte er alles zerstört. Will hatte mich nie ernsthaft geliebt, das bewies sein Ansinnen.

»Oh, ich hasse dich«, flüsterte ich in die Dunkelheit.

Würde ich ihn jemals wiedersehen?

Gegen meinen Willen war ich am nächsten Tag grenzenlos enttäuscht, als ich Will nicht im Publikum entdeckte. Bereits eine halbe Stunde vor Beginn der Vorstellung lugte ich alle fünf Minuten durch den Vorhang in der Hoffnung, seine große Gestalt zu sehen. Doch er kam nicht, nicht an diesem Nachmittag und auch nicht an den folgenden.

»Wenn er dich wirklich gern hat, kommt er wieder«, versuchte Maud mich zu trösten. »Wahrscheinlich haben ihn seine Geschäfte zurück nach Exeter gerufen.«

»Pah«, sagte ich und strich eine Haarsträhne aus dem Gesicht. »Exeter! Ich bin überzeugt, er wohnt hier in London, wahrscheinlich gar nicht weit entfernt. Will hat mich doch von vorne bis hinten belogen.«

Maud sah mich bekümmert an. Sie sorgte sich, mein Auftritt könnte durch das Erlebte beeinträchtigt werden. Doch ich enttäuschte sie nicht. Ich sang, tanzte und spielte wie nie zuvor in meinem Leben. Meine ganze Wut, meine Enttäuschung legte ich in mein Spiel, und der donnernde Applaus des Publikums gab mir Recht. Das Kapitel Will Brown war abgeschlossen.

Fünf Tage nach dem Vorfall im Gasthaus saß ich erschöpft in der Garderobe. In den letzten Vorstellungen hatte ich mich ziemlich verausgabt und war froh, dass Maud nun eine Spielpause von vier Wochen angesetzt hatte. Ich war gerade dabei, mein Kleid zu wechseln, als Maud den Raum betrat.

»Ein Herr möchte dich sprechen, Pat.«

Meine Augen leuchteten erwartungsvoll auf, und ich sah Maud fragend an, doch sie schüttelte den Kopf.

»Nein, es handelt sich nicht um Mister Brown. Es ist …«

»Dann will ich niemanden sehen«, unterbrach ich sie barsch, ärgerlich auf mich selbst, dass ich noch immer die Hoffnung hegte, Will wiederzusehen.

»Aber es ist ein *richtiger* Herr«, betonte Maud. »Etwas älter, aber nicht unattraktiv. Er sagte, sein Name sei Lord Ragley.«

Ich winkte nochmals ab, doch dann stutzte ich. Lord Ragley? Wo hatte ich diesen Namen schon einmal gehört? Ach ja, richtig! Hieß der Besitzer meines Elternhauses in Westminster nicht so? Was wollte Seine Lordschaft von mir?

»Er soll hereinkommen«, sagte ich, und Maud trat zur Seite.

Auf einen Stock gestützt, doch hoch aufgerichtet, betrat der ältere Herr das Zimmer. Sekunden starrten wir uns an, dann begann sich der Raum um mich zu drehen, der Boden schwankte. Ich stieß ein unverständliches Röcheln aus und sank ohnmächtig nieder.

Langsam kam ich wieder zu mir. Schlagartig kehrte die Erinnerung zurück. Ach, was für ein schöner Traum war das eben gewesen! Ich weigerte mich, die Augen zu öffnen und in die Realität zurückzukehren.

»Vater«, murmelte ich, »lieber, lieber Vater.«

Jemand nahm meine Hand und streichelte sie zärtlich.

»Ich bin hier, Kind. Hier, ganz nah bei dir.«

Nun schlug ich die Augen auf. Es war kein Traum. Das Gesicht meines Vaters neigte sich über mich, er saß leibhaftig neben mir.

Maud tupfte mir die Stirn mit Wasser ab. Ich starrte von ihr zu ihm und flüsterte:

»Es ist mein Vater.«

Maud lächelte.

»Ich bring euch Wein.« Sie zwickte mich liebevoll in die Wange. »Ich freue mich ja so für dich.«

Vater und ich sahen uns minutenlang schweigend an.

»Wo warst du die ganzen Jahre?«

»Pat, dass ich dich endlich gefunden habe«, sagten wir dann fast gleichzeitig. Wir lachten, und damit fiel endlich die Anspannung von mir ab. Mit einem Schluchzer warf ich mich in Vaters Arme, vergrub mein Gesicht an seinem Hals und atmete tief den vertrauten Geruch von Tabak und Leder ein. Ich war wieder ein kleines Mädchen, die Zeit hatte sich zurückgedreht.

Maud brachte uns eine große Karaffe mit blutrotem Wein. Sie hatte auch rasch ein paar Brote gerichtet, doch Vater und ich beachteten das Essen nicht. Nachdem sich meine Freundin zurückgezogen hatte, fragte Vater lachend:

»Wer erzählt zuerst? Du oder ich?«

»Du«, entschied ich. Ich konnte es noch immer nicht fassen, dass der Mann, den ich seit Jahren für tot gehalten hatte, quicklebendig vor mir saß. Älter war er geworden, zahlreiche Falten durchzogen sein Gesicht, und das Haar legte sich in weißen Locken um den Kopf. Aber an mir war das Leben ja auch nicht spurlos vorübergegangen.

Vater lehnte sich bequem zurück, nippte an dem Wein und begann von seinen letzten Jahren zu erzählen:

»König Charles, also der erste Charles, hatte sehr bald eingesehen, dass seine Sache verloren war. Zwar kämpfte er verzweifelt weiter, doch in erster Linie lag ihm das Wohl seiner Frau und Kinder am Herzen. Besonders sein Sohn Charles musste vor Oliver Cromwell geschützt werden. So bat er mich, ihn bei seiner Flucht zu begleiten. Ich tat es und traf mit Charles in den Niederlanden ein. Zu der Zeit wagte ich es nicht, dir, mein Kind, eine Nachricht zu senden. Auf meinen Kopf war ein Preis ausgesetzt, und in mir nagte die Angst, sie könnten dich in der Schule aufspüren und unter Druck setzen. Auf dem Festland machte ich mir schreckliche Vorwürfe, dich allein gelassen zu haben, und mehr als einmal war ich kurz davor, trotz aller Gefahren nach England zurückzukehren. Doch ich trug auch die Verantwortung dem jungen Charles gegenüber. Ich hatte es seinem Vater in die Hand versprochen, auf ihn aufzupassen. Schließlich hoffte ich, dass du liebevolle Aufnahme im Haus der Familie Blickland finden würdest, von der du mir immer nur das Beste berichtet hast. Nachdem der König ermordet worden war, schrieb ich sofort nach Blickland. Inzwischen lebte ich mit Charles bei seinem Onkel, König Louis, am französischen Hof. Ich schrieb nicht einen, sondern mehrere Briefe, doch ich erhielt niemals eine Antwort. Wir wissen beide, wie unzuverlässig die Postzustellung ist, und in England herrschten unruhige Zeiten. Ich war überzeugt, dass die Briefe nur schwer, möglicherweise gar nicht überbracht werden konnten. Deshalb setzte ich mich auch mit deinem Onkel Jonathan Hughes in Cornwall in Verbindung, doch er schrieb mir, du seiest nicht bei ihm aufgetaucht …«

»Was? Ich lebte über zwölf Jahre in Cornwall«, rief ich dazwischen.

»Das weiß ich inzwischen. Als ich mit Charles im Frühjahr nach England zurückkehrte, machte ich mich so bald wie möglich auf die Reise in den Westen. Jonathan Hughes reagierte äußerst entsetzt, als ich ihm gegenüberstand. Er gab zu, deine Anwesenheit verleugnet zu haben. Er sah in dir einen Fingerzeig Gottes, dich auf den rechten Weg zu bringen. Jonathan hat mich vom ersten Moment an gehasst und seiner Schwester nie verziehen, dass sie mich geheiratet hat. Ach Pat, als er mir sagte, dass du jahrelang in Lostwithiel gelebt hast, hätte ich ihn ermorden können! Kannst du das verstehen? Aber er ist ein alter Mann, schwer krank und gebrechlich. Er wird bald vor dem obersten Richter stehen. Deine Cousine Faith zeigte sich gesprächiger. Von ihr erfuhr ich, dass du zuerst dein Kind und kurz danach deinen Ehemann verloren hast und dass du danach spurlos verschwunden bist. Faith sagte, sie und alle Einwohner der Stadt seien der festen Überzeugung, du wärst einem Unfall erlegen. Manche behaupteten sogar, du hättest nach den tragischen Schicksalsschlägen deinem Leben selbst ein Ende bereitet. Patricia, warum bist du so einfach verschwunden?«

Mit meinem Taschentuch, das bereits nass von Tränen war, wischte ich mir über die Wangen.

»Vater, ich hielt dich für tot. Es gab seit Jahren keine

Nachricht, was sollte ich da anderes denken? Dabei hat Onkel Jonathan die ganze Zeit gewusst, dass du noch am Leben bist! Was für ein schrecklicher Mensch! Wie kann man nur so abgrundtief böse sein? Und alles unter dem Deckmantel der Frömmigkeit!

Als mein Mann starb, sah ich keine Notwendigkeit, irgendjemanden über meine Pläne in Kenntnis zu setzen. Ich wollte ein neues Leben beginnen, all das Schreckliche, das ich in Lostwithiel erlebt habe, hinter mir lassen. Aber seit wann trägst du den Titel eines Lords? Und du wohnst wieder in unserem Haus in Westminster? Oh, mein Gott, wenn ich das gewusst hätte!

Ich war dort, Vater. Bei unserem Haus, erst vor wenigen Wochen, doch als mir eine Dienstmagd sagte, der Besitzer sei Lord Ragley, glaubte ich das Haus auf immer verloren.«

Vater berichtete, der junge König Charles habe ihm unmittelbar nach seiner Rückkehr den Adelstitel verliehen und dafür gesorgt, dass er seine Besitztümer zurückerhielt. Das Haus in Westminster war allerdings in desolatem Zustand. Zuletzt hatte eine Familie mit sechs Kindern darin gewohnt.

»In den letzten Wochen wurde fleißig renoviert. Natürlich haben sich die Räume verändert, doch in den meisten Fällen zu ihrem Vorteil.«

Dann erzählte ich von meinem Leben, jede Kleinigkeit. Nur eines verschwieg ich meinem Vater: meinen Anteil Schuld am Tod von John. Warum sollte ich Vater damit belasten?

Der Morgen schickte bereits die ersten grauen Nebelschleier durchs Fenster, und wir redeten immer noch.

Wir verspürten keine Müdigkeit. Wir waren einfach nur glücklich, wieder vereint zu sein.

»Wie hast du mich eigentlich gefunden?«, fragte ich Vater schließlich.

»Das ist eine komische Geschichte, Pat. Gestern ließ mich der König zu sich rufen. ›Guter Sir Robert‹, sagte er, ›mir ist zu Ohren gekommen, dass es in der Budge Row eine sehr talentierte Schauspielerin mit Namen Penny Pat gibt, die behauptet, Eure Tochter zu sein. Ich glaube, Ihr solltet Euch die Dame einmal persönlich ansehen.‹ Sprachlos starrte ich den König an. Nicht einen Augenblick glaubte ich an das Gerücht. Du – eine Schauspielerin! Das erschien mir unwahrscheinlich. Trotzdem beschloss ich gestern Nachmittag, das Theater aufzusuchen. Ach, Kind, ich kann nicht beschreiben, was in mir vorging, als ich dich auf der Bühne sah. Nie zuvor hat ein Gesang lieblicher in meinen Ohren geklungen.«

Grübelnd stützte ich das Kinn in die Hand.

»Der König sagte es dir?«, fragte ich leise.

Vater nickte bestätigend.

»Ich weiß allerdings nicht, woher er davon erfahren hat.«

Will Brown, schoss es mir durch den Kopf. Er hatte Recht gehabt und mit seinen Beziehungen nicht übertrieben.

»Vater, kennst du viele Menschen am Hof?«, fragte ich, und als er nickte, fuhr ich fort: »Kennst du einen Will Brown? Er ist sehr groß und ungefähr in meinem Alter.«

Vater überlegte einen Moment und schüttelte den Kopf.

»Nein, diesen Namen habe ich noch nie gehört. Und große junge Männer gibt es unzählige am Hof. Was hast du mit dem Mann zu tun?«

»Ich glaube, ich habe ihm bitter Unrecht getan. Ich hoffe nur, dass ich ihn eines Tages um Verzeihung bitten kann«, murmelte ich und versuchte krampfhaft, die aufsteigenden Tränen zu unterdrücken.

In diesem Augenblick öffnete sich nach kurzem Klopfen die Tür, und Maud streckte ihr verschlafenes Gesicht herein.

»Ach du meine Güte!«, rief sie. »Das habe ich befürchtet, dass ihr die ganze Nacht hier sitzt und schwatzt. Kommt in die Küche, ich habe ein anständiges Frühstück vorbereitet.«

Erschrocken blickte Vater nach draußen.

»Ach herrje, die Nacht ist schon vorüber? Ich habe meinen armen Kutscher da draußen ganz vergessen!«

Maud lachte.

»Keine Sorge, Mylord. Ich habe bereits gestern Abend vorausgesehen, dass Ihr so bald nicht gehen werdet. Deswegen habe ich Eurem Kutscher eins der Gästezimmer angewiesen.«

Vater küsste galant Mauds Hand.

»Das war sehr aufmerksam, Miss Brown. Meine Tochter hat mir bereits berichtet, welch wichtige Rolle Sie in ihrem Leben gespielt haben. Ich stehe tief in Ihrer Schuld. Wenn ich jemals etwas für Sie tun kann ...«

Erstaunt bemerkte ich, dass sich Maud verlegen abwandte.

»Wenn Euch mein Frühstück schmeckt, wäre es eine Ehre, Mylord«, murmelte sie.

Als mir der Duft von gebratenem Speck und Eiern in die Nase stieg, merkte ich erst, wie hungrig ich tatsächlich war. Nach der Überraschung und grenzenlosen Freude, meinen Vater wiedergefunden zu haben, fiel die ganze Anspannung von mir ab, und die Müdigkeit übermannte mich. Verstohlen gähnte ich hinter erhobener Hand. Vater hatte es jedoch bemerkt.

»Armes Kind. Aber nur noch kurze Zeit und du bist zu Hause. Wie lange brauchst du, um deine Sachen zu packen?«

Ich hielt im Kauen inne. Daran hatte ich noch gar nicht gedacht! Zu Hause! Wie das klang. Und was war mit der Budge Row? Mit den Freunden? Und dem Theater?

»Die Vorstellung …«, stammelte ich. »Ich muss doch heute Nachmittag wieder auftreten.«

Vater runzelte die Stirn.

»Patricia, du siehst sicher ein, dass eine Lady Ragley unmöglich weiter als Schauspielerin auftreten kann.«

Ratlos sah ich von ihm zu Maud.

»Dein Vater hat Recht«, stimmte sie ihm zu. Deutlich hörte ich die Traurigkeit in ihrer Stimme.

»Aber was soll mit dem Theater werden?« Ich fühlte mich hin- und hergerissen zwischen dem, was ich wirklich gerne tat, und der Aussicht, endlich wieder ein richtiges Heim zu haben. Plötzlich fand ich die Lösung. »Vater, das ist die letzte Vorstellung. Danach wollten wir ohnehin eine Pause machen und etwas Neues einüben. Ein letztes Mal, bitte!« Ich sah ihn so flehentlich an, dass er laut auflachte und mich in seine Arme zog.

»Du bist wahrlich meine Tochter! An deinem Dickkopf hat sich nichts geändert. Also gut, heute stehst du ein letztes Mal auf der Bühne, doch dann muss es damit vorbei sein. In wenigen Wochen wirst du dem König vorgestellt und am Hof ein und aus gehen.«

Maud versuchte, ein fröhliches Gesicht aufzusetzen, dennoch konnte ich den Schmerz und Kummer über unsere Trennung deutlich in ihren Augen erkennen.

»Es wird schon gehen, Pat«, versuchte sie mich zu trösten. »Wir haben in den letzten Wochen sehr gute Einnahmen erzielt. Ich denke, wir werden einige Zeit über die Runden kommen, bis wir Ersatz für dich gefunden haben.« Sie zögerte und wandte das Gesicht ab. »Obwohl es für dich keinen Ersatz geben wird«, murmelte sie.

»Ich komme euch oft besuchen«, versprach ich und drückte ihre Hand. »Und die Vorstellung heute Nachmittag soll uns allen unvergessen bleiben! Aber jetzt muss ich mich ein paar Stunden hinlegen, sonst schlafe ich noch auf der Bühne ein.«

»Das wäre ein wirklich unvergessliches Erlebnis«, scherzte Maud und wandte sich an meinen Vater. »Mylord, wenn Ihr bis zum Nachmittag mit einem unserer bescheidenen Zimmer vorlieb nehmen möchtet.« Vater nickte und nahm das Angebot dankend an.

Die Sonne schien schon hell ins Zimmer, als ich endlich ins Bett sank. Obwohl mir tausend Gedanken im Kopf herumschwirrten, war ich doch in Sekunden eingeschlafen.

Die nächsten Tage vergingen für mich wie in einem Traum. Mit klopfendem Herzen hatte ich das Haus meiner Kindheit betreten. Wie ein kleines Mädchen war ich von Zimmer zu Zimmer gelaufen, ließ meine Hände über die wenigen, noch vertrauten Gegenstände gleiten, und oft drohte mich die Erinnerung zu überwältigen. Drei Familien hatten das Haus in den letzten Jahren bewohnt und ihre Spuren hinterlassen. Vater hatte die meisten Räume neu einrichten lassen müssen, doch nach wie vor grüßten mich die Zweige der alten Weide, als ich in meinem ehemaligen Zimmer aus dem Fenster schaute.

Herzergreifend verlief das Wiedersehen mit Emma, der alten, dicken Köchin mit den roten Apfelbacken. Sie war all die Jahre im Haus geblieben und hatte auch den anderen Besitzern gedient.

»Ach, Miss Patricia«, seufzte sie und wischte sich mit dem Zipfel ihrer weißen, gestärkten Schürze verstohlen eine Träne aus dem Augenwinkel. »Wenn ich daran denke, dass Ihr vor dem Haus gestanden seid ...«

Ich tätschelte tröstend ihre fleischige Hand.

»Jetzt bin ich ja da, Emma.«

»Ich sehe Euch immer noch als kleines Mädchen vor mir, das mit seinen kurzen Beinchen auf den Küchentisch geklettert ist, um vom Teig zu naschen«, fuhr Emma in ihren Erinnerungen fort. »Immer wieder habt Ihr Schelte bekommen, doch wirklich böse konnte Euch niemand sein. Ihr habt mich immer so verschmitzt angelächelt ... ach, Miss Patricia, so darf ich Euch ja gar nicht mehr nennen! Meine Güte, Ihr wart sogar verheiratet und seid nun Lady Ragley.«

Ich hauchte der guten Köchin einen Kuss auf das ergraute Haar.

»Für dich immer noch Patricia, Emma.«

Da Vater Witwer war und auch nicht vorhatte, sich erneut zu verheiraten, hatte ich den Namen Spears abgelegt und war zu Lady Ragley geworden. Als solcher stand ich nun dem Haus vor, und es zeigte sich bald, dass meine Kindheit und die Erziehung in Violet's Abbey ihre Spuren hinterlassen hatten. Egal, wie die Jahre dazwischen auch verlaufen waren –ich gehörte zu diesem Stand und fühlte mich in der Rolle als Lady wohl.

Schneiderinnen kamen ins Haus, denn ich musste eine standesgemäße Garderobe erhalten. Ich liebte das Gefühl von Samt und Seide auf der Haut, die Zeit der grauen Leinenkleider war endgültig vorbei. Vater hatte ein junges Mädchen, gerade sechzehn Jahre alt, mit Namen Tessa als meine Zofe eingestellt. Tessa stammte aus Southwark, einem ärmlichen Stadtteil, und war froh, in einem herrschaftlichen Haus Arbeit gefunden zu haben. Bewundernd blickte sie zu mir auf und war immer für mich da. Zudem entwickelte Tessa ein beachtliches Talent, was Frisuren betraf. Täglich frisierte sie mein dichtes rotblondes Haar in einem anderen Stil.

Das Leben war herrlich! Ich gebe zu, dass ich es genoss, bedient und bewundert zu werden. Jeden Abend speisten Vater und ich zusammen, danach saßen wir oft bis in die Nacht hinein vor dem lodern. den Kaminfeuer, und jeder erzählte von seinen Erlebnissen. Wir hatten viele Jahre verloren und versuchten, sie auf diese Weise zurückzuholen.

»In wenigen Wochen ist der Ball in Whitehall«, sagte Vater an einem Abend. Bei dem Gedanken daran ergriff mich eine starke Erregung. Ich würde in den Palast gehen, dort den König sehen und ihm persönlich vorgestellt werden! Und zudem ... vielleicht würde ich auch Will Brown wiedersehen? Doch etwas anderes lag mir seit Tagen auf dem Herzen.

»Vater, ich habe eine große Bitte an dich. Ich möchte nach Blickland Hall fahren und nachforschen, was aus meiner Freundin Dorothy geworden ist. Vorher werde ich keine Ruhe haben.«

Vater wiegte bedenklich den Kopf.

»Du hast während all der Jahre nie eine Nachricht erhalten. Ich fürchte, Blickland ist längst in anderen Händen, sonst hätte sich deine Freundin doch gemeldet.«

»Ich weiß, Vater, doch ich spüre, dass sie noch lebt. Vielleicht können die neuen Besitzer uns sagen, was aus der Familie Blickland geworden ist.«

»Ach, Kind, ich glaube, es wird eine große Enttäuschung für dich werden. Aber gut, wir können in den nächsten Tagen reisen.«

Ich sprang auf und umarmte Vater so heftig, dass er lachend abwehrte.

»Sachte, sachte, Pat, sonst erdrückst du mich noch, und aus unserer Reise wird nichts.«

Am späten Nachmittag trafen wir im Dorf Blickland ein. Aufgeregt sah ich mich um. In den Straßen schien sich nichts verändert zu haben. Mein Herz klopfte einem Trommelwirbel gleich, als wir in die Einfahrt, die direkt zum Herrenhaus führte, einbogen.

»Jetzt kommt gleich das Tor mit dem Pförtnerhaus«, rief ich. Da war es auch schon. »Aber was ist das?«, fragte ich entsetzt.

Vater gebot dem Kutscher anzuhalten. Wir starrten

auf das schmiedeeiserne Tor, dessen Flügel schief in den Angeln hingen. Das kleine Pförtnerhaus, an dessen Fenster früher rote Geranien blühten und bunte Vorhänge flatterten, schien verlassen und sah sehr heruntergekommen aus. Die Scheiben waren zerstört oder blind geworden, und auf dem Dach fehlten etliche Ziegel.

»Vielleicht hätten wir uns erst im Dorf erkundigen sollen, ob Blickland überhaupt noch bewohnt ist«, merkte Vater zweifelnd an. Ich hatte es abgelehnt, denn ich war der festen Überzeugung, die Familie dort noch anzutreffen.

Der Kutscher fuhr weiter, und obwohl mir die Zufahrt zum Haus bestens in Erinnerung war, fühlte ich mich fremd. Wie sehr hatte sich alles verändert! Der früher so gepflegte Weg war von Unkraut überwuchert, links und rechts lagen entwurzelte Bäume, Äste und Zweige. Wo waren die Rhododendronhecken? Wo die Hortensienbüsche? Auf alles gefasst, starrte ich aus dem Fenster, als die Kutsche um die letzte Biegung fuhr und das Haus vor uns in Sicht kam. Inzwischen war die Dämmerung hereingebrochen, doch auch das schwindende Licht konnte den desolaten Zustand von Blickland Hall nicht verschleiern. Verschwunden waren die Rosenrabatten, die Kieseinfahrt ein einziges Feld voller Unkraut. Löwenzahn wucherte zwischen den Ritzen der Treppe, die rissig und abgebröckelt, nicht sehr vertrauenswürdig aussah.

»Hier wohnt niemand mehr, Pat«, sagte Vater resigniert.

Ich griff nach seinem Arm.

»Da, sieh! Da ist ein Licht!«

Tatsächlich konnten wir hinter einem der Fenster

des Westflügels einen Lichtschimmer erkennen. Kaum waren die Räder der Kutsche zum Stillstand gekommen, sprang ich aus dem Wagen. Vater hielt mich am Ärmel fest.

»Patricia, wer immer auch hier wohnt ... es geht ihm sicher nicht gut«, sagte er ernst.

»Wir werden es gleich wissen.«

Vorsichtig stiegen wir die Treppe hinauf. Wenigstens der schwere, in Form eines Löwenkopfes gefertigte Türklopfer befand sich noch dort, wo er in meiner Erinnerung gewesen war. Vater klopfte kurz und energisch. Unnatürlich laut schien das Geräusch durchs Haus zu hallen. Einige Zeit tat sich nichts, und Vater wollte erneut zu dem eisernen Ring greifen, als wir schlurfende Schritte hören konnten. Eine Stimme murmelte:

»Ja, ja, ich komme ja schon.« Sekunden später wurde die Tür einen Spaltbreit geöffnet und dieselbe Stimme fragte: »Was wollen Sie? Hier ist kein Platz für Bettler.«

»Ist die Familie Blickland zu Hause?«, fragte ich schnell. Ich hatte Angst, die Tür würde jeden Moment wieder vor uns zugeworfen.

»Blickland?«, murmelte die Stimme, und die Tür wurde etwas weiter geöffnet. Wir erkannten eine zierliche, ältere Frau mit strähnigen Haaren, die achtlos zu einem Knoten gesteckt waren. Ihre Kleidung wirkte schäbig und auch nicht ganz sauber. »Die gibt es hier nicht mehr.«

Die Enttäuschung traf mich wie ein Schlag. Eigentlich hätte ich damit rechnen müssen. Aber eine Frage hatte ich noch.

»Bitte, lassen Sie uns kurz hinein. Vielleicht können

Sie mir sagen, wohin die Familie gegangen ist. In erster Linie suche ich die Tochter: Dorothy Blickland.«

Nun wurde die Tür ganz geöffnet, und die Frau schlurfte in die Halle. Dabei bemerkten wir, dass sie hinkte und ihr rechtes Bein nachzog. Ich trat mit Vater in die Halle, die nur schwach von einer auf einer Truhe stehenden Kerze erleuchtet wurde. Auch hier fiel mir sofort der heruntergekommene Zustand auf. Wo waren die Bilder, die Familienporträts? Kein Gobelin schmückte die kahlen Wände. Auch die Waffensammlung, früher der ganze Stolz von Sir William, war verschwunden.

»Dorothy Blickland gibt es schon lange nicht mehr«, sagte die Frau mit uns zugewandtem Rücken leise. Täuschte ich mich, oder zitterte ihre Stimme tatsächlich ein wenig. Eine eisige Faust griff nach meinem Herzen. Dotty – tot! Nur das konnten die Worte bedeuten, doch dann wurde alles noch viel rätselhafter. »Dorothy Blickland hat vor vielen Jahren geheiratet. Ihr Name lautet seither Wescott. Was wollen Sie von ihr?«

Sie hinkte zur Kerze, nahm sie auf und schlurfte wieder auf uns zu. Das Licht fiel auf ihr Gesicht, und jetzt erkannte ich, dass sie keineswegs so alt war, wie der erste Eindruck vermuten ließ. Und noch etwas anderes sah ich in dem Gesicht. Diese Augen! Die kleine Nase und der Mund, der von zwei tiefen Falten umgeben war. Ich schluckte zweimal, dann flüsterte ich heiser:

»Dorothy! Mein Gott – Dotty! Du bist es!« Ihre Hand zitterte, als sie die Kerze so hielt, dass der Schein jetzt auf mein Gesicht fiel. Sie öffnete den Mund, brachte aber nur mühsam einen Laut heraus. »Ich bin es – Pat! Dotty, deine Freundin Patricia Wilborough!« Ich trat einen

Schritt auf sie zu, wollte sie in die Arme nehmen, doch Dorothy wich abwehrend zurück.

»Was willst du?«, keuchte sie mit weit aufgerissenen Augen. »Warum kommst du erst jetzt? Wo warst du all die Jahre?« Plötzlich sank sie auf einen Stuhl. Der schmale Körper wurde von Weinkrämpfen geschüttelt.

Fassungslos starrte ich auf die Freundin. Was war geschehen? War diese heruntergekommene, verhärmte Frau wirklich meine alte Freundin, die immer wie ein Engel ausgesehen hatte?

»Sieh zu, ob du Wasser findest«, raunte ich meinem Vater zu. Er war bisher still hinter mir geblieben und hatte die Szene erstaunt beobachtet. Ich eilte zu Dorothy und nahm sie in die Arme. Mein Gott, wie dünn sie war! Wie ausgemergelt!

»Jetzt bin ich ja da, Dotty«, tröstete ich sie leise. »Es wird alles wieder gut.«

Vater kehrte mit einem Becher Wasser zurück. Ich nahm mein Taschentuch und tupfte der Freundin die Tränen von den Wangen. Nach einer halben Stunde hatte sie sich so weit beruhigt, dass sie mit einem verzerrten Lächeln sagte:

»Ich bin ja eine schöne Gastgeberin! Da sehen wir uns nach so langer Zeit wieder, und ich bitte euch nicht einmal herein.«

Sie gebot uns, ihr zu folgen, und wir traten ins Esszimmer. Hier brannten einige Kerzenleuchter. Es war das Zimmer, in dem wir von außen das Licht gesehen hatten. Es erschreckte mich nicht mehr, auch diesen Raum so kahl wiederzusehen. Meine Aufmerksamkeit und Sorge galt einzig Dorothy.

»Warum hast du niemals geschrieben?«, fragte sie plötzlich.

»Aber das habe ich«, rief ich laut. »Als ich bei meinem Onkel in Lostwithiel war, habe ich dir geschrieben, jede Woche, jahrelang. Aber ich erhielt nie eine Antwort.«

»Dann hat *er* die Briefe unterschlagen«, sagte Dorothy bitter.

»Martin?«, fragte ich zögernd.

Dorothy nickte.

»Ja, er auch – und mein Mann – Ernest.«

»Hat Martin dir denn nicht erzählt, dass wir uns in Cornwall getroffen haben?«

Dorothy sah erstaunt auf.

»Er hat dich gesehen? Nein, er hat dich in all den Jahren mit keinem Wort erwähnt.« Sie zögerte, lauschte und stand dann auf. »Ihr müsst mich einen Moment entschuldigen, ich meine, Ernest hat nach mir gerufen. Er will sicher wissen, wer gekommen ist.«

»Ist er krank?« Zum ersten Mal sprach mein Vater. Sein Entsetzen über die Umstände, die wir hier vorfanden, stand ihm deutlich ins Gesicht geschrieben.

»Ja, äh, das heißt nein ... also eigentlich nicht richtig. Ach, wir müssen über alles sprechen. Später. Jetzt muss ich mich um Ernest kümmern.« Sie rannte regelrecht aus dem Esszimmer, und ich sah Vater stumm an. Nach einiger Zeit fragte er:

»Wäre es nicht besser gewesen, niemals hierher zu kommen?«

Heftig schüttelte ich den Kopf.

»Sie braucht unsere Hilfe! Irgendetwas muss geschehen sein, etwas Furchtbares. Und ich werde sie nicht ein zweites Mal im Stich lassen.«

Wir mussten über eine Stunde warten, bis Dorothy wieder erschien. Die Kerzen waren inzwischen beinahe heruntergebrannt. Dorothy brachte uns etwas zu essen.

»Ihr habt sicher Hunger, nicht wahr? Es ist nicht viel, was wir anbieten können, denn wir haben nicht mit Gästen gerechnet.« Sie stellte ein Tablett mit kaltem Rindfleisch, Brot und einem Stück Käse auf den Tisch. Aus einem Krug schenkte sie uns mit Wasser verdünntes Bier ein, das schal und abgestanden schmeckte. Zugegeben, trotz der Aufregung verspürte ich tatsächlich heftigen Hunger. Herzhaft langten Vater und ich zu.

»Isst du nichts?«, fragte ich Dorothy.

»Ich habe schon mit Ernest gegessen. Er braucht meine Gesellschaft.«

»Was ist mit Ihrem Mann?«, fragte Vater direkt.

»Er ist seit einem Reitunfall gelähmt«, antwortete Dorothy und schlug die Augen nieder. »Seit Monaten hat er das Bett nicht mehr verlassen und braucht bei jeder noch so kleinen Verrichtung meine Hilfe.«

»Das tut mir Leid«, sagte ich aufrichtig und griff nach ihrer Hand. Ihre Hände waren rot und rissig, die Fingernägel abgebrochen und nicht sehr sauber. Dorothy bemerkte meinen Blick. Sie errötete, zog die Hände fort und versteckte sie unter ihrer Schürze.

»Es ist viel geschehen«, murmelte sie.

Vater stand auf.

»Ich sehe, ihr habt einiges zu besprechen. Wir sollten für heute ins Dorf zurückkehren und nach einem Zimmer suchen.«

Vater hatte ausgesprochen, was ich vom ersten Augenblick an gedacht hatte. In Blickland Hall würden wir wohl kaum Quartier für die Nacht beziehen können.

Doch Dorothy wollte davon nichts hören.

»Ich weiß, unserem Haus mangelt es an Komfort, Sir«, sagte sie aufgeregt, »doch ich lasse meine beste Freundin nicht in einen Gasthof ziehen. Wenn Ihr mit einem einfachen Raum vorlieb nehmen wollt, Sir ... Pat könnte in meinem Zimmer schlafen.« Sie sah mich an, ihr Blick hatte etwas Flehendes. »So wie früher ... weißt du noch?«

Ich konnte und wollte ihr die Bitte nicht abschlagen. Zudem, um nichts in der Welt hätte ich das Haus verlassen, ohne nicht vorher in Erfahrung zu bringen, warum Dorothy so tief gesunken war.

»Wenn wir Ihnen nicht zu viele Umstände machen, Misses Wescott.« Vater zögerte noch, nahm aber nach erneutem Bitten die Einladung an. Dorothy führte ihn in einen kleinen Raum, der einen einigermaßen sauberen Eindruck machte.

»Ich hole nur frisches Bettzeug«, sagte sie. »Ein Mädchen habe ich nämlich schon lange nicht mehr.«

Während Dorothy das Bett für Vater richtete, wunderte ich mich nicht mehr über den Zustand von Blickland Hall. Anscheinend bewohnten nur Dorothy und ihr kranker Ehemann das Haus, und es gab keinerlei Dienstpersonal. Es stimmte mich unendlich traurig, das Haus, mit dem ich viele schöne Erinnerungen verband, so verändert vorzufinden. Gespannt wartete ich darauf, mit der Freundin allein zu sein; um endlich alles zu erfahren.

Später lagen wir nebeneinander in ihrem Bett. Doch keine dachte an Schlaf. Im Dunkeln tastete ich nach ihrer Hand, drückte sie und sagte schlicht:

»Erzähle!«

In den folgenden Stunden erfuhr ich das Schicksal meiner Freundin. Ein Schicksal, meinem nicht unähnlich.

Während ich aber immer wieder gekämpft und auch gewonnen hatte, hatte sie kapituliert.

Als Martin sie damals aus Violet's Abbey fortgeholt und nach Blickland Hall gebracht hatte, waren ihre Eltern bereits schwer krank, wahrscheinlich vor Gram über die politische Situation in England und dass ihr Sohn sich von ihnen abgewandt hatte. Sir William und Lady Elisabeth bezogen den Ostflügel und trafen kaum mit Martin und dessen Frau Jane zusammen. Dorothy schlich sich so oft wie möglich zu den Eltern. Zwei Monate später heiratete sie Ernest Wescott, einen überzeugten und strengen Puritaner, und lebte mit ihm ebenfalls in Blickland Hall: im West- und Südflügel Martin und Jane, Dorothy und Ernest, abgeschirmt im Ostflügel die Eltern. Nach nur zwei Jahren starben sie kurz hintereinander. Dorothy hoffte, genau wie ich, auf ein Kind, vergebens. Auch Jane gebar ihrem Mann keinen Erben. Natürlich machten die Männer die Frauen dafür verantwortlich. Während Jane die Schuld bei sich suchte, wehrte sich Dorothy anfänglich dagegen. Doch Ernest Wescott war überzeugt, dass nur ihr sündiges Leben an ihrer Unfruchtbarkeit schuld war. Einzig durch körperliche Züchtigungen konnte diese Sünde gemildert werden.

»Erst schlug er mich mit einem Stock, manchmal auch mit einer kurzschwänzigen Peitsche, dann musste ich ihm zu Willen sein«, erzählte Dorothy stockend und unter Tränen. »Dabei betete er die ganze Zeit, nannte mich schändlich, wertlos und nicht würdig, Gottes

Gnade zu empfangen. Es war schrecklich!«

Ich konnte das nur zu gut nachempfinden, hatte ich doch Ähnliches erlebt, nur geschlagen hatte John mich nie.

Dorothy versuchte, ein freundschaftliches Verhältnis zu ihrer Schwägerin Jane aufzubauen. Die beiden Frauen waren beinahe den ganzen Tag zusammen, organisierten den Haushalt oder fertigten Stickarbeiten an. Auch wenn Janes kühle, beherrschte Art Dorothys Charakter nicht entsprach, war sie doch die einzige Frau, mit der sie regelmäßig Kontakt hatte. Jane versuchte immer wieder, sie auf den richtigen Pfad zu führen, wie sie es nannte. Oft war sie freundlich und ermutigte Dorothy, in ihrer Gegenwart frei zu sprechen. Dass ihre Anteilnahme nur geheuchelt war, musste Dorothy wenige Monate später schmerzhaft feststellen. Jane war von Martin und Ernest regelrecht auf sie angesetzt worden. Haarklein hatte sie den Männern berichtet, wenn Dorothy lachte oder während der Hausarbeit ein Liedchen trällerte. Wieder wurde sie von ihrem Ehemann gezüchtigt. Schließlich hatte Dorothy ihr Vertrauen in andere Menschen verloren und versuchte, Jane so gut wie möglich aus dem Weg zu gehen.

»Nun war ich ganz allein. Ich weiß, es gibt keine Entschuldigung für das, was dann geschah, aber ich war so schrecklich einsam, hatte alle Freude am Leben verloren. Wenn ich wenigstens ein Kind gehabt hätte.«

Dorothy begann eine kurze, aber leidenschaftliche Affäre mit einem Stallknecht vom Nachbargut. Er war jung, in ihrem Alter, und er liebte das Leben. Mit ihm konnte sie lachen, singen und tanzen. Sie trafen sich heimlich, wann immer es ging, meistens nachts. Doch die Liebschaft wurde entdeckt.

»Er wurde wegen Ehebruch vor Gericht gestellt und gehängt«, berichtete Dorothy tonlos. »Ernest griff erneut zur Peitsche. Ich versuchte zum ersten Mal zu fliehen, doch er holte mich ein. Wie von Sinnen schlug er auf mich ein. Dabei stürzte ich die Treppe hinunter. Ich habe überlebt, aber seitdem hinke ich. Ach, wäre ich damals doch gestorben!«

Erschüttert nahm ich die Freundin in meine Arme.

»So etwas darfst du nicht sagen, hörst du! Niemals! Es geht immer irgendwie weiter!«

»Du hast leicht reden, Pat. Du lebst in London mit deinem Vater, wirst geliebt und hast keine Sorgen.«

Deutlich konnte ich Missgunst in ihrer Stimme hören.

»Dotty, es gibt keinen Grund, neidisch zu sein. Sicher, jetzt verläuft mein Leben wieder in glücklicheren Bahnen, aber auch ich habe eine schwere Zeit hinter mir. Ich erzähle dir davon später. Zuerst möchte ich noch wissen, wie es zu dem Unfall deines Mannes kam und warum Blickland in einem so schlimmen Zustand ist.«

Dorothy machte eine kleine Pause. Dann erzählte sie mir in knappen Worten, was weiter geschehen war. Martin Blickland hatte nach und nach alle Wertgegenstände des Hauses veräußert. Die Gelder flossen der Regierung und Oliver Cromwell zu. Als dieser starb, hatte jedoch sein Sohn Richard keine Verwendung mehr für Martin. Er entließ ihn aus seinem Amt, und Martin war gezwungen, beinahe die ganzen Ländereien von Blickland zu verkaufen. Dann stürzte Ernest Wescott vom Pferd.

Schon bald war klar, dass er sich nie wieder um das

Gut würde kümmern können. Auch Martin war kein Landwirt. Als König Charles nach England und auf den Thron zurückkehrte, verschwanden Martin und seine Frau sang- und klanglos.

»Ich habe seit Monaten keine Nachricht mehr von ihm. Das Geld, das noch vorhanden war, wird bald verbraucht sein. Dann weiß ich nicht einmal, wovon ich unser nächstes Essen bezahlen soll. Am besten wäre es, Blickland Hall zu verkaufen und in die Stadt zu ziehen. Aber dazu bin ich nicht berechtigt, denn der Besitz gehört Martin. Und niemand weiß, wo sich mein Bruder aufhält.«

Ich überlegte einige Minuten. Konnte ich ihr Geld anbieten? Zumindest für die nächsten Monate? Ich beschloss, heute Nacht noch nicht davon zu sprechen, vielleicht würde sie es als Beleidigung auffassen. Erst müsste ich noch diesen Ernest Wescott kennen lernen, um mir ein Bild von ihm zu machen.

Dann erzählte ich Dorothy meine Geschichte. Nur den Streit mit John und wie ich mich geweigert hatte, ihm zu helfen, verschwieg ich. Warum, wusste ich nicht. Instinktiv dachte ich, dass Dorothy für mein Verhalten kein Verständnis aufbringen würde. Wir redeten die ganze Nacht. Der Morgen graute bereits, als wir in einen leichten Schlummer fielen. Durch laute Stimmen wurden wir geweckt.

»Was wollen Sie hier? Raus! Sofort raus ...«

Mit einem Satz sprang Dorothy aus dem Bett. Dabei verzog sie schmerzhaft das Gesicht und hielt sich einen Moment ihr rechtes Bein. Offensichtlich hatte sie Schmerzen, doch sie kleidete sich rasch an und murmelte verstört:

»Mein Gott, das ist Ernest! Es ist schon spät, wir haben verschlafen. Er wird schrecklich böse sein, dass er sein Frühstück nicht pünktlich bekommen hat.« Eine vertraute und geliebte Stimme war nun zu hören, mein Vater sagte ruhig:

»Nun beruhigen Sie sich, Sir. Das ist wohl keine Art, seine Gäste zu behandeln.«

Auch ich zog mich schnell an und folgte Dorothy auf den Gang. Das Zimmer ihres Mannes lag nur zwei Räume weiter, deshalb hatten wir die Männer so gut hören können. Die Tür stand offen. Im Bett sah ich einen älteren, rotgesichtigen Mann, der verzweifelt bemüht war, sich aufzurichten. Vor ihm stand mein Vater, bereits tadellos gekleidet, und stellte ein Tablett mit Speisen auf den niedrigen Tisch neben dem Bett.

»Die Damen hatten sicher viel zu besprechen«, sagte Vater ruhig. »Darum bringe ich Ihnen Ihr Frühstück. Ich war so frei, mich selbst in der Küche zurechtzufinden.«

Ernest Wescott hatte nun seine Frau an der Tür entdeckt. Zornig schrie er sie an:

»Schaff mir sofort diese Personen aus dem Haus!«

Dorothy eilte zu ihm und ergriff seine Hand.

»Ernest, ich habe dir doch gestern Abend von dem Besuch erzählt. Es ist meine alte Freundin Patricia mit ihrem Vater, Lord Ragley.«

»Pah, Lord ...«

Ernest Wescott schien nicht bereit, Vater zu verzeihen, dass er einfach in sein Zimmer gekommen war. Doch Vater ließ sich nicht beirren.

»Jetzt essen Sie erst einmal, Sir. Dann schlage ich vor,

wir spielen eine Partie Schach. Sie beherrschen doch das Schachspiel, oder?«

»Hm …«, brummte Wescott. »Ich spiele nicht, das ist Sünde.«

»Ach was«, wehrte Vater ab. »Schach schult die Intelligenz. Wie kann das Sünde sein!« Er wandte sich an Dorothy. »Misses Wescott, haben Sie ein Schachspiel im Haus?«

Dorothy nickte und wollte es gleich heraufbringen.

Ich freute mich über die resolute Art meines Vaters. Er opferte sich, damit Dorothy und ich Zeit füreinander hatten.

»Es hat ihm noch nie jemand widersprochen«, sagte Dorothy später. Wir saßen im Garten, und bei Tageslicht fiel mir mit Erschrecken auf, wie sehr meine Freundin gealtert war. Ich zwang mich zu einem unbekümmerten Lächeln.

»Ich glaube, mein Vater wird mit jedem fertig. Wart nur ab, wenn wir abreisen, wirst du den zahmsten Ehemann der Welt haben.«

Dorothy sah mich traurig an. In ihren Augen schimmerten Tränen.

»Daran denke ich nicht. Bitte, sprich nicht davon, abzureisen! Du bist eben erst gekommen!«

Stumm drückte ich ihre Hand.

Am Nachmittag sprach ich ausführlich mit Vater. Keinen Augenblick hatte ich daran gezweifelt, dass er genauso wie ich dazu bereit war, den Wescotts zu helfen. Natürlich dauerte es einige Zeit, bis ich Dorothy davon überzeugt hatte, ohne Schuldgefühle unsere Hilfe anzunehmen.

Als Erstes fuhren wir am folgenden Tag ins Dorf. Es war nicht schwer, ein kräftiges Mädchen zu finden, das noch am gleichen Tag nach Blickland Hall kam. Zusätzlich organisierte Vater einige Männer, die die schlimmsten Schäden am Haus reparieren würden. Mit Daphne, dem Mädchen, schrubbten und putzten Dorothy und ich die nächsten drei Tage alle Räume des Hauses. Trotz der anstrengenden Arbeit machte Dorothy zeitweise einen glücklichen Eindruck. Sie lachte laut auf, als die Bürste in den Eimer fiel und sie von oben bis unten mit Putzwasser bespritzte. Natürlich schaute sie regelmäßig nach ihrem Mann. Doch Vater hatte innerhalb weniger Tage tatsächlich Wunder bewirkt. Ernest war freundlicher und umgänglicher geworden. Nach fünf Tagen ließ er sich sogar zum Abendessen hinuntertragen. Die Atmosphäre war zwar etwas gespannt, doch es war immerhin ein Anfang.

Nach zwei Wochen drängte Vater zur Abfahrt.

»Wir haben alles getan, was in unserer Macht steht«, sagte er. »Ich habe Verpflichtungen in London, die ich bereits länger als beabsichtigt vernachlässigt habe.«

Ich musste ihm zustimmen. Es wurde Zeit, in die Stadt zurückzukehren. Dorothy hatte es akzeptiert, dass Vater sie die nächste Zeit finanziell unterstützen würde.

»Es werden auch wieder andere Zeiten kommen, Misses Wescott. Dann können Sie mir alles zurückzahlen.«

»Niemals werde ich in der Lage sein, Ihnen auch nur einen Bruchteil von dem zu vergelten, was Sie für mich getan haben«, antwortete sie. Ich wusste, sie meinte nicht nur das Geld.

Beim Abschied lagen wir uns lange in den Armen.

»Du findest in unserem Haus immer einen Platz«, sagte ich mit tränenerstickter Stimme. »Wenn sich etwas ändert ... Wenn du mal nicht weißt, wohin du gehen sollst ...«

Ich sprach es nicht aus, aber Dorothy verstand mich. Irgendwann würde der Tag kommen, an dem Ernest Wescott starb. Meiner Freundin würde dann eine herzliche Aufnahme in unserem Haus sicher sein.

»Es wird nicht mehr lange dauern ...«, murmelte sie.

Später saß ich traurig in der Kutsche. Ich schmiegte das Gesicht an Vaters Schulter. Es tat gut, den weichen Stoff an meiner Wange, seine Nähe und Wärme zu spüren.

»Misses Wescott ist eine starke Frau«, sagte er, und ich konnte ihm nur zustimmen.

»Sie hat sich seit der Schulzeit sehr verändert. Nicht nur äußerlich. Ja, sie ist stark, wahrscheinlich sogar stärker, als ich je gewesen bin. Ich bin vor meinen Problemen davongelaufen. Dorothy steht zu ihnen. Sie ist, trotz allem, nicht verzweifelt und würde ihren Mann niemals verlassen.«

Vater tätschelte meine Hand.

»Jeder Mensch ist anders, Pat. Du hast getan, was du tun musstest.«

Der Abend des Balls in Whitehall war gekommen.

»Ihr seht wie eine Königin aus«, hauchte Tessa ehrfurchtsvoll.

»Das habe ich nur deiner eleganten Frisur zu verdanken«, lachte ich und betrachtete stolz mein Spiegelbild.

Die Frau, die mir aus dem Spiegel entgegenblickte, war wirklich eine elegante Erscheinung. Mein Kleid in dem jetzt groß in Mode gekommenen französischen Stil war aus hellgrüner Seide gearbeitet und ließ den Ansatz meiner Brüste frei. Der Rock sprang vorne auf, so dass mein Unterkleid – weiß mit zarten, goldfarbenen Stickereien – hervorblitzte. Den Saum schloss eine ebenfalls weiße Spitzenborte ab, in die Goldfäden eingeflochten waren. Das Mieder schmiegte sich eng um meine immer noch jugendlich schlanke Taille, und mein Dekolleté schmückte eine schlichte Halskette aus Gold mit kleinen Saphiren.

»Einst gehörte sie deiner Mutter, Pat«, sagte Vater, als er sie mir umlegte. »Ich hatte sie in diesem Haus in einem Geheimfach versteckt. Gut, dass das Fach von niemandem entdeckt worden ist!«

Ja, ich fühlte mich schön und begehrenswert – und jung! Den ganzen Tag konnte ich nur daran denken, ob wohl Will Brown im Palast anwesend sein würde. Rund ein Dutzend Mal hatte ich Vater gefragt, ob er den Mann ausfindig machen könnte.

»Es gibt viele Männer, auf die deine Beschreibung passt«, hatte er gemeint. »Du sagst doch selbst, der Name sei falsch. Wer immer dieser ominöse Fremde auch sein mag, du beschäftigst dich wohl sehr mit ihm.«

Ich senkte rasch den Kopf, um die aufsteigende Röte in meinen Wangen zu verbergen.

»Ich möchte ihm nur danken«, murmelte ich.

Kutsche um Kutsche passierte die Wache und hielt vor dem Portal von Whitehall. Der ganze Palast erstrahlte in hellem Licht, und Hunderte von livrierten Dienern liefen hin und her. An der Seite meines Vaters betrat ich das Schloss und wurde von der Pracht, die sich hier vor mir entfaltete, überwältigt.

»Wie wundervoll!«, flüsterte ich. Die Halle, hoch wie eine Kathedrale, war von Tausenden von Kerzen hell erleuchtet. Elegante und kostbar gekleidete Menschen standen in Gruppen zusammen und unterhielten sich angeregt. Vater und ich wurden sogleich von den Landons, einem Ehepaar im Alter meines Vaters, das ich bereits bei einem Dinner kennen gelernt hatte, freundlich begrüßt.

»Ihr seht bezaubernd aus«, nickte mir Sir Landon zu. Ich dankte für das Kompliment, und wir plauderten über das kommende Fest. Ich hörte jedoch nur mit einem Ohr zu, denn immer wieder schweifte mein Blick durch den Raum, unter all den hoch gewachsenen, schlanken Männern suchte ich den einen. Wie oft hatte ich mir in den vergangenen Tagen ausgemalt, ihn auf dem Ball wiederzusehen. Alle wichtigen Persönlichkeiten Londons, so hatte mir Vater versichert, waren geladen, und ich war überzeugt, dass Will Brown dem höheren Adel angehörte. Natürlich hatte ich auch daran gedacht, Will Brown eventuell in Begleitung seiner Frau zu treffen, schließlich wusste ich ja gar nichts von ihm. Zwei-, dreimal hatte ich geglaubt, ihn in London gesehen zu haben, und mein Herz begann Purzelbäume zu schlagen. Doch als sich der Vermeintliche umwandte, wurde ich enttäuscht. Nein, keiner hatte die dunkle Gesichtsfarbe, die Augen, schwarz wie Kohle, und das unnachahmliche Lächeln Wills.

Wir schlenderten gerade in den Ballsaal, als ein Raunen durch die Menge ging.

»Die Castlemaine«, flüsterte eine Dame neben mir, offensichtlich eine Bekannte von Lady Landon. Ich reckte mich auf die Zehenspitzen und versuchte, einen Blick auf die Besagte zu werfen.

Vor wenigen Wochen hatte der König dem Ehemann seiner Mätresse Barbara Palmer den Titel des Grafen Castlemaine verliehen. Ganz London hatte darüber gesprochen, er habe diese Auszeichnung als Trost für die dauerhafte Untreue seiner Frau erhalten. Als mein Blick endlich auf die schöne Barbara fiel, hielt ich die Luft an. Nie zuvor hatte ich eine solch gut aussehende Frau gesehen! Ihr pechschwarzes Haar fiel in kunstvoll gedrehten Locken auf die alabasterfarbenen Schultern, die das dunkelrote Kleid in gerade noch schicklicher Weise freigab. Sie bewegte sich langsam, mit hoch erhobenem Kopf durch die Menge, grüßte hier und da mit einer Bewegung ihres Fächers oder schenkte jemandem ein bezauberndes Lächeln.

Hatte ich mich zu Hause noch schön und attraktiv gefunden, so fühlte ich mich in der Gegenwart Lady Castlemaines wie eine Stallmagd.

»Sie sieht aus wie eine Königin«, flüsterte ich.

Lady Landon stupste mich in die Seite.

»Wahrlich, wahrlich. Und genauso eingebildet ist sie! Ja, ja, die Lady versteht es, ihre Stellung als Lieblingsmätresse des Königs auszuspielen.«

»Lieblingsmätresse?«, fragte ich erstaunt.

Die andere Dame, die sich als Lady Bacon vorgestellt hatte, kicherte hinter ihrem Fächer.

»Nun, jeder weiß doch, dass der König nicht treu sein kann. Man denke nur einmal an Lucy Walter. Doch er kehrt immer wieder zu der Castlemaine zurück.«

»Kein Wunder! Bei *dem* Aussehen«, mischte sich Mister Landon ein und erhielt gleich darauf von seiner Frau einen leichten Klaps auf den Arm.

»Na, so etwas möchte ich aber nicht noch einmal hören!«

Sir Landon warf seiner Frau eine angedeutete Kusshand zu.

»Ach, ich weiß doch, was ich an dir habe! Ich denke, Lady Castlemaine hofft, dass der König heute den Tanz mit ihr eröffnen wird.«

»Natürlich wird er das«, antwortete Lady Bacon bestimmt. »Noch ist er unverheiratet und kann unter allen Damen wählen. Die Castlemaine rechnet fest damit.«

Damit war der Gesprächsstoff über die faszinierendste Frau des Hofes erschöpft, und wir wandten uns anderen Themen zu. Kleine Häppchen wurden herumgereicht, und ich nippte an dem schweren Wein, der in venezianischen Gläsern serviert wurde:

Endlich war der große Moment gekommen. Ein Fanfarenstoß ertönte, und jemand rief:

»Seine Majestät – der König!«

Wie ich es gelernt und unzählige Male geprobt hatte, beugte ich das Knie und sah zu Boden. Im Saal war es still geworden. Ich hörte das Klacken der Schuhe und das Klirren der Schnallen, als der König langsam die Reihen abschritt. Manchmal blieb er stehen und wechselte mit dem einen oder anderen Gast ein paar Worte. Ich konnte jedoch nichts verstehen und ich sah den König auch nicht, denn ich verharrte noch immer im tiefen Knicks, das Gesicht zum Boden gewandt. Endlich kamen seine Beine in mein Blickfeld, schlanke, fast schon dürre Beine in goldfarbenen Strümpfen und weißen, hohen Schuhen mit goldenen Schnallen. Jetzt blieb der König vor meinem Vater stehen.

»Erhebt Euch, Lord Ragley«, bat er. »Es ist für mich eine Freude, Euch heute hier zu sehen. Ganz besonders freut es mich, dass Ihr Eure bezaubernde Tochter mitgebracht habt.«

Diesen Satz hatte mein Vater erwartet, es war bei einer Vorstellung so üblich und für mich das Signal, mich zu erheben, um dem König offiziell vorgestellt zu werden. Wir hatten es bestimmt zehn Mal geprobt, doch jetzt klebte ich wie festgewurzelt am Boden, der plötzlich unter mir zu schwanken begann. Meine Knie zitterten, ich war unfähig, mich zu bewegen. Vater zog leicht an meinem Arm und flüsterte eindringlich:

»Patricia, steh auf.«

Langsam, viel zu langsam erhob ich mich. Ich musste König Charles nicht erst ins Gesicht sehen, um zu wissen, wem ich gegenüberstand. Ich hatte seine Stimme sofort erkannt.

Des Königs Augen blitzten, und er sagte liebenswürdig:

»Es ist schön, die Tochter meines alten Freundes und Freundes meines Vaters am Hof begrüßen zu können.«

Ohne nachzudenken, erwiderte ich laut:

»Auch mich freut es, Euch endlich *kennen zu lernen*!«

Kaum hatte ich die Worte ausgesprochen, durchfuhr es mich kalt. Welch unverzeihlichen Fauxpas hatte ich da eben begangen! Nach dem Hofzeremoniell hätte ich auf des Königs Begrüßung nur höflich lächeln dürfen. Aber in keinem Fall das Wort an ihn richten. Im Saal war es still geworden. Alle verfolgten atemlos unser Mienenspiel. Der König nickte mir kurz zu, dann setzte er seinen Gang fort. Zitternd griff ich nach Vaters Hand.

»Ich möchte nach Hause! Sofort!«

»Mein Gott, Patricia! Was ist denn los? Du bist wachsbleich. Wir können jetzt unmöglich gehen, wir müssen zumindest warten, bis der Tanz eröffnet worden ist.« Er stockte kurz und fuhr dann fort: »Dein Verhalten eben ... nur gut, dass König Charles kein nachtragender Mensch ist. Der ganze Hof wird über dich sprechen! Du wirst es mir erklären müssen.«

»Will Brown«, flüsterte ich Vater zu.

»Was?«

Ich nickte.

»Er ist es! Kein Geringerer als der König selbst.« Ich lachte leise auf. »Und ich habe ihn nicht erkannt! Ich hielt ihn für einen Kaufmann oder einen einfachen Adligen.«

Vergessen war all das, was ich Will Brown im Falle eines Wiedersehens hätte sagen wollen. In mir kämpfte die Wut, dermaßen getäuscht worden zu sein, gegen die Enttäuschung an. Irgendwie hatte ich gehofft, es würde sich bei Will Brown um einen unverheirateten Adligen handeln.

Jetzt begann die Musik zu spielen, das Zeichen, dass König Charles den Ball eröffnete. Ich beobachtete Lady Castlemaine, die mir schräg gegenüberstand. Sie legte im Glauben, im nächsten Augenblick vom König aufgefordert zu werden, den Fächer beiseite und trat dem Monarchen mit einem reizenden Lächeln entgegen, doch dann weiteten sich ihre Augen in grenzenlosem Erstaunen, und sie starrte mich entsetzt an. Der König deutete eine leichte Verbeugung vor mir an.

»Darf ich Euch um diesen Tanz bitten?

Automatisch legte ich die Hand auf seinen Arm und ging an der Seite von Charles durch die fassungslose Menge in die Mitte des Saals. Die Musik spielte den Französischen Tanz, eine Abwandlung des englischen *Lord Monk's Masch.* jetzt war ich über die Tanzstunden der letzten Wochen froh, denn die einfachen Schritte dieses Tanzes waren mir geläufig. Zuerst tanzten wir allein, dann gesellten sich andere Paare zu uns, darunter auch Lady Castlemaine. Ihr hasserfüllter Blick war mir nicht entgangen. Sicher fühlte sie sich brüskiert, aber war es denn meine Schuld? Ich konzentrierte mich wieder auf den Tanz, inzwischen hatte der Partner gewechselt. Ich lief sechs Schritte um den Herrn, es folgte eine Drehung, und mit einem kleinen Hüpfer stand ich vor dem nächsten Partner. Es war wieder der König. Jetzt folgte der Teil, der aus aneinander gereihten Schritten mit dem Partner bestand. Charles verzog leicht die Lippen.

»Böse?«, fragte er und sah mich mit einem so verführerischen Blick an, dass mein Zorn sofort verrauchte.

»Es ist nicht schön, derart hinters Licht geführt zu werden, Majestät«, antwortete ich bestimmt.

»Ich hoffe, Ihr verzeiht mir. Aber es war für mich eine ganz neue, ungemein reizvolle Erfahrung, nicht als Herrscher erkannt zu werden. Und auch nicht als solcher behandelt zu werden – mit allen Konsequenzen!«

Die Röte stieg mir in die Wangen.

»Ich muss mich bei Euch entschuldigen. Mein Verhalten Euch gegenüber war schändlich. Es tut mir Leid, aber Ihr habt die peinliche Situation selbst provoziert.«

In diesem Moment wurden wir wieder getrennt, und es dauerte einige Minuten, bis ich mich an der Seite von Charles wiederfand.

»Hier ist nicht der geeignete Rahmen, unser Gespräch fortzusetzen«, sagte der König. »Erlaubt, dass ich Euch in den nächsten Tagen aufsuche, Lady Ragley.«

Ich nickte erstaunt.

»Selbstverständlich! Mit Eurem Besuch erweist Ihr unserem Haus eine große Ehre, Majestät.«

Dann war der Tanz zu Ende, und Charles geleitete mich zu Vater zurück. Wenige Minuten später saßen wir in der Kutsche. Ich hätte es nicht mehr ertragen, noch länger auf dem Ball zu bleiben.

»Ich kann es einfach nicht glauben«, rief Vater, als die Kutsche anrollte. »Du triffst dich einige Male mit dem König, ohne ihn zu erkennen.«

»Für mich war es ein Schock«, flüsterte ich mit zittriger Unterlippe. Zu viel war heute Abend geschehen. Dann warf ich mich in Vaters Arme, presste mein Gesicht in seinen Rock und begann hemmungslos zu weinen.

Vier Tage später stürmte meine Zofe Tessa mit hochroten Wangen in mein Zimmer. Ich wollte sie gerade zurechtweisen, dass sie vergessen hatte anzuklopfen, als sie mit piepsiger Stimme heraussprudelte:

»Der König ist unten! Mylady, der König! Mit vielen Leuten und irgendwelchen Dingen!«

Mein Herz tat ein paar Schläge mehr, erregt sprang ich

auf. Mein Gott, Charles war hier! Ich warf einen Blick in den Spiegel und strich schnell über die Haare, um ein paar widerspenstige Strähnen zu glätten. Einen Augenblick überlegte ich, das Kleid zu wechseln. Das, was ich trug, war schlicht und ohne Schmuck. Doch dann sagte ich mir, es würde wohl etwas zu weit führen. Ich hatte den König nicht eingeladen, er musste mich nehmen, wie ich war.

»Hast du Seiner Majestät gesagt, dass mein Vater nicht anwesend ist?«, fragte ich die Zofe, während ich die Treppe hinunterging.

Sie bejahte.

»Aber er hat nur gelacht und gemeint: ›Umso besser!‹ Was hat er damit gemeint, Mylady?«

»Ich weiß es nicht.« Nein, das stimmte nicht ganz, ich konnte es mir denken, doch der Gedanke war zu abwegig! Oder etwa nicht?

König Charles stand in all seiner Pracht in der Halle. Sicher, er war schlichter gekleidet als beim Ball, doch wie sehr unterschied sich sein Gewand von dem des einfachen Kaufmanns Will Brown! Ich knickste und murmelte höflich:

»Euer Majestät, es ist eine große Ehre, Euch in unserem Haus begrüßen zu dürfen. Leider ist mein Vater abwesend ...«

Charles lächelte und zwinkerte mit den Augen.

»Ich weiß, meine Liebe. Ich weiß. Ich habe doch versprochen, Euch demnächst aufzusuchen. Damit Ihr durch meinen Überfall jedoch keinen großen Aufwand habt, habe ich mir erlaubt, alles für ein kleines intimes Dinner mitzubringen.«

Ich hatte bereits gesehen, wie Bedienstete in dem kleinen Speisezimmer, in dem Vater und ich immer aßen, wenn keine Gäste im Haus waren, Schüsseln und Platten auf den Tisch stellten. Charles reichte mir seinen Arm, ich legte meine zitternde Hand darauf und folgte dem König in den Raum, den zahlreiche Kerzen in ein warmes Licht tauchten. Aus den Schüsseln stiegen köstliche Düfte. Ich nahm dem König gegenüber an dem kleinen Tisch Platz, und ein Diener legte mir die Speisen vor und schenkte roten Wein in mein Glas. Fassungslos blickte ich auf all die Köstlichkeiten: gebratenen Fisch, gebackenen Lachs, verschieden zubereitetes Fleisch vom Kalb, Hirsch und Lamm, Schweine- und Geflügelpasteten mit goldbrauner Kruste und viererlei Gemüse in Buttersoße.

»Ich hoffe, Euren Geschmack getroffen zu haben, Mylady.«

Auf ein Zeichen des Königs hatten plötzlich alle Diener das Speisezimmer verlassen und die Tür geschlossen. Ich war mit Charles allein. Er hatte einen guten Appetit, und auch ich, angeregt durch die köstlichen Gerüche, griff tüchtig zu. Irgendwie erinnerte mich die Situation an unsere Abendessen im *Valentine.*

Charles prostete mir zu und sagte:

»Ich habe Euch versprochen, Euch alles zu erklären, doch im Palast wären wir nie allein gewesen. So beschloss ich, Euch hier aufzusuchen. Ich hoffe, Ihr seid mir nicht böse.«

Ich schüttelte den Kopf.

»Nein, Majestät. Nun, die Situation ist vielleicht etwas ungewöhnlich, ganz gewiss jedoch nicht uninteressant. Nur schade, dass mein Vater nicht daran teilnehmen kann.«

»Ich muss gestehen, dass mir sehr wohl bekannt war, dass Lord Ragley heute zu einer Abendgesellschaft geladen ist. Ich wollte mit Euch allein sprechen.

Mylady, als Ihr mir mitteiltet, dass Ihr die Tochter meines alten Freundes Robert Wilborough seid, hatte ich zuerst meine Zweifel. Ich habe Euch als Schauspielerin, als sehr gute, zugegeben, aber eben doch als Schauspielerin kennen gelernt. Ich konnte auch nicht glauben, dass Ihr mich nicht als König erkannt habt. So lag die Vermutung nahe, dass Ihr die Situation nur ausnutzen und durch mich einen Schritt auf der Leiter nach oben machen wolltet.«

»Aber Majestät ...«, unterbrach ich ihn erregt, doch mit einer Handbewegung gebot er mir, ihm weiter zuzuhören.

»So machte ich Euch dieses ... nun ja ... wirklich nicht ehrenhafte Angebot. Ich wusste, eine Schauspielerin mit den genannten Absichten würde ohne zu zögern darauf eingehen. Eine Patricia Wilborough aber würde mein Ansinnen empört zurückweisen, was Ihr ja auch getan habt. Von der wahren Tochter Robert Wilboroughs hatte ich nichts anderes erwartet. Überzeugt, dass Ihr die Wahrheit sagt, wollte ich das Missverständnis natürlich sofort aufklären. Euer Schlag aber hat mich gezwungen, meine Kräfte wieder zu sammeln. Und danach wart Ihr auch schon fort.«

Zunehmend beschämt hatte ich seinen Worten gelauscht. Was er mir erzählte, klang logisch und nachvollziehbar. Ich erhob mich, kniete vor seinen Stuhl und sah zu ihm auf. Ein Schauer durchlief mich, als ich ihm in die Augen blickte. Dieser Mann zog mich noch immer in seinen Bann, und am liebsten hätte ich mich in seine Arme geworfen. Doch vor mir saß nicht mehr ein einfacher Kaufmann aus Exeter, sondern der König von England.

»Majestät, ich kann nicht mehr tun, als mich aus tiefstem Herzen zu entschuldigen«, sagte ich und sah ihm offen ins Gesicht. »Hätte ich gewusst, wem ich diesen ... äh ... Schlag verpasse ... ich hätte nie...«

Er lachte laut auf.

»Ihr habt Euch genau so verhalten, wie es jede Lady getan hätte. Doch Ihr dürft nicht vor mir knien, Penny. Ich darf dich doch wieder Penny nennen, oder?«

»Sicher, Majestät.«

Er reichte mir die Hand und zog mich hoch. Nun stand ich ganz dicht vor ihm und hob den Kopf, um ihm in die Augen zu blicken. Charles legte einen Arm um meine Hüfte und sagte leise, die Stimme voller Wärme und Zärtlichkeit:

»Nein, nicht Majestät, wollen wir nicht wieder Penny und Will sein?« Er streichelte meinen Rücken und zog mich enger an sich. Mein Herz flatterte wie ein gefangener Vogel in seinem Käfig, und ich konnte mich seiner überwältigenden Männlichkeit nicht länger entziehen. »Vergiss die Majestät, nenn mich wieder Will, was zählt, sind wir zwei.«

Ich schmiegte mich an ihn. •

»Will«, flüsterte ich, dann verschlossen seine sinnlichen Lippen meinen Mund, und ich wurde geküsst, wie ich noch niemals zuvor einen Kuss empfangen hatte.

In dieser Nacht wurde ich die Geliebte von Charles

dem Zweiten, König von England.

Hatte ich erwartet, mein Vater zeige sich entsetzt über die gravierende Änderung in meinen Leben, so hatte ich mich getäuscht. Da Charles mir deutlich zu verstehen gab, diese Nacht würde kein Einzelfall bleiben, er wolle mich nun öfters aufsuchen, beschloss ich, es meinem Vater selbst zu sagen. Nicht auszudenken, wenn er auf der Straße erführe, dass seine einzige Tochter nun zum Kreis der Mätressen des Königs gehörte!

Mir war ziemlich flau im Magen, denn mit seiner Reaktion hatte ich nicht gerechnet. Vater wiegte einige Minuten stumm den Kopf hin und her.

»Liebst du den König?«, fragte er.

»Ich mag ihn sehr«, antwortete ich zögernd. Liebe? Bei dem Wort schlich sich deutlich Martin Blickland in meine Erinnerung, und mein Herz zog sich schmerzhaft zusammen. Fort mit den Gedanken, schalt ich mich. Mit meinem Leben hatte Martin nichts mehr zu tun, sicher würde ich ihn niemals wiedersehen. In den letzten Tagen hatte ich viel über den König nachgedacht. Vom ersten Augenblick an hatte er mich fasziniert, doch wenn ich ehrlich war, war es einzig seine starke körperliche Anziehungskraft. In meiner Ehe mit John hatte es mich stets große Überwindung gekostet, meinen ehelichen Pflichten nachzukommen. Bei Charles war das völlig anders! Durch ihn lernte ich eine Seite meiner Persönlichkeit kennen, von der ich keine Ahnung gehabt hatte. Ich war eine leidenschaftliche Frau geworden, begierig, die körperliche Liebe auszukosten. Ich sehnte mich nach seinen Berührungen, liebte es, mich an seinen starken, muskulösen Körper zu schmiegen. Konnte das mehr als Leidenschaft sein? War es überhaupt möglich, einen Monarchen zu lieben?

»Ich möchte nicht, dass du verletzt wirst, Patricia«, sagte mein Vater ernst. »Du darfst in deine Beziehung zum König nicht mehr hineininterpretieren, als sie in seinen Augen ist. Mach dir keine falschen Hoffnungen!«

»Falsche Hoffnungen?«, wiederholte ich erstaunt. »Wie meinst du das?«

»Er wird dich niemals heiraten, Kind. Selbst wenn Lady Castlemaine frei und unverheiratet wäre, könnte der König keine Verbindung mit ihr anstreben. Charles hat bereits als Kind lernen müssen, dass die Krone nicht für immer auf dem Haupt eines Königs sitzt. Nach der Tragödie mit seinem Vater ist es wohl bekannt, dass der König dem Willen des Volkes ausgeliefert ist. Charles haftet noch immer der Makel einer katholischen Erziehung durch Königin Henriette Maria an. Wenn er auch geschworen hat, der englischen Kirche verbunden zu sein, wird er mit Argusaugen beobachtet, ob er nicht heimlich doch den Papisten zugeneigt ist. So kann es für den König nur eine Entscheidung geben: Er muss mit der Prinzessin eines protestantischen Landes die Ehe schließen, um damit seine Position in Europa zu festigen. Ich weiß, dass entsprechende Gespräche bereits im Gang sind. Glaube mir, Pat, Charles macht sich keine Illusionen. Er weiß, dass er nicht König von Gottes Gnaden ist, sondern weil das englische Parlament es so beschlossen hat. Er wird alles tun, die Krone für sich und die Kinder, die er einmal haben wird, zu sichern.«

Ruhig hatte ich meinem Vater zugehört. Ich stimmte

mit ihm in allen Punkten überein.

»Ich habe niemals an eine Ehe gedacht«, murmelte ich. Nein, das hatte ich wirklich nicht, ich hatte überhaupt nicht vor, jemals wieder zu heiraten.

»Irgendwann wirst du bei Hof einen netten jungen Mann kennen lernen.«

Ich schüttelte heftig den Kopf.

»Vater, ich bin neunundzwanzig Jahre alt, verwitwet und habe bereits einem Kind das Leben geschenkt! Welcher Mann sollte wohl noch Interesse an mir haben?«

»Abwarten«, beruhigte mich Vater mit einem Lächeln. Doch ich konnte nur an einen Mann denken: Martin Blickland. Würde ich ihn denn nie vergessen können?

Das Jahr 1661 ging ruhig vorbei. Außenpolitisch befand sich das Land in einer guten Position. Am 23. April wurde Charles unter großem Aufwand in der Westminsterabtei gekrönt. Zwar regierte er bereits seit einem knappen Jahr, doch hatte man die Krönung absichtlich immer wieder verschoben, damit die ganze Welt sehen konnte, dass ein König auch ungekrönt regieren konnte.

Vater und ich nahmen unseren Platz hinten in der Abtei ein. Wenn ich den Kopf reckte, konnte ich die Zeremonie gut verfolgen. Der König schwor den Eid, die protestantische Religion im Land und die Freiheiten des Volkes zu erhalten. Dann nahm er auf dem Sankt-Edwards-Stuhl Platz und erhielt die Salbung mit dem heiligen Öl, so wie einst David von Samuel zum König gesalbt worden war. Schließlich nahm der amtierende Bischof die Sankt-Edwards-Krone vom Altar und setzte sie Charles aufs Haupt. Schaudernd zog ich die Schultern zusammen. Er kam mir wie ein Wesen aus einer anderen Welt vor – so prächtig, so sicher, so königlich! Kaum zu glauben, dass ich erst zwei Tage zuvor in seinen Armen gelegen hatte.

Die ganze Stadt zeigte sich in den prächtigsten Farben, und aus vielen öffentlichen Brunnen floss süßer Wein. Der Tag wurde zu einem einzigen Triumph für den König, der sich durch seine Freundlichkeit und Menschlichkeit in den letzten Monaten viele Freunde geschaffen hatte. Den Gegnern seines Vaters gegenüber hatte er sich großzügiger gezeigt, als man nach den schrecklichen Ereignissen erwartet hätte. Zwar waren alle, die das Todesurteil von Charles dem Ersten unterzeichnet hatten, nach einem kurzen Prozess hingerichtet worden, doch zu vielen, die ebenfalls beteiligt gewesen waren, sich dem König gegenüber jedoch loyal gezeigt hatten, war er äußerst gnädig. So auch gegenüber Richter Matthew Tomlinson, Gardeoberst und einer der Begleiter des Königs zum Schafott. Männer wie Tomlinson zählten nun zu den treuesten Anhängern des Königs. Ebenfalls ein enger Vertrauter von Charles war Edward Hyde, der den jungen Prinzen bereits auf seiner Flucht nach Jersey und später nach Frankreich begleitet hatte. James, Charles' jüngerer Bruder und Herzog von York, verliebte sich auf dem Festland in Hydes Tochter Anne. Als der Herzog von York Anne heiratete und es sich nicht mehr verheimlichen ließ, dass sie ein Kind erwartete, munkelte man in den Straßen der Stadt, es hätte wegen Anne Hyde einen regelrechten Familienkrach gegeben.

»Die Mutter des Königs ist mit dieser Heirat nicht einverstanden. Anne Hyde steht doch weit unter dem

Herzog.«

»Aber ihr Vater ist jetzt der Graf von Clarendon.«

»Man sagt aber, dass das Kind gar nicht von James ist ...«

Ich gab nichts auf die Gerüchte. Vor allen Dingen hatten sie nichts mit mir und Charles zu tun. Im Sommer 1661 war ich richtig glücklich. Charles besuchte mich in unregelmäßigen Abständen. Manchmal sahen wir uns zwei-, dreimal in der Woche, dann verging wieder ein Monat, in dem ihn Geschäfte davon abhielten, mich aufzusuchen. Natürlich wusste ich, dass er sich auch regelmäßig mit Barbara Palmer, Lady Castlemaine, traf, doch ich war nicht eifersüchtig, sondern genoss die Stunden, die ich mit Charles verbringen durfte. Es war keineswegs so, dass wir jedes Mal nur das Bett miteinander teilten. Oft speisten Charles und ich in intimer Zweisamkeit und führten anregende Gespräche. Nur über Politik äußerte er sich mir gegenüber nie, und ich fragte ihn nicht danach. Eines Abends erzählte er mir von Anne Hyde.

»Eine nette, ruhige Frau. Ich denke, sie wird auf meinen Bruder einen guten Einfluss haben.«

»Ich hörte, dass deine Mutter mit der Wahl nicht einverstanden war«, warf ich zögernd ein. Wenn Charles und ich allein waren, sprachen wir uns sehr vertraut an.

Er nickte betrübt.

»Ja, die Familie ist deswegen beinahe gespalten. Meine Mutter hat sich seit dem Mord an ihrem Mann sehr verändert. Ich bin ganz froh, dass sie in Frankreich ist und dort ein zurückgezogenes Leben führt.«

Wie so oft konnte ich es auch in diesem Moment beinahe nicht glauben, dass der Mann, der mir gegenübersaß und von seinen Familienproblemen sprach, der König war.

Ich genoss die Wochen in London in vollen Zügen. Häufig ritt ich an Vaters Seite aus, und alle grüßten mich mit großer Ehrerbietung. Wir wurden auch regelmäßig zu Empfängen und Bällen eingeladen. Keiner störte sich daran, dass ich zu den Geliebten des Königs zählte, im Gegenteil, mir wurde großer Respekt entgegengebracht.

Einmal traf ich im Hyde Park auf Lady Castlemaine. Sie saß in einer offenen Kutsche, ich auf meiner rotbraunen Stute. Ich konnte die Spannung der anderen, wie sich Lady Castlemaine wohl mir gegenüber verhalten würde, regelrecht spüren, doch sie war, wie ich, ganz Dame. Wir begrüßten uns höflich und plauderten einige Minuten über das anhaltend warme Sommerwetter. Dann lud sie mich unverbindlich, aber laut und für jedermann verständlich, ein, sie doch einmal zum Tee aufzusuchen. Ich bedankte mich für die Einladung, obwohl uns beiden klar war, dass ein solcher Besuch niemals stattfinden würde. Deutlich hatte ich Eifersucht in ihren dunklen Augen gesehen, und am liebsten hätte ich ihr versichert, dass Charles nie daran dachte, sie aufzugeben, ich also keine Gefahr für sie darstellte. Doch ein solch persönliches Gespräch würde zwischen uns niemals möglich sein.

Mein Vater war entsetzt, als er erfuhr, dass der König sich entschieden hatte, die portugiesische Prinzessin Katharina von Braganza zu heiraten.

»Sie ist Katholikin!«, rief er. »Ich hätte meinen Kopf darauf verwettet, dass er keine Papistin heiratet.«

Mir gegenüber hatte Charles die Situation bereits angesprochen. Er hatte sich, gegen den Willen einiger Parlamentsmitglieder, darunter auch Edward Hyde, für Katharina entschieden.

»Sie scheint still und sanft zu sein. Außerdem stammt sie aus einer guten und gebärfreudigen Familie. Es ist wichtig, dem Volk bald einen Thronfolger zu präsentieren. Katharina ist keine praktizierende Katholikin. Sie wird sich mühelos in die Sitten unseres Landes einfügen.«

Ich freute mich für Charles. Ob er die Liaison mit mir nach seiner Hochzeit fortsetzen würde, wusste ich nicht und wollte auch nicht darüber nachdenken.

Der Herbst zog langsam, doch unaufhaltsam ins Land. Wir hatten noch schöne, goldene Tage, aber die Abende waren bereits kühl. Mein Vater hatte sich eine Erkältung zugezogen und war gleich nach dem Abendessen zu Bett gegangen. Ich hoffte, dass er sich keine Lungenentzündung holte, doch Vater war zäh. Ein paar Tage Bettruhe und kräftige Suppen von der Köchin Emma – dann kam er schon wieder auf die Beine.

Ich verspürte noch keine Müdigkeit und schlenderte durch unseren parkähnlichen Garten, dessen Wiesen terrassenartig zur Themse hin abfielen. Blutrot spiegelte sich die untergehende Sonne im Wasser. Tief atmete ich die frische Abendluft ein und dachte, dass ich mit meinem Leben eigentlich rundum zufrieden war. Da hörte ich plötzlich einen leisen Pfiff. Suchend blickte ich mich um. Da war es wieder!

»Pst«, flüsterte jemand. Der Laut kam aus der Gartenlaube, die hinter einer Tannengruppe verborgen war.

Mein Herz klopfte, doch ich spürte keine Angst. Langsam ging ich zu der Laube. Dort stand ein Mann, deutlich konnte ich seine Umrisse erkennen.

»Patricia«, hörte ich meinen Namen flüstern. »Endlich kommst du. Ich warte hier schon seit Stunden.«

Fassungslos starrte ich den Mann an. Das konnte nicht sein! Sicher war es nur ein Traum, und ich würde gleich aufwachen und in meinem Bett liegen.

»Martin Blickland«, stieß ich schließlich heiser hervor. »Was in aller Welt machst *du* hier?«

Martin vergewisserte sich mit einem Blick, dass uns niemand beobachtete, dann griff er nach meinem Handgelenk und zog mich in die Laube.

»Ich bin in Schwierigkeiten und wusste nicht, an wen ich mich wenden kann. Du musst mir helfen, Patricia!«

»Ich ... dir ... helfen?«

Noch immer schien mir die Situation völlig unreal. Inzwischen war die Dunkelheit hereingebrochen, so konnte ich Martins Gesichtszüge nicht erkennen, ich bemerkte aber, dass er einen Bauernkittel trug. Wo war die puritanische Kleidung? So viele Fragen brannten auf meinen Lippen.

»Wie geht es Dorothy?«, stieß ich hervor. »Warst du in Blickland Hall? Hast du ihr geholfen?«

Martin lachte leise auf. Mein Gott, wann hatte ich ihn zum letzten Mal lachen gehört?

»Gute, alte Patricia! Du denkst immer zuerst an die anderen. Ja, ich war in Blickland Hall, komme direkt von dort, aber meine Schwester hat mir nicht helfen können.«

»Worum geht es, Martin? Was ist mit dir los?«

»Ich brauche Geld. So viel wie möglich. Und, Patricia ... ich weiß nicht, ob ich es dir jemals zurückzahlen kann.«

»Geld? Wofür?«

»Das braucht dich nicht zu kümmern. Ich muss für eine Weile verschwinden. Vielleicht verlasse ich sogar das Land.«

Meine Verwirrung wurde immer stärker. Schnell dachte ich daran, dass ich über einen Beutel mit Goldstücken verfügte. Er lag in einer Truhe in meinem Zimmer. Aber warum sollte ich Martin Blickland helfen? Ihm, der mich in entscheidenden Augenblicken meines Lebens doch immer verlassen, ja regelrecht zurückgestoßen hatte.

»Was ist mit deiner Familie? Deiner Frau?«

»Jane ist tot. Sie starb bei der Geburt unseres Sohnes. Auch er hat nur wenige Tage gelebt.«

Ich hörte Trauer in seiner Stimme, die mir ins Herz schnitt. Sicher hatte er es in seinem Leben auch nicht leicht gehabt. Selbstverständlich würde ich ihm helfen. Gerade wollte ich ihm das mitteilen, als ich eine Frauenstimme laut rufen hörte:

»Mylady! Lady Ragley! Befindet Ihr Euch im Garten?«

Ich legte den Finger auf die Lippen und gebot Martin, sich ruhig zu verhalten. Die Stimme kam immer näher, bald würde die Person uns in der Laube entdeckt haben. Also trat ich hinaus und erkannte eines der Dienstmädchen.

»Hier bin ich. Was liegt an?«

Das Mädchen war aufgeregt und rief:

»Der König! Mylady, der König ist im Haus!«

»Verdammt«, murmelte ich. Ich hatte heute nicht mit einem Besuch von Charles gerechnet. »Es ist gut. Servier ihm den besten Wein, ich werde in ein paar Minuten bei ihm sein.«

Ich wartete, bis das Mädchen aus meinem Blickfeld verschwunden war, dann wandte ich mich wieder an Martin.

»Warte hier, ich komme zurück, sobald ich kann.« Plötzlich überfiel mich Panik, dass Martin gehen könnte. Ich klammerte mich an seinen Arm. »Bitte, versprich mir, dass du hier auf mich wartest.«

Er nickte, und ich lief ins Haus. Charles erwartete mich in der Halle. Er nahm mich in seine Arme und küsste mich zärtlich, doch ich war in Gedanken noch bei Martin in der Gartenlaube und reagierte ziemlich abweisend. Charles bemerkte sofort, dass etwas nicht stimmte.

»Mein Besuch scheint ungelegen zu kommen, Penny«, sagte er in vorwurfsvollem Ton. »Du scheinst auch erhitzt zu sein. Deine Wangen sind ganz rot.«

Reiß dich zusammen, sagte ich mir, wozu bist du schließlich Schauspielerin gewesen.

»Mein Vater ist krank«, antwortete ich, um einen ruhigen Ton bemüht. »Ich fürchte, mich bei ihm angesteckt zu haben. Den ganzen Tag über fühle ich mich bereits unwohl.«

Charles sah mich zärtlich an.

»Du hast bestimmt Fieber und gehörst ins Bett.« Er nahm mich erneut in seine Arme, doch diesmal blieb die Leidenschaft, die mich sonst bei seinen Berührungen ergriff, aus. Meine Gedanken drehten sich um Martin und die bange Frage, ob er tatsächlich im Garten wartete. Ich wollte noch so viel von ihm wissen. Charles spürte meine Ablehnung. Resigniert ließ er mich los. »Ich sehe, du bist heute wirklich nicht in Stimmung. Schade. Aber allein wegen des köstlichen Weins hat sich der Ritt hierher gelohnt.«

Ich lächelte und fasste mir an die Stirn. Sie glühte tatsächlich, doch nur ich wusste, dass es kein Fieber war.

»Es tut mir Leid, aber ich glaube wirklich, ich werde krank.«

Charles wechselte noch ein paar höfliche Worte mit mir, trank den Wein aus und verließ mich wieder. Ich hatte ihn enttäuscht, aber darauf konnte ich nun keine Rücksicht nehmen. In meinem Kopf kreiste nur der Gedanke an Martin. Kaum hörte ich die Hufe seines Pferdes und die seiner Begleiter den Hof verlassen, rannte ich in mein Zimmer, nahm den Beutel mit dem Geld aus der Truhe und kehrte zur Gartenlaube zurück. Mein Herz tat einen Sprung, als ich sah, dass Martin tatsächlich gewartet hatte. Ich gab ihm den Beutel.

»Das ist alles, was ich habe. Mein Vater liegt krank im Bett und schläft sicher schon. Ihn kann ich heute nicht mehr um Geld bitten. Außerdem wüsste ich nicht, was ich ihm sagen sollte.«

Martin wog den Lederbeutel in der Hand.

»Danke«, sagte er schlicht.

»Aber jetzt möchte ich wissen, was eigentlich los ist. Wofür brauchst du das Geld?«

Der Mond war zwischenzeitlich aufgegangen und schien Martin ins Gesicht, so konnte ich seine Züge gut erkennen. Er hatte sich kaum verändert, er war zwar älter geworden, hatte aber nichts von seiner Attraktivität verloren.

»Dann ist es also wahr«, sagte Martin, ohne auf meine Frage einzugehen.

»Was ist wahr?«, fragte ich erstaunt.

Plötzlich veränderte sich seine Miene, und er sah mich zornig an.

»Dass du die Geliebte des Königs bist«, stieß er zwischen zusammengepressten Zähnen hervor. »Das pfeifen ja alle Spatzen in London von den Dächern.«

Ich wich einen Schritt zurück.

»Das geht dich nichts an, Martin Blickland«, erwiderte ich scharf. »Ich habe dir Geld gegeben, obwohl ich wirklich nicht weiß, warum. Und jetzt verschwinde wieder!«

Mühsam versuchte ich die Tränen zu unterdrücken. Weil Martin sie nicht sehen sollte, wandte ich ihm brüsk den Rücken zu. Sanft spürte ich seine Hand auf meiner Schulter.

»Du hast Recht, es geht mich wirklich nichts an. Ach, Patricia, ich sehe immer noch das kleine Mädchen vor mir, das mit wehenden Haaren über die Felder von Blickland galoppiert ist.« Martins Stimme klang zärtlich.

Gerührt ergriff ich seine Hand. Auch ich fühlte mich einen Moment in die Zeit zurückversetzt, als wir jung und unbeschwert waren.

»Wir haben die arme Dorothy immer abgehängt. Sie hatte keine Chance, mit uns Schritt zu halten«, flüsterte ich und schmiegte meine Wange in seine Hand. »Manchmal wünsche ich mir, die Zeit zurückzudrehen und das alles noch einmal erleben zu dürfen.«

»Dann hol dein Pferd«, sagte Martin kurz.

»Mein Pferd?«, fragte ich erstaunt. Martin nickte, und seine Augen glänzten.

»Lass uns fortreiten! Wir wollen für ein paar Stunden in die Vergangenheit zurückkehren.«

Es war verrückt, doch als ich Minuten später neben Martin an der Themse entlang nach Westen galoppierte, fühlte ich mich frei und unbefangen wie schon lange nicht mehr. Ich beobachtete Martin im Schein des Mondes. Ja, das war er wieder, der Held meiner Kindheit, die Erfüllung all meiner Träume. Sein Gesicht und seine Haltung hatten alles Puritanische verloren, er war einfach ein junger Mann, der dem Pferd ausgelassen die Sporen gab.

Wir veranstalteten ein Wettrennen. Als Kind hatte er mich oft gewinnen lassen, doch jetzt schonte er mich nicht.

»Wer zuerst bei der Scheune ist«, rief er und hieb seinem Pferd die Hacken in die Seite. Meine Stute konnte gut mithalten, und nur eine Nasenlänge hinter ihm erreichte ich die Scheune. Schwer atmend glitt ich aus dem Sattel. Martin fing mich in seinen Armen auf. Meine Wangen glühten, mein Herz klopfte bis zum Hals, nicht wegen einer Krankheit, wie ich Charles gegenüber behauptet hatte, sondern ganz einfach vor Glück, unbeschreibbarem Glück. Ich war wieder das vierzehnjährige Mädchen und Martin der unbeschwerte junge Mann, dem meine ganze Liebe gehörte.

Wir beschlossen, in der Scheune zu rasten. Drinnen war es angenehm warm, und es duftete nach frischem Heu. Martin strich mir zärtlich eine Haarsträhne, die sich aus der Frisur gelöst hatte, aus dem Gesicht.

»Kleine Pat«, flüsterte er. »Welche Illusionen und Pläne hatten wir damals. Was ist bloß aus uns geworden?«

»Pst!« Ich legte meinen Zeigefinger auf seinen Mund. »Jetzt sind wir wieder jung, wenn auch nur für ein paar Stunden.«

Es genügte mir in diesem Augenblick, dass Martin und ich zusammen waren. Er lächelte, als hätte es die hässlichen Worte und die Jahre der Trennung nie gegeben.

»Weißt du noch?«, begann Martin, und lachend erinnerten wir uns, wie wir Dorothy einmal eine dicke, fette Spinne ins Bett gesetzt hatten. Danach folgte das nächste »Weißt du noch?«, und eine Tür nach der anderen, die ich für unwiderruflich verschlossen gehalten hatte, tat sich auf. Irgendetwas tief in meinem Inneren meldete sich einer Alarmglocke gleich, doch ich verdrängte es und stürzte kopfüber in die glückselige Flut der Erinnerungen. Unter dem Zauber seiner warmen Stimme verschwanden die kahlen, rohen Wände der Scheune, wurden zu goldbespannten Mauern eines Palastes, dem Palast der Träume. Wir ritten wieder zusammen auf schmalen Wegen über Land, durch einen längst vergangenen Sommer. Ich hörte das Schnauben der Pferde, das Zirpen der Grillen und den Gesang der Vögel, die über uns in den Bäumen nisteten. Wir lachten sorglos, trösteten Dorothy, die mit ihrem Fuß in einen Kuhfladen getreten war, und die Sonne brachte Martins blondes Haar zum Leuchten.

Plötzlich schwieg er. Wir sahen einander in die Augen. Zwischen uns lag die verlorene Jugend, die wir damals im Glauben, es müsse auf ewig so bleiben, geteilt hatten.

Als Martin mich küsste und in das weiche Heu hinunterzog, kam es für mich nicht überraschend. Es gehörte zu unserer Vergangenheit, zu der Besonderheit dieser Nacht. Die Vereinigung mit meiner Jugendliebe, von der ich seit Jahren geträumt hatte, war nicht wild und leidenschaftlich, sondern geprägt von einer unendlichen Zärtlichkeit. Tränen rollten über meine Wangen, Tränen des Glücks und des unendlichen Friedens. Ich war endlich zu Hause angekommen.

Der Morgen dämmerte langsam herauf. Es würde wieder ein schöner, sonniger Tag werden. Ich betrachtete den geliebten Mann neben mir, sah, wie seine Brust sich in regelmäßigen Abständen hob und senkte. Er schlief noch tief und fest. Jetzt erkannte ich die Fältchen um seine Augen und um die Mundwinkel. Zart strich ich darüber. Ich liebte ihn so sehr! Ach, das Leben würde von nun an herrlich werden! Wir würden natürlich in Blickland Hall leben, das Haus war groß genug. Vater würde uns gewiss die nötige Unterstützung geben, und wir würden aus dem Anwesen wieder ein großes Gut machen. Vielleicht würde Vater sogar mit uns aufs Land ziehen. Wenn nicht, würden Martin und ich ihn recht oft in London besuchen. Ich freute mich darauf, Dorothy wiederzusehen und bald mit meiner Freundin unter einem Dach zu leben. Die Heirat könnte bald sein, wozu noch warten? Martin und ich kannten uns schon so lange, hatten viel Zeit vergeudet. Jetzt lag der Rest unseres Lebens gemeinsam vor uns.

Martin erwachte, als ihn ein Sonnenstrahl an der Nase kitzelte.

»Guten Morgen, Liebling«, sagte ich lachend und

wollte mich an seine Brust schmiegen, doch Martin sprang mit einem Satz hoch und blickte sich entsetzt um.

»Um Gottes willen, bereits so spät! Warum hast du mich nicht früher geweckt?«, herrschte er mich mit kaltem Blick an. Ich wich erschrocken zurück.

»Ich habe selbst bis eben geschlafen.«

Martin zog sich hastig an und vergewisserte sich, dass der Lederbeutel mit dem Geld noch in der Jackentasche steckte. Mich würdigte er mit keinem Blick. Sein Gesicht wirkte wie aus Stein gemeißelt, keine Regung zeigte sich in seinen Augen.

»Wo willst du hin?«, fragte ich.

»Das ist nicht wichtig. Ich sollte schon längst fort sein, bei Sonnenaufgang hatte ich eine Verabredung. Hoffentlich klappt jetzt noch alles.«

War das der Martin, mit dem ich vor wenigen Stunden die größte Zärtlichkeit meines Lebens erlebt hatte? Hatte er denn vergessen, was zwischen uns gewesen war?

»Du kommst doch wieder?«, fragte ich mit bangem Herzen.

Jetzt warf er mir endlich einen kühlen Blick zu.

»Ich glaube nicht. Du kannst doch sicher alleine zurückreiten. Ich habe jetzt wirklich keine Zeit mehr. Zudem ist es besser, wenn man mich nicht in der Stadt sieht.«

Ich stand auf und versuchte, mich an ihn zu schmiegen. Rücksichtslos stieß er mich so hart von sich, dass ich taumelte.

»Hör mit dem Quatsch auf, Patricia. Du solltest das, was zwischen uns geschehen ist, nicht überbewerten. Es war eine sentimentale Anwandlung, mehr nicht. Ich bin auch nur ein Mann und du eine anziehende Frau. Aber mach es wie ich: Vergiss diese Nacht ganz schnell!«

Wie ein Häufchen Elend kauerte ich auf einem Strohballen.

»Ich hatte gehofft, dass wir jetzt zusammenbleiben«, schluchzte ich.

Doch Martin lachte nur höhnisch auf.

»Wir beide? Ach, Patricia, wie kannst du nur so etwas denken! Du scheinst zu vergessen, dass du eine Hure des Königs bist. Ich schäme mich wirklich sehr, dass ich mich habe hinreißen lassen.« Er warf sich den Umhang um und machte sein Pferd los. »Vielleicht solltest du dich jetzt langsam anziehen und von hier verschwinden, bevor ein Bauer dich sieht. Es wäre doch sehr peinlich, wenn der gute Charles etwas von dieser prekären Situation erfahren würde. Könnte unangenehm für dich werden«, sprach er voller Spott und Hohn.

Einen Moment dachte ich, dass ich dazu fähig wäre, ihn umzubringen. Fast wünschte ich mir, eine Waffe zur Hand zu haben. Wie konnte er nur so mit mir sprechen? Wo war der Martin der letzten Nacht geblieben?

Er schwang sich aufs Pferd und klopfte noch mal an seine Jackentasche.

»Vielen Dank für das Geld. Leb wohl, ich denke nicht, dass wir uns jemals wiedersehen werden!«

Als er davongaloppierte, fühlte ich eine Welle von Übelkeit in mir aufsteigen. Wie in Trance kehrte ich nach Hause zurück. Es gelang mir, durch eine Seitenpforte ungesehen ins Haus zu schlüpfen. Ruhelos wälzte ich mich im Bett, und als meine Zofe kurze Zeit später kam, um mich zu wecken, rief sie erschrocken:

»Jetzt seid Ihr wirklich krank, Mylady! Ich lasse sofort nach dem Arzt schicken.«

Tatsächlich lag ich apathisch im Bett und litt die kommenden Tage unter starken Fieberschüben. Vater, der rasch genesen war, machte sich große Vorwürfe, mich angesteckt zu haben. Charles sandte mir eine Nachricht, dass er meine Krankheit bedaure, er würde mich aufsuchen, sobald mein Zustand sich gebessert habe. Ach, sie hatten ja alle keine Ahnung! Natürlich hatte die Krankheit auch eine gute Seite. Keiner fragte, warum ich immer wieder in Tränen ausbrach und so gut wie keine Nahrung zu mir nahm. Meine Gedanken drehten sich unentwegt um Martin, und ich merkte, wie meine Liebe in ein Gefühl des Hasses umschlug. Nur nach dem Tod meiner kleinen Tochter Roberta hatte ich mich so elend wie in diesen Tagen gefühlt.

Natürlich genas ich und suchte Trost an der Seite von Charles. Er war zärtlich und aufmerksam, doch es fiel mir immer schwerer, seine Berührungen zu ertragen. Wo war die Leidenschaft, die mich an ihn gefesselt hatte, geblieben? Ich erkannte, dass unsere Beziehung nur oberflächlich war, einzig mit Martin hatte mich die wahre Liebe verbunden. Es war so viel mehr als nur körperliche Anziehungskraft gewesen, unsere Seelen waren eins geworden. Das würde ich mit Charles nie erleben. Der König bemerkte meine Veränderung.

Da er selbst in diesen Wochen kaum Zeit erübrigen konnte, wurden seine Besuche seltener. Schließlich blieben sie ganz aus, und wir wussten beide: Unsere gemeinsame Zeit war vorüber. Sie hatte über ein halbes Jahr, länger als sonst bei Hof üblich, gedauert und sie war schön gewesen. Doch jetzt konnte ich meinen Körper und noch mehr mein Herz nicht länger Charles schenken. Wir trennten uns in aller Freundschaft, und der König versicherte mir, in ihm allzeit einen wahren Freund zu haben.

Vater schien über die Entwicklung nicht unglücklich zu sein. Insgeheim schmiedete er Pläne, mich mit einem Edelmann zu verheiraten.

Doch damit wollte ich mich nicht befassen, denn drei Monate nach der verhängnisvollen Nacht in der Scheune konnte ich meine Augen nicht mehr vor der Gewissheit verschließen, dass ich ein Kind erwartete.

Barstone Manor

Meine Augen verfolgten jede Bewegung des hoch gewachsenen, dunkelhaarigen Mannes, der so sicher und souverän die Tanzfläche beherrschte. Er drehte eine Dame um sich herum, wechselte zur nächsten, umfasste ihre schlanke Taille, hob sie hoch und gab ihr beim Niedersetzen auf den Boden einen leichten Kuss auf die Wange. Die Reihen wechselten, und der Mann hielt eine neue Tanzpartnerin im Arm. Mit seinem roten und goldenen Wams war er zweifellos der eleganteste Herr in der ganzen Halle. Er trug keine Perücke, sondern hatte das Haar zu einem Zopf im Nacken gebunden. Seine schlanken, aber muskulösen Beine steckten in weißen Seidenstrümpfen. Deutlich konnte ich das Klirren der goldenen Schnallen seiner Schuhe hören, wenn er routiniert die Tanzschritte setzte. Jede anwesende Frau, egal ob Jungfrau oder schon über fünfzig, warf Thomas Leech, dem Grafen Wentworth, schmachtende Blicke zu. Die Musik ging zu Ende, und graziös verneigte sich der Graf vor seiner Partnerin. Doch sogleich erklangen die nächsten Töne, und er führte eine andere Dame zum Tanz. Er wurde nicht müde, sich zu drehen und zu springen.

Wütend zerknüllte ich mein Taschentuch in den Händen. Obwohl ich es nicht wollte, war es mir unmöglich, meinen Blick von Thomas Leech zu lösen. Es ärgerte mich unsäglich, dass er keinen Tanz verschmähte und mich allein am Tisch sitzen ließ.

Wegen meiner fortgeschrittenen Schwangerschaft, die man schon deutlich sehen konnte, war es mir nicht mehr möglich, an dem fröhlichen Treiben teilzunehmen. Bei raschen Drehungen wurde mir schwindlig.

»Es ist eine Frechheit, wie er sich benimmt«, murmelte ich und bemühte mich, stolz und aufrecht, mit unbeteiligtem Blick, auf meinem Stuhl zu sitzen. Natürlich hatte Graf Wentworth jedes Recht, heute lustig und ausgelassen zu sein. Es war schließlich sein Hochzeitstag. Doch dass er mich so links liegen ließ, ärgerte mich maßlos. Es war ja auch mein Hochzeitsfest, denn vor wenigen Stunden hatte ich Thomas Leech geheiratet.

Zu meinem Erstaunen hatte Vater ganz gelassen auf die Mitteilung meiner Schwangerschaft reagiert.

»Nun, früher oder später war dies zu erwarten, mein Kind«, sagte er ruhig. »So setzt also unser guter Charlie einen weiteren Nachkommen in die Welt.«

»Charles?«, fragte ich überrascht und hob den Kopf.

»Ja, natürlich. Der Vater ist doch wohl der König, oder?«

Ich nickte schnell. O mein Gott, selbstverständlich ging jeder davon aus, dass ich ein Kind vom König erwartete. Irgendwie hatte ich diese Möglichkeit verdrängt. Vom ersten Augenblick an, als ich sicher war, mich in anderen Umständen zu befinden, hatte ich nur an die Nacht mit Martin gedacht. Doch schon zehn Tage nach diesen unheilvollen Stunden hatte ich das Bett wieder mit dem König geteilt. Ich strich über meinen noch flachen Bauch.

»In was für eine Welt wirst du geboren? Du bekommst eine Mutter, die nicht einmal weiß, wer dein Vater ist«, sprach ich in Gedanken zu dem aufkeimenden Leben in mir. Doch niemand hatte je etwas von Martins Besuch erfahren. Es würde immer unser Geheimnis bleiben.

»Was soll ich jetzt tun, Vater?« Verzweifelt barg ich mein Gesicht in, den Händen. Er strich mir beruhigend übers Haar.

»Es ist bekannt, dass König Charles gut für seine Kinder sorgt, Pat. Neulich hörte ich, dass auch die Castlemaine ein Kind erwartet. Niemand zweifelt daran, wer der Vater ist, und Charles soll sich unbändig auf den Nachwuchs freuen. Ich bin sicher, er wird sich um dich und das Kind kümmern.«

Vater hatte Recht. Es war keine Schande, ein uneheliches Kind auszutragen, wenn der König von England höchstpersönlich die Vaterschaft anerkannte. Lebte nicht sogar James, sein Sohn von Lucie Walter, am Hof und wurde in allen Bereichen so erzogen, wie es einem Edelmann gebührt? In diesem Moment wusste ich, dass ich niemals jemandem von Martin erzählen durfte. Wahrscheinlich machte ich mir unnötig Gedanken und Charles war tatsächlich der Erzeuger, doch der Schatten der Ungewissheit würde von nun an immer über mir schweben. Was passiert, wenn das Kind weder mir noch Charles ähnlich sieht, sondern mit zunehmendem Alter Martins Gesichtszüge immer deutlicher werden? Ich zwang mich, nicht weiter darüber nachzugrübeln. Ich hatte mich über alle Moralvorstellungen hinweggesetzt und musste nun so oder so die Konsequenzen tragen.

Sichtlich erleichtert und frohen Mutes kehrte mein Vater eine Woche später von einer Audienz beim König zurück.

»Ich soll dir die besten Glückwünsche und Grüße

Seiner Majestät ausrichten. Er freut sich sehr über deine Umstände und hofft natürlich, dass es ein Junge wird«, berichtete er lächelnd. »Und wenn ein Mädchen das Licht der Welt erblickt, so ist er überzeugt, dass es die Schönheit der Mutter erben wird. Das waren seine Worte.«

Ich zwang mich, ebenfalls zu lächeln.

»Wie schön, dass ich dem König zu einem weiteren Bastard verhelfen kann«, antwortete ich zynisch. Vater tat, als hätte er es nicht gehört. Er schenkte sich einen Whisky ein und nippte genüsslich an dem goldbraunen Getränk.

»Es wird eine Ehe für dich arrangiert«, fuhr er ruhig fort. »Ich bin sicher, der König trifft die richtige Wahl. Der Mann, anscheinend ein Graf, schuldet ihm einen Gefallen. Er wird sofort mit ihm sprechen, damit die Hochzeit bald stattfinden kann. Dein Kind wird ehelich geboren und, wenn es ein Sohn ist, als Nachfolger und Erbe anerkannt.«

»Was?« Ich sprang aus dem Sessel auf. »Ich soll einfach an jemanden verschachert werden? Nach dem Motto: Patricia Wilborough, von allerhöchster Stelle getestet und für gut befunden, ist eine achtbare Partie. Was macht es schon, dass sie des Königs Bastard in sich trägt? Vater, das kannst du doch nicht zulassen! Das wirst du doch nicht, oder? Vater, das darfst du nicht tun!«

Ich fiel vor ihm nieder und klammerte mich an seine Knie. Er sah mich an.

»Was haben wir für eine Wahl, Kind? Es scheint wirklich das Beste für dich zu sein.«

»Aber ich kann arbeiten! jährlich bekommen Dutzende von Frauen, die keinen Ehemann haben, Kinder. Wir haben ein Haus, sieh dich um! Uns geht es gut, viel, viel besser als vielen Frauen dort draußen.«

»Patricia, du scheinst etwas zu vergessen. Ja, wir haben dieses Haus, die Einrichtung, das Personal. Doch woher kommt das alles? Als ich vom Festland zurückkehrte, konnte ich nichts weiter als die Kleidung, die ich am Leibe trug, mein Eigen nennen. Der König gab mir unser Haus zurück und setzte für die Dienste, die ich ihm und seinem Vater geleistet hatte, eine Jahresrente aus. Wir leben also von Charles' Güte und Wohlwollen. Er hat bereits heute angedeutet, dass er, sollten wir uns seinen Wünschen nicht fügen, die Zahlungen durchaus reduzieren, wenn nicht gar einstellen wird.«

Entsetzt starrte ich Vater an.

»Das kann er doch nicht machen«, schrie ich mit hochroten Wangen.

Vater nickte.

»Er kann und er wird. Er ist der König und gewohnt, dass seinen Wünschen Folge geleistet wird. Es liegt ihm viel daran, dich in einer sicheren Ehe zu sehen.«

Ich sprang auf und klingelte nach einem Mädchen. Als sie erschien, rief ich:

»Bring mir meinen Umhang, aber schnell!«

Vater griff nach meinem Arm.

»Wo willst du hin?«

»Zum König natürlich! Ich werde ihn umstimmen, ihn an unsere gemeinsamen Stunden erinnern. Wir können doch weiterhin hier leben, so wie bisher, du, ich ...«, ich zögerte, »... und das Kind. Ich werde mich an keinen Mann verkaufen lassen.«

Das Mädchen erschien mit meinem Umhang, doch Vater nahm ihn ihr aus der Hand.

»Das wirst du nicht tun, Patricia. Glaube mir, ich kenne Charles seit vielen, vielen Jahren. Wenn du alles zerstören willst, dann erinnere ihn an eure gemeinsame Zeit. Genau das möchte er nämlich nicht. Die Sache ist vorbei, aber er ist bereit, dich gut zu versorgen. Lerne den Mann doch erst einmal kennen, vielleicht mögt ihr euch sogar.«

»Niemals!«, rief ich. Dann war es, als würde mir jemand einen heftigen Schlag in den Bauch versetzen. Laut schrie ich auf, dann wurde es dunkel um mich, und ich sank zu Boden.

In den folgenden Tagen dachte ich oft daran, wie leicht sich doch alle Probleme lösen würden, erlitte ich jetzt eine Fehlgeburt. Die Aufregung war zu viel für mich gewesen, der Arzt hatte mir strengste Bettruhe verordnet. Das Kind in mir war jedoch stärker als meine Verzweiflung. Oft träumte ich von Roberta. Dann schämte ich mich meiner Hoffnung, das Ungeborene zu verlieren. Gott schenkte mir ein neues Kind. Natürlich würde es Roberta niemals aus meinem Herzen verdrängen können, dennoch hatte auch dieses Kind ein Recht zu leben, ein Recht auf meine Liebe.

Wir erfuhren mehr über den Mann, der vom König als künftiger Gemahl ausgesucht worden war. Sein Name war Thomas Leech. Vor wenigen Monaten, nach dem Tod seines Vaters, hatte er den Titel des Grafen von Wentworth geerbt. Neben einem Stadthaus in der Nähe von Whitehall besaß er ein Schloss in Surrey mit riesigen

Ländereien und unzähligen Pächtern. So konnte man glauben, dass der Graf ein vermögender Mann war, doch weit gefehlt! Wie schon sein Vater huldigte auch Sir Thomas der Spielleidenschaft. Als er das Erbe antrat, war der Besitz bereits weit übers Dach verschuldet. Sir Thomas kümmerte das wenig.

Er genoss sein Leben in vollen Zügen, gab Unsummen, die er nicht besaß, für Kleidung und Feste aus. Die Rechnungen seines Schneiders und Weinhändlers waren endlos. So schaffte er es, sein Erbe binnen kurzer Zeit vollständig in den Bankrott zu führen. Einzig eine reiche Heirat oder die Unterstützung des Königs konnte den Besitz jetzt noch retten. Charles, der an dem Mann offensichtlich einen Narren gefressen hatte und Sir Thomas zu seinem engen Freundeskreis zählte, bot ihm an, er könne sich –durch die Heirat mit mir aller finanziellen Probleme entledigen. Anscheinend war Thomas Leech auf das Angebot eingegangen. Mir kam allerdings zu Ohren, dass er sich in Hofkreisen recht abfällig über mich geäußert hatte.

»Ein Lebemann«, seufzte ich. »Es muss doch noch eine andere Möglichkeit geben.«

Als es mir wieder besser ging und die Gefahr einer Fehlgeburt gebannt war, meldete das Mädchen eines Nachmittags den Besuch des Grafen Wentworth. Ich saß in meinem Zimmer und versuchte, mich auf ein Buch zu konzentrieren.

»Jetzt?«, fragte ich erstaunt. »Schick ihn weg. Er soll sich offiziell anmelden, vielleicht nächste oder übernächste Woche, wenn mein Vater im Haus ist.«

Das Mädchen druckste verlegen herum.

»Ah, ich glaube kaum, dass er sich abweisen lässt. Das ist ein richtiger Herr«, flüsterte sie mit roten Wangen. »Ich kann ihm das nicht sagen.«

»Nun gut«, seufzte ich und schlug das Buch mit einem Knall zu. »Ich empfange ihn im Salon.«

Ich konnte nicht verhindern, dass meine Knie plötzlich zu zittern begannen. Bevor ich hinunterging, prüfte ich im Spiegel mein Haar und meine Kleidung. Ärgerlich über mich selbst, schüttelte ich den Kopf. Was kümmerte mich, wie ich aussah, ich wollte ihn ja gar nicht heiraten.

Mit einem Ruck öffnete ich die Tür und trat mit hoch erhobenem Kopf ein. Sir Thomas stand mit dem Rücken an den Kaminsims gelehnt, die Hände locker in den Hosentaschen. Als er mich erblickte, kam er auf mich zu und küsste galant meine Hand, die ich ihm zitternd entgegenstreckte. Höchst erstaunt musterte ich ihn. In meiner Vorstellung war er ein alter, tattriger Mann mit faltigem Gesicht und krummen Beinen gewesen, Dorothys Gemahl, Ernest Wescott, nicht unähnlich. Jetzt sah ich mich einem gut gebauten, stattlichen Mann gegenüber, der mich um mindestens zwei Köpfe überragte. Sein Alter schätzte ich auf Mitte dreißig, in seinem Gesicht konnte ich keine Spuren eines ausschweifenden Lebens erkennen. Er trug keine Perücke, das schwarze Haar fiel locker auf die Schultern.

»So lernen wir uns also kennen«, brach er das Schweigen. »Ihr seht für Euer Alter erstaunlich jung aus. Ich bin angenehm überrascht.«

Mit einer Handbewegung bat ich ihn, Platz zu nehmen, ohne auf sein plumpes Kompliment einzugehen.

Wir setzten uns in die zwei Sessel vor dem Kamin.

»Warum geht ein Mann, wie Ihr es seid, auf das Angebot des Königs ein?«, fragte ich ihn geradeheraus. Mir blieb jetzt keine Zeit für höfliche Konversation, ich wollte die Fronten geklärt wissen.

Der Graf lachte. Dabei wurden in den Augenwinkeln einige Fältchen sichtbar, die ihm aber ausgezeichnet zu Gesicht standen, wie ich ärgerlich feststellte.

»Es ist ein gutes Geschäft, Lady Ragley.«

»Ihr wisst, dass ich bereits verheiratet war? Mein Mann starb an einem Herzanfall, er gehörte allerdings nicht dem Adelsstand an.«

Sir Thomas betrachtete seine Finger. Unwillkürlich folgte ich seinem Blick. Seine Hände waren wohlgeformt und gepflegt. Er nickte.

»Ihr werdet in Kürze den Titel einer Gräfin Wentworth tragen.«

»Das denke ich nicht«, antwortete ich kurz und ließ ihn nicht aus den Augen, doch in seinem Gesicht zeigte sich keine Regung.

»Unser guter Charlie hat mir bereits berichtet, dass Ihr eine sehr eigenwillige Person mit viel Feuer und Temperament seid. Aber ich kann das nur befürworten, das wird unserer Ehe etwas Würze geben. Natürlich werde ich Euer Kind, des Königs Bastard, als meinen Erben anerkennen, sollte es ein junge werden. Aber ich habe die Hoffnung, dass Ihr einem Mädchen das Leben schenkt. Das würde die Sache erheblich vereinfachen. Sie wird eines Tages eine gute Partie machen, und unser eigener Sohn wird meine Nachfolge antreten.«

»Unser Sohn?« Meine Stimme klang schrill. Unter

mangelndem Selbstbewusstsein litt Thomas Leech offensichtlich nicht. Er sprach so nüchtern und klar mit mir, als ginge es darum, eine Weinlieferung für den Haushalt zu bestellen.

»Ich hoffe sehr auf eigene Kinder, Lady … äh, also … ich werde Euch jetzt Patricia nennen, sagt einfach Thomas zu mir.«

Ich versuchte, einen hochmütigen Blick aufzusetzen.

»Dazu sehe ich keine Veranlassung, Lord Wentworth. Was der König und Ihr auch vereinbart habt, ich habe mein Einverständnis dazu nicht gegeben. Und hört auf, mich so unverschämt anzustarren.«

Während ich sprach, musterte er mich mit einem Blick, als würde er meine Kleidungsstücke einzeln ausziehen. Meine Abneigung gegen den Mann stieg von Minute zu Minute. Einen Augenblick dachte ich an Martin. Er hätte sich in Gegenwart einer Dame niemals so schamlos verhalten.

»Ach, Ihr zögert? Das ist aber nicht klug von Euch, Patricia. Seht Eure Situation mal realistisch: Ihr wurdet von unserem König geschwängert wie einige andere Damen zuvor. Doch Ihr seid nicht Barbara Castlemaine. Vielleicht habt Ihr den Körper von Charles erobert, nicht aber sein Herz. Sicher war da eine gewisse Sympathie vorhanden, doch das ist nun vorbei. Ihr erwartet ein Kind, habt jedoch keinen Ehemann. Eure finanzielle Situation ist von der Güte Seiner Majestät abhängig. Und jetzt seht mich: Ich bin der Erbe eines alten Besitzes, doch ich habe keinen Penny mehr, um ihn zu halten. Ich tue dem König den kleinen Gefallen und heirate seine abgelegte Mätresse, erkenne seinen Bastard als mein

Kind an und schwups ...«, er schnippte mit den Fingern, »sind wir all unserer Sorgen ledig. Wir können beide unser gewohntes Leben fortführen. Für Euch einzig mit dem Unterschied, dass Ihr in erster Linie auf Barstone Manor leben werdet.«

Es war eine lange Rede gewesen. Ungläubig, die Hände um die Sessellehne gekrallt, hatte ich ihm mit wachsender Wut zugehört. Er hatte anscheinend bereits alles geplant.

»Und wenn ich auf der Straße betteln gehen müsste ...«, rief ich. »Euch werde ich nicht heiraten!«

Er lachte laut, warf sein Haar mit einer eleganten Bewegung zurück und ergriff so schnell meine rechte Hand, dass ich nicht mehr die Möglichkeit hatte, sie zurückzuziehen.

»Dann gehen wir gemeinsam betteln. Wenn wir nicht heiraten, stehe ich vor dem Aus. Stellt Euch das mal vor, wir beide gemeinsam in Southwark, auf den Steinstufen einer Kneipe um Almosen bittend! Wir gehören beide nicht dorthin, also müssten wir uns zusammenschließen. Warum machen wir es nicht gleich und verzichten auf die Unannehmlichkeit des Bettelns?«

Widerwillig musste ich ihm einen gewissen Charme zugestehen. Was er sagte, war sicherlich richtig, doch mein Zorn und mein Trotz waren zu groß. Bereits einmal hatte ich nicht aus Liebe, sondern aus wirtschaftlichen Überlegungen geheiratet. Die Ehe war zwar nicht schlecht gewesen und sie hatte mir Roberta geschenkt, aber ich wollte um meiner selbst willen geliebt, begehrt und nicht wie eine Ware gemustert und begutachtet werden. Ruckartig entzog ich ihm meine Hand.

»Ich bitte Euch, jetzt zu gehen«, sagte ich unfreundlich. »Und glaubt mir – ich ziehe es vor zu betteln, als Euch meine Hand zu reichen. Ich habe schon unter wesentlich ärmlicheren Bedingungen gelebt als jetzt.«

Er erhob sich elegant und geschmeidig wie eine Katze. Ein spöttisches Lächeln lag auf seinen Zügen, als er zur Tür ging.

»Versucht es, Patricia, versucht es nur einen Tag, ach was sage ich, eine Stunde und dann entscheidet, was Euch lieber ist. Ihr wisst, wo Ihr mich findet.«

Er machte eine knappe Verbeugung, dann ging er laut lachend hinaus und zog die Tür hinter sich zu. Meine Hand suchte nach einem Halt, fand eine Vase und schleuderte sie ihm nach. Ich traf aber nur noch die Tür, an der die Vase in tausend Scherben zerschellte.

»Niemals!«, schrie ich.

Meine Finger krampften sich um den Becher mit dem warmen Milchpunsch. Gedankenverloren starrte ich die helle Flüssigkeit an, von der ich bisher nur genippt hatte.

»Er ist der unverschämteste Kerl, der mir jemals begegnet ist«, klagte ich. »Was soll ich nur machen? Ach Maud, womit habe ich das nur verdient?«

»Nun hör mal mit deinem verdammten Selbstmitleid auf«, schimpfte sie mich aus. Gute, alte Maud! Ich war ihr der ehrlichen Worte wegen nicht böse. Nein, sie musste ja so mit mir sprechen. »Pat, du bist kein Kind mehr. Dir muss von Anfang an klar gewesen sein, dass eine Beziehung zum König kein dich befriedigendes Ende nehmen kann.«

»König Charles!« Ich versuchte, meine Stimme nicht

mehr weinerlich klingen zu lassen. Es gelang mir nur zum Teil. »Ich sehe Will noch heute vor mir, wie er dort an der Wand lehnte, ach, warum war er nicht bloß ein einfacher Kaufmann! Wir hätten so glücklich miteinander werden können!«

Maud warf mir einen ärgerlichen Blick zu.

»Schluss jetzt, Patricia! Es ist nun mal so, wie es ist. Eigentlich meinte ich, dich so gut zu kennen, dass ich nie vermutet hätte, dich in der Vergangenheit schwelgen zu sehen.«

Sie hatte Recht. Wir saßen in meiner alten Garderobe des Theaters. In meiner Verzweiflung war ich zu Maud geflüchtet, voller Schuldbewusstsein, dass ich so lange keinen Kontakt mehr mit ihr gepflegt hatte. Großmütig, wie sie war, hatte sie mich bei sich aufgenommen und meine Geschichte still angehört.

»Hätte ich damals geahnt, dass hinter Wills Fassade Charles steckt, ich hätte mich niemals in ihn verliebt.«

Maud lachte.

»Und wenn *ich* erst gewusst hätte, wer dieser geheimnisvolle Gast war! Der König höchstpersönlich in meinem Theater! Welche Ehre!«

Maud berichtete, dass meine Nachfolgerin Harriet, ein junges Mädchen aus Greenwich, mit ihrer kraftvollen Stimme große Erfolge feierte. Das Theater lief gut, die Reihen waren Abend für Abend bis auf den letzten Platz besetzt.

»Dann hast du wohl keine Verwendung mehr für mich?«, fragte ich leise.

»Du meinst, ob du hier wieder auftreten kannst? Wie stellst du dir das vor, Pat? Das Publikum wird kaum eine schwangere Frau auf der Bühne sehen wollen.«

»Aber nach der Geburt kann ich doch wieder singen. Mein Vater könnte in meinem ehemaligen Zimmer wohnen, und ich wäre mit einer der Dachkammern zufrieden«, warf ich ein, doch Maud schüttelte den Kopf.

»Du weißt selbst, dass der Lohn, den ich dir zahlen kann, bei weitem nicht ausreicht, dich, ein Kind und einen alten Mann zu ernähren. Ach, Pat, auch wenn ich es unserer Freundschaft wegen tun würde, mir sind die Hände gebunden.«

Sie stand auf und holte aus dem angrenzenden Raum einen Brief. »Mir scheint, König Charles hat bereits geahnt, dass du versuchen wirst, eine Anstellung zu finden. Vor einigen Tagen erhielt ich dieses Schreiben, in dem mir vom Hof untersagt wird, dich wieder im Theater zu beschäftigen. Sollte ich es trotzdem tun, wird der König den Laden sofort schließen lassen.«

»Was?«, schrie ich auf und brach in Tränen aus. »Warum tut er mir das an? Sag es mir, Maud. Was habe ich ihm getan? Dabei haben wir uns einmal so gut verstanden, ja, ich glaubte sogar, ihn zu lieben. Ich möchte doch keine Almosen von Charles, ich möchte nur mein eigenes Leben führen.«

Maud streichelte beruhigend meine Hand.

»Ich denke, gerade weil du ihm am Herzen liegst, handelt er so. Der König kennt dich gut genug, um zu wissen, dass du für ein anderes Leben geschaffen bist, als dein Dasein als Schauspielerin mit einem unehelichen Kind zu fristen. Sei doch mal realistisch! Wie viele Jahre kannst du denn noch auf der Bühne stehen? Fünf? Zehn, wenn du Glück hast. Die Leute wollen junge Frauen sehen. Darum trete auch ich nicht mehr auf, halte mich im Hintergrund. Und was ist dann? Nein, nein«, Maud schüttelte den Kopf, »der König möchte, dass du im Leben die Stellung einnimmst, in die du hineingeboren wurdest. Ich bin sicher, er hat den Grafen Wentworth wohl überlegt für dich ausgewählt.«

»Und ich glaube, er will nur sein schlechtes Gewissen beruhigen, indem er mich durch eine Heirat zur Gräfin macht.«

Wir diskutierten noch mehrere Stunden. Ich hatte erwartet, von der Freundin mehr Unterstützung, zumindest in moralischer Hinsicht, zu erhalten. Stattdessen redete sie mir zu, Thomas Leech zu heiraten. Der Tiefschlag war natürlich des Königs Verbot, bei ihr jemals wieder aufzutreten.

Nachdem ich Maud verlassen hatte, lenkte ich meine Schritte zum nur wenige Straßenzüge entfernten Theater von Sir William D'Avenant. Die Truppe führte seit einigen Monaten mit großem Erfolg *Romeo und Julia* als Schauspiel auf. Ich wollte dort vorsprechen, auch wenn ich nur als Komparsin oder im Chor eine kleine Rolle bekommen konnte. Natürlich hatte Maud Recht, dass ich im fortgeschrittenen Zustand meiner Schwangerschaft nicht mehr auf der Bühne stehen konnte, aber ich wollte es zumindest versuchen.

Ehrfürchtig betrat ich den Zuschauerraum. Das hier war ein richtiges Theater, ganz anders als Mauds kleines Haus. Hier gab es keine Tische, nur zahlreiche Bänke und Stühle reihten sich hintereinander. Im ersten Stock lief ein Balkon über drei Seiten des Gebäudes, und die Bühne war groß und einladend. Langsam ging ich auf die Bühne zu, wo gerade eine Probe stattfand. Drei Schauspieler standen dort und ein Mann, der kritisch in das Textheft schaute. Von ihnen unbemerkt ließ ich mich auf einem Stuhl nieder und betrachtete voller Entzücken das Geschehen auf der Bühne. Gerade wurde die Begegnung zwischen den beiden Liebenden in Capulets Garten geprobt. Der bekannte Schauspieler Harris, der, wie ich zugeben musste, den Romeo mit viel Gefühl verkörperte, sprach:

»... Sich rücklings werfen, um ihm nachzuschaun,
Wenn er dahinfährt auf den trägen Wolken
Und auf der Luft gewölbtem Busen schwebt.«

Julia antwortete, und ich bemerkte, dass ihre Stimme belegt und krächzend klang:

»O Romeo! Warum denn, Romeo?
Verleugne deinen Vater, deinen Namen!
Willst du das nicht, schwör dich zu meinem Liebsten,
Und ich bin länger keine Capulet!«

Sie stieß die letzten Wörter regelrecht hervor, dann unterbrach ein heftiger Hustenanfall die weitere Probe.

»Sie müssen Ihre Erkältung endlich in den Griff bekommen, Miss Saunderson«, schimpfte der weißhaarige Mann, bei dem es sich sicher um Sir William D'Avenant handelte. »Wie wollen Sie heute Abend auftreten? Ach, es ist zum Haareraufen! Harris, mach als Romeo weiter!«

Der Angesprochene sprach seine Verse und wartete dann auf die Antwort der Julia. Doch Miss Saunderson wurde erneut vom Husten geplagt, dazwischen nieste sie kräftig und schnäuzte sich die Nase. Ohne nachzudenken, sprang ich auf und rief laut durch den Saal:

»Dein Nam' ist nur mein Feind. Du bliebst du selbst,
Und wärst du auch kein Montague.
Was ist denn Montague? Es ist nicht Hand, nicht Fuß,
Nicht Arm noch Antlitz noch ein andrer Teil.
Was ist ein Name? Was uns Rose heißt,
Wie es auch hieße, würde lieblich duften;
So Romeo, wenn er auch anders hieße,
Er würde doch den köstlichen Gehalt bewahren,
Welcher sein ist ohne Titel.
O Romeo, leg deinen Namen ab
Und für den Namen, der dein Selbst nicht ist,
Nimm meines ganz!«

Langsam war ich während des Monologs auf die Bühne zugegangen und stand jetzt im Licht Sir William gegenüber. Mit offenem Mund musterte er mich von oben bis unten.

»Was können Sie von der Rolle der Julia?«, fragte er mich in barschem Ton.

»Ich beherrsche den gesamten Text«, antwortete ich nicht ohne Stolz.

Er nickte nachdenklich und kratzte seinen struppigen, kurzen Kinnbart.

»Gut. Gehen Sie nach hinten und probieren Sie die Kostüme an. Dann proben wir die wichtigsten Stellen. In zwei Stunden ist die Vorstellung.«

Wie in Trance begab ich mich hinter die Bühne. Hier roch es nach frischem Holz und Farbe. Ich schlüpfte in das weiß-goldene Gewand der Julia, und dann probten wir noch eine Stunde. Sir William schien mit meiner Leistung zufrieden zu sein. Immer wieder murmelte er: »Gut, gut«, sah mich dabei aber nicht an. Nach der Probe wurde ein kleiner Imbiss und Wein gereicht. Die anderen Schauspieler musterten mich kritisch, doch ich hatte bewiesen, dass ich die Rolle der Julia beherrschte. Einzig die Saunderson sprach mich an.

»Glaube ja nicht, dass du jetzt die Rolle hast«, zischte sie mir mit heiserer Stimme zu. »Morgen bin ich wieder gesund, dann verschwindest du hier!«

Wie in einem Traum trat ich später auf die Bühne. Nie zuvor hatte ich vor so viel Publikum gespielt. Ich schätzte mindestens dreihundert Zuschauer, ausschließlich elegant gekleidete Frauen und Männer. Anscheinend wurde das Theater von Sir William in erster Linie von Mitgliedern des Hofes aufgesucht.

Es war ein überwältigender Erfolg. Mein Partner, Mister Harris, klopfte mir anerkennend auf die Schulter, und Mister Betterton, der den Mercurio verkörpert hatte, drückte mir fest die Hand.

»Sie waren großartig! Wie ist eigentlich Ihr Name?«

»Patricia Wilborough, Lady Ragley oder auch Penny Pat«, tönte es ärgerlich hinter mir. Erstaunt drehte ich mich um und sah einen äußerst erbosten Sir William auf mich zukommen. Sein Kopf war hochrot, und er wedelte nervös mit einem Blatt Papier. »Sie waren kaum dreißig Minuten auf der Bühne, als mir dieser Brief zugestellt wurde. Vom König höchstpersönlich! Ich weiß ja nicht, was Sie und der König für Differenzen haben, es interessiert mich auch nicht, auf jeden Fall untersagt er mir hiermit, Sie weiterhin auftreten zu lassen. Ansonsten muss ich mein Theater schließen.«

Den Tränen nahe, ließ ich mich auf einen Stuhl sinken. Harris reichte mir ein Glas Wasser, das ich dankbar trank. Charles machte also Ernst! Offensichtlich hatte er überall seine Spitzel, die mein Tun beobachteten und ihm Meldung machten. Es war eine Chance gewesen, eine große Chance, denn es war stadtbekannt, dass Sir William D'Avenant seine Schauspieler großzügig entlohnte.

»Verzeiht mir, Sir William«, murmelte ich und erhob mich langsam. »Ich wollte Euch keine Schwierigkeiten bereiten. Ich werde jetzt gehen und niemals zurückkehren, aber es ist für mich ein herrliches Erlebnis gewesen.«

»Und Sie sind eine wunderbare Julia«, antwortete Sir William und küsste meine Hand. »Unter anderen Umständen hätte ich Sie gerne in meiner Truppe begrüßt.«

Ich zuckte resigniert die Schultern. Beim Hinausgehen bemerkte ich den hämischen und triumphierenden Blick der Saunderson. Sie hatte ihre Rolle wieder.

In dieser Nacht schlief ich keine Minute. Ich musste mir eingestehen, dass es keine andere Wahl gab, als den Grafen zu heiraten. Des Königs Arm reichte weit. Er wollte, aus welchen Gründen auch immer, diese Ehe und würde nicht zögern, meinen Vater und mich zu vernichten. Ich hatte ein riskantes Spiel mit hohem Einsatz gespielt und verloren. jetzt musste ich meine Schulden bezahlen.

Am nächsten Tag schickte mein Vater einen Boten zum Grafen Wentworth mit der Mitteilung, die Hochzeit könne in vier Wochen stattfinden.

Vater hatte sich neben mich gesetzt. Seine Augen glänzten, wahrscheinlich hatte er dem Wein gut zugesprochen, und er schien sich prächtig zu amüsieren.

»Du siehst recht missmutig aus, Patricia«, tadelte er mich. »Es ist doch deine Hochzeit, und eine glückliche Braut muss lächeln.«

»Glückliche Braut«, rief ich, »ich wüsste nicht, warum ich heute besonders glücklich sein sollte.« Ich lächelte zynisch, und um meinen Mund bildete sich ein bitterer Zug.

Vater tätschelte beruhigend meine Hand.

»Na, na, Mädchen, so übel ist dein Mann nicht. Sieh dich doch mal hier um«, er machte eine raumgreifende Handbewegung, »das Schloss gleicht einem königlichen Palast. Du bist jetzt die Gräfin Wentworth und gehörst zu den ersten Familien des Landes. Ich bin überzeugt, es wird sich alles zum Guten wenden.«

Ich seufzte. Natürlich, Vater sah mich, mit einem unehelichen Kind im Bauch, nun gut versorgt und aller Sorgen enthoben.

»Mach dir keine Gedanken, Vater. Ich habe bereits einmal aus Vernunftgründen geheiratet und mich damit arrangiert. So wird es auch diesmal sein. Das Wichtigste ist jetzt mein Kind. Dafür nehme ich alles in Kauf.«

Vater stand die Erleichterung über meine Worte ins Gesicht geschrieben.

»So ist es richtig, Kind, und jetzt zeig deine Freude über das gelungene Fest.«

Ich schüttelte den Kopf.

»Es tut mir Leid. Ich halte mich zwar für eine leidlich gute Schauspielerin, doch hier versagt mein Talent. Deshalb werde ich mich jetzt zu Bett begeben.« Ich erhob mich, doch Vater drückte mich sanft auf den Stuhl zurück.

»Das kannst du nicht machen! Du als Hauptperson kannst deine eigene Hochzeit nicht vorzeitig verlassen!«

Ich schob seinen Arm beiseite.

»Doch, ich kann! Denn ich bin schwanger und fühle mich nicht wohl. Was soll ich noch hier? Tanzen kann ich nicht. Soll ich etwa weiterhin meinem Ehemann zusehen, wie er mit jeder Dame in diesem Saal flirtet? Nein, ich werde mich jetzt zurückziehen. Und, Vater ... es ist mir völlig gleichgültig, was die Leute denken, mein Ruf ist ohnehin ruiniert.«

Zu meinem Erstaunen lächelte Vater.

»Ah! Höre ich in deiner Stimme etwa Eifersucht? Welch gute Grundlage für eure Ehe.«

»So ein Quatsch«, murmelte ich und schob mich an Vater vorbei. Ich bemerkte sehr wohl die erstaunten Blicke einiger Gäste, als ich die Halle verließ, doch die meisten bekamen es gar nicht mit, dass ich mich zurückzog. Auch Thomas nicht. Er tanzte ausgelassen weiter und warf mir keinen Blick zu. Eifersüchtig! Pah! Meinetwegen konnte er die Nacht – unsere Hochzeitsnacht – mit einer anderen Frau verbringen! Es war mir gleichgültig, in welchem Bett er schlief, solange es nicht meines war.

Obwohl ich mir sicher war, dass Thomas mein Zimmer nicht aufsuchen würde, verriegelte ich die Tür hinter mir und drehte den Schlüssel im Schloss herum. So, die Fronten, wie unsere Ehe ablaufen würde, waren geklärt.

Trotz der Aufregungen des Tages fühlte ich noch keine Müdigkeit. Durch das geöffnete Fenster wehte ein Hauch der milden Winternacht. Mein Zimmer lag im zweiten Stock des Südflügels. Aus der Halle im nördlichen Teil drangen die Geräusche der Musik nur schwach zu mir. Ich sah mich in meinem Zimmer, meinem neuen Zuhause, um. Es war elegant und mit kostbaren, italienischen Möbeln eingerichtet. Bespannungen aus Seide zierten die holzverkleideten Wände, die Vorhänge und Teppiche waren in ihren Farben, grün, golden und weiß, harmonisch mit den Bettvorhängen abgestimmt. Den Frisiertisch, auf dem sich Bürsten und Kämme aus Silber reihten, zierte ein venezianischer Spiegel. Ich war so in meine Betrachtung versunken, dass ich fast zu Tode erschrak, als ich plötzlich ein Geräusch und eine Bewegung am Fenster wahrnahm.

»Wer ist da?«, flüsterte ich heiser.

Langsam schob sich ein Kopf durch das geöffnete Fenster. Gleichzeitig fiel mir ein, dass an der Außenmauer ein Spalier, an dem im Sommer wilder Wein rankte, vom Boden bis zu meinem Zimmer angebracht war. Ich wollte gerade um Hilfe schreien, als die Gestalt flüsterte:

»Pst, Patricia, ich bin es – Martin. Ich muss dich unbedingt sprechen.«

Fassungslos starrte ich den Mann an, der sich jetzt mit der Leichtigkeit, die ich immer an ihm geliebt hatte, durch den Rahmen schwang.

»Dieses Haus hat auch Türen und Treppen«, versuchte ich zu scherzen, um meine Verwirrung zu verbergen.

Martin lachte.

»Ja, das denke ich mir. Aber ich bevorzugte diesen Weg, weil es besser für dich ist, wenn mich niemand sieht. War übrigens gar nicht so leicht auszumachen, welches dein Zimmer ist. Das Schloss muss ja Dutzende haben.«

»Vierunddreißig«, murmelte ich und dachte, was für Unsinn ich redete. Ich holte tief Luft und fragte: »Was willst du hier?«

»Dir zur Hochzeit gratulieren. Wenn es einen Grund zur Gratulation gibt. Es ging ja ziemlich schnell, und wie ich sehe, wird es auch höchste Zeit.«

Martin ließ seinen Blick ungeniert über meinen Bauch schweifen. Ich widerstand der Versuchung, die Hände vor dem Körper zu verschränken.

»Na und?«, antwortete ich schnippisch. »Ich denke nicht, dass ich dir – ausgerechnet *dir* – Rechenschaft schuldig bin.«

»In London pfeifen es die Spatzen von den Dächern, dass du ein Kind vom König erwartest. Darum hat er schnell eine gute Partie für dich arrangiert.«

Ich wunderte mich, dass mich Martins Worte verletzten. Obwohl es stimmte, tat es weh zu hören, dass überall über mich geredet wurde. Zum ersten Mal war ich froh, fern von London auf dem Land zu sein.

»Was geht es dich an?«, fragte ich aggressiv. »Du hast dich noch nie darum gekümmert, wie es mir geht oder was aus mir wird. Also, was willst du?«

Martin ging unruhig im Zimmer auf und ab.

»Geld«, sagte er ohne Umschweife.

»Schon wieder? Was tust du damit?«

Aber Martin ging auf meine Frage nicht ein.

»Ich werde England verlassen«, sagte er stattdessen. »Vielleicht gehe ich in die Niederlande, da gibt es bereits große Puritanergemeinden. Aber ich brauche Geld für die Überfahrt.«

Ich schüttelte den Kopf.

»Ich habe dir bei deinem letzten Besuch alles gegeben, was ich hatte. Wie du weißt, habe ich erst heute geheiratet und verfüge noch nicht über eigene Mittel. Ich kann in meiner Hochzeitsnacht ja wohl schlecht zu meinem Mann gehen und sagen: ›In meinem Schlafzimmer ist ein Mann, der Geld braucht. Bitte gib mir etwas für ihn.‹«

»Du bist zynisch geworden, Patricia.«

Am liebsten hätte ich Martin eine der kostbaren Bürsten ins Gesicht geschleudert. Ich fühlte mich wie in einem Albtraum und wünschte, endlich aufzuwachen. Monatelang hörte ich nichts von ihm, und plötzlich stand er mitten in meinem Zimmer. Aber ich machte mir keine Illusionen. Er war nicht meinetwegen gekommen, er wollte nur mein Geld. Wahrscheinlich war ich die Einzige, an die er sich wenden konnte. Von Dorothy war ja nichts mehr zu holen.

»Wie geht es Dorothy?«, fragte ich.

Martin senkte die Augen.

»Äh ... ich habe sie seit längerer Zeit nicht mehr gesehen. Ich denke, es geht ihr gut.«

Eine maßlose Wut stieg in mir hoch.

»Es geht ihr nicht gut«, schrie ich ihn an. »Du hast sie und ihren kranken Mann völlig mittellos in Blickland zurückgelassen. Wenn mein Vater ihnen nicht geholfen hätte, wäre deine eigene Schwester bestimmt schon verhungert. Weißt du, was ich nicht verstehe, Martin? Dass Dorothy dich immer noch liebt. Dass sie immer noch an dich glaubt. Doch du bist ein grenzenloser Egoist!

Langsam komme ich zu der Überzeugung, dass du gar kein richtiger Puritaner bist. Du hast dich damals für diese Richtung entschieden, weil du Karriere machen wolltest. Durch die Heirat mit einer Cromwell hast du dich bei Oliver Cromwell eingeschlichen, weil du Macht wolltest.« Einen Moment hielt ich inne und presste die Hände auf meine erhitzten Wangen. Ich hasste ihn, das wurde mir in diesem Moment klar. Ich hatte Martin Blickland niemals wirklich geliebt, war nur einer süßen Erinnerung aus der Kindheit nachgelaufen. Aber ich war längst kein Kind mehr, hatte mehr erlebt als manch andere Frau. Ich riss den Deckel meines Schmuckkästchens auf und griff wahllos hinein. Dann warf ich Martin die Juwelen ins Gesicht. »Da! Das ist alles, was ich dir geben kann. Nimm es und verschwinde! Verschwinde endlich aus meinem Leben und lass dich niemals wieder bei mir blicken! Am besten, du gehst nicht nur aufs Festland, sondern gleich nach Amerika. Du wirst mich nicht mehr benutzen, Martin Blickland! Du nicht!«

Schwer atmend sank ich auf einen Stuhl. Ein scharfer Schmerz durchzuckte meinen Körper, und mir war speiübel. Martin sah mich erst erstaunt, dann böse an.

»Wie kannst du dir anmaßen, über mich zu urteilen?«, fragte er, und seine Stimme hatte alle Freundlichkeit verloren. »Sieh dich doch an, Patricia, oder soll ich Gräfin Wentworth sagen? Eine schöne Gräfin bist du! Hast dich auf der Bühne provozierend den Männern angeboten, bis du im Bett des Königs gelandet bist. Für ein paar Monate warst du seine Gespielin, bis die Nächste an der Reihe war. Pech für dich, dass du schwanger geworden bist. Hast dich dann verkaufen lassen, damit das Kind einen Vater hat, obwohl alle Welt weiß, wer der wahre Erzeuger ist. Du bist nicht mehr als eine billige Hure, *Lady* Wentworth!«

Ich hätte ihm ins Gesicht spucken können, denn noch nie hatte mich ein Mensch so sehr beleidigt. Doch ich war nicht in der Lage aufzustehen. Die Schmerzen wurden unerträglich, und ich merkte, wie mir Tränen über die Wangen liefen. Im Grunde hatte Martin Recht. Seine Worte waren verletzend, doch sie entsprachen der Wahrheit. Der Wahrheit? Nein, nicht ganz. Ich weiß nicht, welcher Teufel mich ritt, auszusprechen, was ich niemals irgendjemandem sagen wollte, was für immer und ewig mein Geheimnis bleiben sollte.

»Du ziehst gar nicht in Erwägung, daran zu denken, dass es *dein* Kind sein könnte?« Meine Stimme war nicht mehr als ein Flüstern, fast meinte ich, ich hätte die Worte nur gedacht. Doch Martin hatte sie genau verstanden. Er starrte mich an, begann langsam den Kopf zu schütteln und ungläubig zu lächeln.

»O nein, Patricia, das hängst du mir nicht an! Jeder weiß, wie oft Charles dein Bett aufgesucht hat. Das, was damals zwischen uns geschehen ist, hat keine Bedeutung, gar keine!«

»Es wird dir vielleicht ähnlich sehen«, sagte ich gequält und presste die Hände auf den Bauch. Martin schien von meinen Schmerzen nichts zu bemerken.

»Ich bin sicher, das wird es nicht. Hoffentlich wird es kein Mädchen, es könnte ja dem König ähnlich sein. Es wird ohnehin schwierig genug werden, dieses Kind später standesgemäß zu verheiraten, wenn es dann noch hässlich ist …«

»Genug«, zischte ich. »Geh jetzt! Sofort! Nimm meinen Schmuck und verschwinde!«

Ich richtete mich schwerfällig auf, trat auf ihn zu und wollte ihm ins Gesicht schlagen, doch Martin wehrte den viel zu schwachen Schlag ab und stieß mich zurück. Ich taumelte, stolperte rückwärts über einen Fußschemel und stürzte mit dem Rücken hart auf den Boden. Mein Körper durchfuhr ein Schmerz, als würde er mit glühenden Zangen in tausend Stücke zerrissen.

»Martin«, stöhnte ich, doch er war bereits mit einem Satz aus dem Fenster und fort, natürlich nicht, ohne meinen Schmuck mitgenommen zu haben.

Einer Ohnmacht nahe, krümmte ich mich auf dem Boden. Plötzlich bemerkte ich die Feuchtigkeit zwischen meinen Beinen. Ich tastete dorthin und starrte entsetzt auf meine Hand, die voller Blut war. Zu kraftlos, um laut zu schreien, erinnerte ich mich, dass ich die Tür verriegelt hatte. Unendlich weit erschien mir der Weg zur Tür, aber ich wusste, ich musste sie öffnen, sonst wäre ich verloren. Gepeinigt von unsäglichen Schmerzen, robbte ich Zentimeter für Zentimeter auf dem Boden durch das Zimmer. Die Sinne drohten mir zu schwinden. Unter Aufbietung meiner letzten Kräfte gelang es mir schließlich, den Schlüssel im Schloss zu drehen und den Riegel zurückzuschieben. Danach packte mich erneut ein heftiger Schmerz, die Blutlache unter mir wurde immer größer. Verzweifelt versuchte ich zu schreien, dann senkte sich Dunkelheit um mich.

In den nächsten Tagen war ich dem Tode näher als dem Leben. Verschwommen nahm ich wahr, dass ich mein Kind verloren hatte. Ich litt unter wirren Fieberträumen. Oft sah ich Roberta. Sie winkte mir zu und rief: »Mami, komm zu mir!«

Ich streckte die Hände nach der kleinen Gestalt aus und erwiderte: »Ja, mein Liebling, ich komm zu dir!« Dann wurde ich kräftig geschüttelt, und eine Stimme sagte eindringlich:

»Du wirst nicht gehen, Patricia, hörst du, du wirst bei uns bleiben!«

War es Thomas' Stimme? Ach nein, das konnte wohl nicht sein, dass er an meinem Bett wachte. Und doch meinte ich, in wachen Augenblicken seine Gestalt zu erkennen.

Wie ich später erfuhr, ließ Thomas die besten Ärzte Englands an mein Bett kommen. Sogar der König schickte seinen Leibarzt. Man flößte mir Medizin ein, die ich widerwillig schluckte, denn ich wollte nicht mehr leben. Wegen des hohen Blutverlusts, den ich erlitten hatte, gab man mir keine allzu große Chance. Einzig, wenn mein Vater am Bett saß, war es, als ob ein kleines Fünkchen Lebenswille in mir flackerte. Und tatsächlich – das Schicksal hatte mich noch nicht für den Tod bestimmt.

Endlich befand ich mich auf dem Weg der Besserung. Körperlich erholte ich mich gut, doch seelisch war etwas in mir zerbrochen. Ich haderte mit meinem Schicksal.

»Warum schon wieder? Warum, Gott?«, rief ich in die Dunkelheit meines Zimmers. »Warum nimmst du mir alles, was ich jemals geliebt habe?« Vor ohnmächtigem Zorn ballte ich die Fäuste, so dass sich die Nägel ins Fleisch gruben. War dies jetzt die Strafe, dass ich mir das Kind zuerst nicht gewünscht hatte? Dass ich nicht mit Bestimmtheit sagen konnte, wer der Vater war? Und doch hatte ich all meine Liebe auf das kleine Wesen gerichtet. Das Kind hätte mein ganzer Lebensinhalt werden sollen. Ich sehnte mich so nach einem festen Platz, einem Zuhause. Zwar war ich mit einem ungeliebten Mann verheiratet worden, aber ich wohnte in einem herrschaftlichen Schloss. Wie sehr hatte ich mich auf das Kind gefreut. Unbändiger Zorn auf Gott und grenzenloser Hass auf Martin bemächtigten sich meiner. In meinem bisherigen Leben hatte ich schon viele Schicksalsschläge erlitten, doch jetzt wurde ich verbittert. Falten gruben sich links und rechts der Mundwinkel ein, und wenn ich lächelte, so war es höchstens zynisch oder ironisch.

Thomas suchte mich bald täglich auf. Verwundert nahm ich zur Kenntnis, dass er mir gegenüber aufmerksam und freundlich war.

»Es ist schön, dass es dir wieder besser geht«, sagte er schlicht und berührte kurz meine Hand. Ich zog sie weg, als hätte ich glühendes Eisen berührt.

»Warum?«, fauchte ich ihn an. »Wäre ich gestorben, hätte das all deine Probleme gelöst.«

»Ich habe keine Probleme, Patricia.«

»Ach, nein? Du hast mich doch nur geheiratet, um an eine hübsche Summe Geld zu kommen«, warf ich ihm vor. »Als Witwer wärst du von jedem aufrichtig bedauert worden. Du müsstest jetzt keine Rücksicht auf deine Ehefrau nehmen.«

»Möglicherweise möchte ich aber auf dich Rücksicht nehmen ...«, murmelte Thomas leise, fuhr aber sofort lauter fort: »Ich möchte dich daran erinnern, dass auch du aus sehr eigennützigen Gründen die Ehe mit mir eingegangen bist.«

»Nun, das hat sich ja jetzt erledigt. Wie makaber, dass ich ausgerechnet in unserer Hochzeitsnacht das Kind verloren habe.«

Thomas trat zu mir und griff erneut nach meiner Hand, diesmal so kräftig, dass ich sie ihm nicht entziehen konnte.

»Vielleicht ist es ein Omen, Patricia. Jetzt können wir ganz von vorne anfangen«, sagte er leise.

Ich konnte oder wollte die Freundlichkeit in seiner Stimme nicht hören. In meiner Verbitterung merkte ich nicht, dass Thomas mir die Hand zur Versöhnung reichte. Schnippisch entgegnete ich:

»Ja, wir können neu anfangen, alle beide. Es macht bestimmt keine Schwierigkeiten, die Ehe annullieren zu lassen.«

Thomas wich zurück, als hätte ich ihn geschlagen. Sein Gesichtsausdruck veränderte sich, alle Freundlichkeit wich aus seinen Zügen.

»Du glaubst doch nicht, dass dich der König wieder in seine Arme schließt?«, fragte er, und seine Stimme triefte vor Ironie. Aber so war mir mein Ehemann lieber, so kannte und verabscheute ich ihn.

»Dass du an einer Aufhebung der Ehe kein Interesse hast, kann ich mir denken. Eventuell müsstest du dann doch auf das viele Geld verzichten.«

Bebend vor Zorn, standen wir uns gegenüber. Mit Genugtuung merkte ich, dass ich ihn verletzt hatte. Damit er mein triumphierendes Lächeln nicht sehen konnte, wandte ich mich um und blickte aus dem Fenster. Ich hörte Thomas schwer atmen.

»Ich kann mir vorstellen, dass es schlimm ist, ein Kind zu verlieren, Patricia«, sagte er nach einer Weile. »Doch das geschieht Tausenden von Frauen. Es gibt keinen Grund, einen Unschuldigen derart zu verletzen. Aber bitte, wenn es dein Wunsch ist, werde ich mit dem König sprechen. Und glaube mir – bevor ich mit einer verhärmten und verbitterten Frau zusammenleben muss, friste ich mein Dasein lieber in Armut.«

Ich zuckte nur gleichgültig mit den Schultern und beobachtete angestrengt eine Fliege, die durch die Fensterscheibe einen Weg nach draußen zu finden suchte. Als Thomas die Zimmertür mit einem lauten Knall hinter sich zuschlug, fühlte ich mich keineswegs besser, sondern auf einmal schrecklich allein.

Thomas reiste noch am gleichen Tag nach London ab. Er hinterließ mir keine Nachricht, und gegenüber der Dienerschaft hatte er sich auch nicht geäußert, wann mit seiner Rückkehr zu rechnen sei. Mir war es recht. Ich wollte allein sein und in Ruhe an meine toten Kinder denken. Den ganzen Tag verbrachte ich in meinem Zimmer und flüchtete mich in eine Traumwelt, in der die Kinder lebten und ich mit einem wundervollen Mann verheiratet war. Um die Haushaltsführung kümmerte ich mich selten. Warum auch? Es war genügend Personal vorhanden. Außerdem aß ich selbst kaum mehr als ein Spatz, warum sollte ich Speisepläne besprechen? Meistens bemerkte ich gar nicht, was mir Tessa, meine Zofe, die mir aus London bereitwillig aufs Land gefolgt war, auf dem Tablett servierte. Am liebsten hätte ich gar keine Nahrung mehr zu mir genommen, doch der Hunger siegte schließlich. Dennoch nahm ich innerhalb weniger Wochen so ab, dass alle Kleider wie Lumpen an mir herunterhingen. Es war mir egal.

Als Tessa mir eine Besucherin meldete, herrschte ich sie unfreundlich an:

»Ich habe dir doch gesagt, dass ich niemanden empfange. Schick sie weg.«

Tessa blieb beharrlich an der Tür stehen.

»Das habe ich der Dame ausgerichtet, Mylady, doch sie meinte, Ihr würdet sie sehen wollen. Sie sagte, ihr Name sei Dorothy Wescott.«

Dorothy! Mit einem Ruck sprang ich von dem Sofa auf. Aufgeregt glättete ich mein Kleid, fuhr mir über die Haare und rief ungeduldig:

»Worauf wartest du noch, Tessa? Bring sie sofort zu mir herauf!«

Ich eilte Dorothy schon an der Tür entgegen, sah ihr Erschrecken bei meinem Anblick, doch dann lagen wir uns in den Armen.

»Dein Mann ... ist er ...?«, fragte ich vorsichtig.

Dorothy nickte.

»Er ist tot«, sagte sie mit unbewegter Stimme. »Ich erinnerte mich an dein Angebot und beschloss, sofort nach der Beerdigung aufzubrechen.«

»Was ist mit Blickland Hall?«

»Du wirst es kaum glauben, aber Martin war vor einigen Wochen bei mir. Das muss kurz nach deiner Hochzeit gewesen sein ...« Ich schluckte und versuchte meinen erschrockenen Gesichtsausdruck zu verbergen. Hatte er seiner Schwester etwas erzählt? Anscheinend nicht, denn

Dorothy plapperte unbeschwert weiter: »Es war bereits absehbar, dass Ernest nicht mehr lange leben würde. Wir haben dann alles, was noch zu verkaufen war, zu Geld gemacht. Martin schien es dringend zu benötigen. Ach, Patricia, ich mache mir große Sorgen um ihn. Ich glaube, er ist in dunkle Machenschaften verwickelt.« Ich erwiderte nichts, zuckte nur gleichgültig mit den Schultern, doch im Innern war ich schrecklich aufgewühlt. »Als Ernest dann starb, habe ich Blickland Hall an einen Nachbarn verkauft. Ich weiß, das klingt schrecklich pietätlos, aber ich wollte so schnell wie möglich von dort fort. Der Nachbar wollte den Besitz schon lange, er hat so seinen Grund und Boden verdoppelt. Er zahlte einen guten Preis, und ich verfüge jetzt über ein hübsches Sümmchen. Ich brauche mir keine Gedanken mehr über die Zukunft zu machen.«

»Dann bleibst du bei mir?«, fragte ich hoffnungsvoll. Allein die wenigen Minuten, die Dorothy bei mir war, hatten meine Stimmung erheblich gebessert.

Sie sah mich an.

»Wenn du mich einige Zeit erträgst, gerne, aber ich möchte euer junges Glück nicht stören. Schließlich bist du frisch verheiratet. Ich war die letzten Tage in London. Dort habe ich eine Dame kennen gelernt, die in einem der Armenhäuser arbeitet. Oh, Patricia, du kannst dir nicht vorstellen, welches Elend da herrscht. Ich werde der Dame dort helfen. Jahrelang habe ich Ernest gepflegt, ich glaube, dass ich das ganz gut kann.«

Ungläubig sah ich die Freundin an. War das wirklich noch die schreckhafte, schüchterne Dorothy aus meiner Jugend? Nein, auch sie hatte sich verändert, genauso wie ich selbst – und wie Martin.

In den folgenden Tagen kehrte auf Barstone Manor neues Leben ein. Dorothy riss mich aus meiner schwermütigen Stimmung. Wir unternahmen stundenlange Spaziergänge, und abends saßen wir lange zusammen und erzählten aus unserem Leben. Ich hatte Dorothy die wahren Beweggründe meiner Heirat gebeichtet, die Vermutung, dass auch Martin der Vater hätte sein können, verschwieg ich jedoch ebenso wie die Begegnung mit ihm an meinem Hochzeitstag. Warum sollte ich Dorothy jetzt noch mit diesen negativen Seiten ihres Bruders belasten? Bestimmt war Martin schon längst auf dem Festland und würde niemals mehr nach England zurückkommen.

Überraschend kehrte Thomas aus London zurück, einen Abend, bevor Dorothy mich wieder verlassen wollte. Nach dem Abendessen, als ich wieder mit ihr allein war, pfiff Dorothy wenig damenhaft durch die Zähne.

»Gratuliere, Pat! Was hast du für einen attraktiven Mann«, sagte sie anerkennend.

»Der sich seiner Wirkung auf Frauen durchaus bewusst ist«, ergänzte ich kalt. »Er kann keinem weiblichen Rock widerstehen.«

Dorothy schüttelte heftig den Kopf.

»Nein, so schlecht denke ich nicht von ihm. Hast du denn nicht bemerkt, wie aufmerksam er während der Mahlzeit zu dir war?«

»Ja, weil wir einen Gast haben. Glaube mir, unsere Ehe ist nur eine Zweckgemeinschaft, eine einzige Farce, mehr nicht.«

»Also, wenn ich einen solchen Mann hätte, dann würde ich alles daransetzen, um …« Sie ließ offen, was sie tun würde, doch ich verstand sie auch so.

Zugegeben, so unsympathisch mir Thomas nach unserer ersten Begegnung erschienen war, inzwischen hatte ich eine gewisse Sympathie für ihn entwickelt. Daran war Dorothy nicht ganz unschuldig. Sie hatte mich ins Leben zurückgeführt. Ähnlich wie Maud verkroch sie sich nicht in Selbstmitleid und hielt mir damit einen Spiegel der Wahrheit vor. Ich unternahm ja gar keinen Versuch mehr, glücklich zu sein. Ich gefiel mir in meiner Rolle als Märtyrerin, die ja so schwere Zeiten hinter sich hatte. Aber wie vielen anderen Menschen erging es viel schlimmer? Ich war wieder gesund, laut den Ärzten sogar in der Lage, jederzeit erneut ein Kind zu empfangen. Ich hatte ein Dach – ein sehr luxuriöses sogar – über dem Kopf, und ich musste mir nie Gedanken über die nächste Mahlzeit machen. Manchmal dachte ich daran, dass Thomas nach der Fehlgeburt tatsächlich so oft, wie es ihm möglich war, an meinem Bett gewacht hatte. Er und mein Vater hatten sich bei meiner Pflege abgewechselt. In ihrer zupackenden Art machte mir Dorothy dies alles klar, ohne die Tatsachen direkt anzusprechen. Es war ähnlich wie damals in Violet's Abbey. Sie lebte mir einfach vor, dass man auch nach Schicksalsschlägen noch Freude am Leben haben konnte. Manchmal schämte ich mich, wie kalt und herzlos ich mich in meiner Trauer Thomas gegenüber verhalten hatte.

Der Tag des Abschieds war gekommen. Eine Kutsche von Barstone Manor würde Dorothy nach London bringen.

»Wir besuchen uns regelmäßig, ja?«, bat sie und umklammerte meine Hände. »Ich bewohne in London zwar nur ein kleines Haus, aber für dich wird darin immer ein Bett frei sein.«

Ich versprach ihr, recht bald in die Stadt zu reisen. Außerdem hatte ich Maud und die anderen schon lange nicht mehr gesehen.

Kaum war die Kutsche hinter der Hecke verschwunden, bat mich Thomas um ein Gespräch. Ich hatte bereits den ganzen Morgen gespürt, dass er etwas auf dem Herzen hatte und vor Dorothy darüber nicht sprechen wollte. Verstohlen betrachtete ich ihn von der Seite. Er ist ein wirklich gut aussehender Mann, dachte ich. Jeder, der nicht hinter die Kulissen blickte, müsste uns für ein glückliches Paar halten. Thomas kam gleich zur Sache.

»Ich war beim König und bat um eine Annullierung unserer Ehe.« Erschrocken schlug ich mir die Hand vor den Mund. Er hatte es tatsächlich getan! In den Wochen, seit Dorothy bei mir war, hatte ich daran gar nicht mehr gedacht. Seltsam, wie sehr es mich nun verletzte, dass Thomas die Trennung wollte. »Dein guter Charles ist strikt dagegen«, fuhr Thomas fort und lächelte zynisch. »Er sprach es nicht direkt aus, deutete jedoch an, dass wir einige Schwierigkeiten zu erwarten hätten, wenn wir unsere Ehe auflösen.«

Warum fühlte ich mich erleichtert? Warum war ich jetzt nicht schrecklich zornig und enttäuscht? Widerwillig musste ich mir eingestehen, dass ich Barstone Manor lieb gewonnen hatte.

»Dann müssen wir eben das Beste aus dieser Ehe machen«, murmelte ich, bemüht, mir nicht anmerken zu lassen, wie froh ich über die Botschaft im Grunde war.

»Hm …«, brummte Thomas und sah mich stumm an. Dann beugte er sich plötzlich vor und hauchte mir einen Kuss auf die Wange. »Gute Nacht, meine Liebe«, sagte er und zog sich zurück.

Verwirrt blieb ich am Tisch sitzen. Es war ein beruhigendes und angenehmes Gefühl, Thomas wieder im Haus zu wissen.

Da Dorothy nicht mehr in Barstone Manor war, speiste ich jeden Abend allein mit Thomas. Wir hatten nur selten Gäste, und ich verspürte auch keinen Wunsch nach mehr Geselligkeit. Meistens saß Thomas nach dem Essen in der Bibliothek, ich zog mich in mein Zimmer zurück. Dort las ich eines der zahlreichen Bücher aus der gut bestückten Bibliothek oder fertigte Stickarbeiten an.

An einem Abend hatte ich gerade ein Buch ausgelesen, also ging ich in die Bibliothek, um mir ein neues zu holen. Thomas saß vor dem lodernden Kaminfeuer und starrte auf ein Schachspiel. Anscheinend spielte er eine Partie gegen sich selbst. Als er bei meinem Eintreten aufblickte, sagte ich, ich wolle mir ein Buch holen. Er beachtete mich nicht weiter. Ich zog wahllos einen Band aus dem Regal, dann siegte meine Neugier, und ich trat zum Spielbrett. Es war eine wundervolle Intarsienarbeit, die Figuren aus feinstem Elfenbein geschnitzt. Ich warf nur einen Blick auf das Spiel, dann sagte ich:

»Ich weiß nicht, welche Farbe du spielst, aber wenn Weiß nicht aufpasst, dann wird der weiße König von

Schwarz in zwei Zügen schachmatt gesetzt.«

Thomas' Augen wurden kugelrund vor Erstaunen.

»Du verstehst etwas von dem Spiel?«, fragte er verwundert.

»Vater hat es mich gelehrt.«

Thomas wischte mit einer Handbewegung die Figuren vom Brett, rückte einen Stuhl zurecht und begann, das Spiel neu aufzustellen.

»Dann lass uns eine Partie spielen.«

Konzentriert starrte ich auf die Figuren, ich wollte mich auf keinen Fall vor Thomas blamieren. Er war ein sehr guter Spieler! Angestrengt versuchte ich, mich an die Tipps und Tricks von Vater zu erinnern. Ich behauptete mich tapfer, und als es mir gelang, Thomas' Dame zu schlagen, lachte ich laut auf. Thomas stimmte in mein Lachen ein, zog ein Pferd nach und sagte:

»Ich hatte dir mit der Dame eine Falle gestellt, und du bist hineingetappt! Sieh her, so ist dein König ungedeckt, und mein Pferd sagt nun schachmatt.«

Fassungslos rekonstruierte ich die Situation. Verdammt, er hatte Recht und ich das Spiel verloren.

»Ich möchte Revanche«, rief ich.

»Sicher, aber nicht mehr heute. Es ist schon spät. Wie wäre es mit morgen Abend?«

Ab diesem Tag trafen wir uns drei-, viermal in der Woche, um das königliche Spiel auszutragen. Als es mir endlich gelang, Thomas zu schlagen, tanzte ich vor Freude in der Bibliothek herum. Thomas nahm mich in seine Arme, und gemeinsam hüpften wir zu einer unhörbaren Melodie durchs Zimmer. Plötzlich blieb ich ruckartig stehen und löste mich von seinem Arm.

»Ich bin müde. Ich denke, ich gehe jetzt schlafen«, sagte ich verlegen, ohne ihn anzusehen. Dann rannte ich fast fluchtartig aus dem Raum. Was war plötzlich mit mir geschehen? Ich genoss die Stunden, die ich mit Thomas verbringen konnte, ja, ich fieberte regelrecht dem Abend entgegen. Zwei-, dreimal waren wir am Vormittag ausgeritten, und er hatte mir seinen Besitz gezeigt. Ich merkte, wie stolz er auf Barstone Manor war, und ich konnte es verstehen. Es handelte sich um einen sehr großen Besitz mit gutem Boden und altem Baumbestand. Mich wunderte es, dass Thomas nun die meiste Zeit im Schloss verbrachte und nicht mehr so oft die Spielzimmer in London aufsuchte. Hatte er vor unserer Eheschließung nicht erzählt, er wäre ein notorischer Spieler? Nun, wenn sich seine Spielleidenschaft auf Schach begrenzte, sollte es mir recht sein. Von Tag zu Tag war ich mehr davon überzeugt, dass das Schicksal uns die Chance gab, eine gute Ehe zu führen.

Natürlich wurde die Veränderung in unserer Beziehung auch vom Personal genau beobachtet. Sicher tuschelten sie hinter unserem Rücken, aber mir war es gleichgültig. Es war etwas eingetreten, was ich noch vor wenigen Monaten für völlig unmöglich gehalten hatte: Ich war glücklich, mit Thomas Leech verheiratet und Lady Wentworth zu sein.

Im Sommer des Jahres 1662 reisten wir nach London, um dem Einzug der neuen Königin beizuwohnen. Charles hatte tatsächlich Katharina von Braganza geheiratet. Das Parlament, das wegen der katholischen

Königin große Bedenken geäußert hatte, wurde beschwichtigt, da durch die Hochzeit die Städte Bombay und Tanger an England fielen und so dem Land weiteren Wohlstand brachten.

Wir wohnten in meines Vaters Haus in Westminster. Zu meiner Freude schloss sich am Tag der Krönung Dorothy uns an. Die Straßen der Stadt waren überfüllt, so dass wir zu Fuß nach Whitehall gehen mussten. Dort stiegen wir zu der neu errichteten *Salle des Festins* hoch über der Themse hinauf. Man konnte sich keinen besseren Platz denken, um das große Schauspiel mit anzusehen. Der König und die Königin fuhren in einem großen, mit einem Zeltdach überwölbten Boot den Fluss herauf. Um sie herum wimmelte es von großen und kleinen Booten, es müssen Hunderte gewesen sein, denn vom Wasser der Themse war so gut wie nichts mehr zu sehen. Als Charles und Katharina am Ufer von Whitehall an Land gingen, feuerten die großen Geschütze Salut. Fasziniert beobachtete ich das Spektakel, ganz und gar vergessend, dass dort der Mann ging, dessen Geliebte ich einst gewesen war. Jetzt war er für mich nur noch der König. Mit Vergnügen beobachtete ich Lady Castlemaine, die unweit von uns an eine der kleineren Kanonen gelehnt stand. Voller Verachtung betrachtete sie die Königin, die – zugegebenermaßen – nicht sehr attraktiv aussah. Katharina von Braganza war von kleiner, zierlicher, fast noch kindlicher Gestalt, ihre sanften Augen blickten unsicher. Streifte ihr Blick jedoch das Gesicht ihres Gemahls, so konnte jedermann erkennen, wie verliebt sie in Charles war. Mein Blick wanderte zu Lady Castlemaine zurück.

»Arme Katharina«, dachte ich. Charles war wirklich

nicht der treue Ehemann, den sich eine gute Katholikin wünschte, er würde es wohl niemals werden. In London wurde gemunkelt, dass die Castlemaine erneut schwanger war. Niemand ließ einen Zweifel daran, dass auch dieses Mal der König die Vaterschaft anerkennen würde. In einer aufkommenden Gefühlswallung drückte ich mich an Thomas. Ich war froh, dass dies alles hinter mir lag.

Wir verbrachten angenehme Tage in London. Zu Ehren der Königin folgte eine Festivität nach der anderen, und ich genoss es, an der Seite meines Mannes auf den Bällen zu tanzen. Zu meiner Freude kehrten Dorothy und mein Vater mit uns nach Barstone Manor zurück.

»London ist im Sommer eine hässliche, stinkende Kloake«, sagte Vater. »Zudem soll es in einigen Vierteln Pestfälle gegeben haben. Ach, da sehne ich mich doch nach der frischen, reinen Landluft.«

Vater hatte wohlwollend zur Kenntnis genommen, dass sich die Beziehung zwischen Thomas und mir zum Guten gewandelt hatte. Wenn ich auch nicht sicher war, ob Thomas in London nicht doch noch andere Frauen besuchte, so konnte ich über sein Verhalten mir gegenüber nicht unzufrieden sein. Gern hätte ich es gesehen, wenn Vater ganz nach Barstone Manor gezogen wäre, doch davon konnte ich ihn nicht überzeugen.

»Ich habe in London einen netten Bekanntenkreis«, sagte er, »alte Herren, die gerne über längst vergangene Zeiten plaudern. Euch langweilt das nur. Aber umso mehr freue ich mich, wenn ich dich besuchen kann.«

So reiste Vater im September wieder ab, Dorothy beschloss jedoch, noch etwas zu bleiben. Das Armenhaus, in dem sie geholfen hatte, war wegen der Pestgefahr geschlossen worden.

An einem sonnigen Nachmittag saßen wir in meinem Zimmer zusammen. Wir stickten an einer Altardecke für die Schlosskapelle. Bewundernd beobachtete ich Dorothy, wie unter ihren Händen die feinsten Stiche im Tuch entstanden. Eine rote Rose reihte sich an die andere, es sah aus wie ein kunstvolles Gemälde.

»Ach, ich wünschte, ich könnte so feine Arbeiten wie du anfertigen«, seufzte ich und starrte betrübt auf die Cherubim, die alle völlig unterschiedlich aussahen.

Dorothy warf einen kurzen Blick darauf.

»Na, wer sagt denn, dass sich Cherubim ähneln sollen«, antwortete sie trocken. »Ich finde, das gibt dem Tuch eine ganz besondere Note.«

Ich lächelte und mühte mich mit einem weiteren Faden ab. Als ich wenig später Hufgeklapper hörte, eilte ich, dankbar über die willkommene Unterbrechung, zum Fenster und erkannte Thomas, der in raschem Galopp in den Hof ritt. Er hatte Vater nach London begleitet, und ich hatte ihn noch nicht wieder zurückerwartet. Es vergingen nur wenige Minuten, bis Thomas in mein Zimmer stürmte. Seine Kleidung war angeschmutzt, das Gesicht staubig. Durstig griff er nach dem Krug Wein und nahm einen langen Schluck.

»Was ist geschehen?«, fragte ich angstvoll.

Thomas ging erregt auf und ab.

»Wir haben eine Verschwörung aufgedeckt! Eine Verschwörung gegen den König! Man plant, ihn zu töten!«

Dorothy und ich schrien gleichzeitig auf, und ich presste meine Faust gegen den Mund.

»Wer könnte so etwas Schreckliches tun? Charles ist beim Volk doch beliebt!«

»Nicht bei allen, Patricia, bei weitem nicht bei allen. Der grässliche Stachel des Puritanismus ist in England noch nicht gänzlich ausgerottet. Manche sehen in der neuen Königin eine Gefahr für das Land. Katharina ist katholisch, und es wird befürchtet, dass sich die Geschichte von Charles und Henriette Maria wiederholt.«

»So töricht ist der König doch nicht! Tag und Nacht begleitet ihn das Schicksal seines Vaters. Er wird niemals dieselben Fehler machen.« Ich hatte im Brustton der Überzeugung gesprochen, und Dorothy nickte heftig, doch Thomas verzog verächtlich die Mundwinkel.

»Das wissen wir, aber einige Fanatiker denken anders. Auf jeden Fall ist der Plan vereitelt worden, und wir kennen die Namen der meisten Verschwörer und, was am wichtigsten ist, auch den Namen des Anführers. Er ist uns zwar entwischt, doch er wird nicht weit kommen.«

»Wie habt ihr denn davon erfahren?«, fragte ich interessiert.

»Es gibt Männer, auf die man sich verlassen kann. Sie stehen fest und loyal zum König. Und es gibt Männer, die verraten für Geld einfach alles. Die würden sogar ihre eigenen Kinder verkaufen, wenn man ihnen genügend Gold gibt. Wir hatten diesen Blickland schon lange in Verdacht, und so haben wir in seinem Umfeld einige unserer Leute postiert.«

Dorothy sprang so heftig auf, dass ihr Stuhl polternd

nach hinten kippte. Auch aus meinem Gesicht war jede Farbe gewichen, und ich krampfte die Hände in das Altartuch, um das Zittern zu verbergen.

»Wie ... sagtest du ... ist der Name des Verräters?«, hauchte ich heiser.

»Martin Blickland«, brüllte Thomas. »Ein überzeugter Puritaner und durch Heirat ein Verwandter des verwünschten und in der Hölle schmorenden Cromwells!«

Dorothy taumelte zur Tür. Ich befürchtete, sie würde jeden Moment in Ohnmacht fallen.

»Verzeiht, Mylord, aber ich fühle mich nicht wohl. Ich möchte mich auf mein Zimmer zurückziehen.« Sie hastete aus dem Raum, die Tür fiel krachend hinter ihr zu.

Ich saß noch immer wie gelähmt auf dem Stuhl und starrte durch die Fensterscheibe. Thomas trat zu mir und zog mich grob am Arm hoch. Ich stand ganz dicht vor ihm und spürte seinen Atem in meinem Gesicht.

»Heraus mit der Sprache! Woher kennt ihr, du und deine Freundin, Martin Blickland?«

Verzweifelt versuchte ich mich zu fassen. Thomas hatte Dorothy nur unter ihrem Ehenamen Wescott kennen gelernt, ich hatte sie ihm als alte Schulfreundin vorgestellt, ohne ihren Mädchennamen je zu erwähnen.

»Wie kommst du auf den Gedanken, dass wir ihn kennen könnten?«

Thomas stieß mich grob von sich.

»Euer beider Erschrecken, als der Name fiel, war nicht zu übersehen. Misses Wescott ist ja beinahe in Ohnmacht gefallen. Wer ist sie, deine seltsame Freundin? Ist sie womöglich an der Verschwörung beteiligt? Und wer sagt mir, dass nicht auch du mit drinsteckst?«

Entsetzt starrte ich Thomas an.

»Ich? Ich liebe den König! Hast du vergessen, was Charles und mich einmal verbunden hat?«

Thomas nickte heftig.

»Eben, weil ich es nicht vergessen habe, es nicht vergessen kann. Vielleicht möchtest du dich an ihm rächen, weil er dich benutzt und dann wie einen alten Putzlumpen fortgeworfen hat, als du sein Kind unter dem Herzen trugst. Jetzt raus mit der Sprache: In welcher Verbindung stehst du zu Martin Blickland?«

Ich keuchte vor Erregung und presste die Hände auf die heißen Wangen. Die Situation war einfach grotesk.

»Was soll das werden?«, fragte ich, »ein Verhör?«

»Nenn es so, wenn du willst«, antwortete Thomas kalt, »aber ich werde die Wahrheit erfahren!«

Ich stützte mich fest auf das Fensterbrett. Meine Gedanken wirbelten im Kreis. Was hatte Martin getan? Hatte er nicht genug Unglück über mich gebracht? Ich hatte ihn längst auf dem Festland gewähnt. War er wirklich so fanatisch in seinem Glauben? Oder war er am Ende sogar verrückt?

»Es ist Jahre her«, begann ich leise, »wir haben uns in der Jugend kennen gelernt. Damals tobte noch der Bürgerkrieg im Land.«

Ich hoffte, dass Thomas damit zufrieden sein würde. Ich hatte ihm die Wahrheit gesagt, die halbe Wahrheit zwar, aber die Wahrheit. Doch er ließ nicht locker.

»Und deine Freundin?«, bohrte er weiter.

Mit einem Ruck drehte ich mich um.

»Sie ist seine Schwester, ja, Dorothy ist eine geborene Blickland. Aber auch sie hatte seit Jahren keinen Kontakt mehr zu ihrem Bruder.«

Thomas lehnte sich an den Bettpfosten.

»Mein Gott, und das alles in meinem Haus«, stöhnte er. »Die Schwester des größten Landesverräters unter meinem Dach. Und meine eigene Frau ...: Womöglich war dieser Blickland sogar einmal dein Liebhaber!«

»Und wenn dem so wäre? Ich wüsste nicht, was es dich angeht«, fauchte ich Thomas an.

Thomas sprang mit zwei Schritten auf mich zu. Seine starken Hände umklammerten meine Oberarme, so dass ich wie in einem Schraubstock gefangen war.

»Du bist *meine* Frau«, keuchte er.

»Nur auf dem Papier«, entgegnete ich fest und wich seinem bohrenden Blick nicht aus. Gegen alle Vernunft erregte mich die Situation ungemein. »Wolltest du unsere Ehe nicht annullieren lassen, als ich das Kind verlor?« Ich freute mich zu sehen, dass ich ihn einen Moment aus der Fassung gebracht hatte.

»Du hast mich vom ersten Augenblick an gehasst«, flüsterte er und zog mich fest an sich. Ich blieb ruhig in seinen Armen. Mein Herz klopfte wie ein gefangener Vogel in meiner Brust, allzu deutlich wurde mir Thomas' männliche Ausstrahlung bewusst. Später wusste ich nicht mehr, wer damit begonnen hatte, den anderen zu küssen, doch ich sank in seine Arme und ließ mich willig von ihm auf mein Bett tragen. In dieser Nacht erlebte ich zum ersten Mal die perfekte Kombination von körperlichem Begehren mit sinnlicher Liebe. Es war anders als bei Charles, anders als mit Martin, und an John dachte ich schon längst nicht mehr. Ich wurde eins mit Thomas, den ich – wie ich mir nun eingestand –bereits seit Monaten mit jeder Faser meines Herzens liebte.

Regentropfen, die mit gleichmäßigem Geräusch unaufhörlich an die Scheibe prasselten, weckten mich. Einige Sekunden war ich verwirrt, doch dann kehrte die Erinnerung an die süßen Stunden wieder. Zu meinem Bedauern stellte ich fest, dass die andere Bettseite leer war. Sicher war Thomas schon aufgestanden. Ich streckte und räkelte mich ausgiebig unter den warmen Decken. Ach, war das Leben nicht schön? Ich fühlte mich so richtig glücklich und bedauerte nur, dass wir so lange gebraucht hatten, um endlich zueinander zu finden.

Tessa kam mit dem Frühstück. Sie stellte das Tablett auf den Tisch und sah mich prüfend an.

»Ihr scheint gut geruht zu haben, Mylady«, sagte sie. »Wenn Ihr erlaubt, dass ich es sage – so strahlend habe ich Euch noch nie gesehen.«

Ich dankte ihr lächelnd und stürzte mich wie ausgehungert auf das Frühstück.

»Mein Mann hat schon gefrühstückt?«, fragte ich kauend. »Er wird doch bei dem Wetter nicht ausgeritten sein?«

»Mylord ist heute bereits vor Sonnenaufgang nach London geritten, Lady Wentworth«, antwortete Tessa unbedarft. Mir blieb ein Stück Brot im Hals stecken, und ich hustete kräftig, bis es sich löste.

»Er ist was?«, fragte ich langsam, sicher, mich eben verhört zu haben.

Doch Tessa konnte nur wiederholen, dass der Herr Graf wegen einer dringenden Sache am Hof erwartet würde.

»Dabei ist er doch erst gestern aus der Stadt gekommen.«

Plötzlich hatte ich keinen Appetit mehr. Ich schob das Tablett ruckartig zurück. Dabei fiel ein kleiner weißer Zettel, den ich vorher nicht bemerkt hatte, vom Tisch. Mit einem Blick erkannte ich Thomas' Handschrift.

»Es ist gut, Tessa, du kannst jetzt gehen. Ich werde noch ein wenig ruhen und rufe dich später, wenn ich deine Hilfe beim Ankleiden benötige.«

Kaum hatte die Zofe die Tür hinter sich geschlossen, las ich begierig die wenigen Zeilen.

Es ist unverzeihlich, was letzte Nacht geschehen ist. Ich hoffe, du nimmst meine Entschuldigung an. Unter diesen Umständen ist es besser, wenn ich in Zukunft am Hof leben werde. Betrachte Barstone Manor als dein Eigentum, was es ja auch ist. Wir werden unsere Scheinehe nicht weiter fortsetzen.

Voller Entsetzen und Fassungslosigkeit las ich die Zeilen immer und immer wieder. Hatte Thomas die letzte Nacht denn gar nichts bedeutet? War er nur ein Opfer seiner Leidenschaft geworden? Dabei war ich mir so sicher gewesen, dass auch er mich liebte!

Ich muss ihm sofort schreiben, dachte ich und verbrachte die folgenden Stunden, immer noch im Nachthemd, damit, unzählige Briefe an meinen Mann zu schreiben, die ich dann doch wieder zerriss. Nein, mir wollten einfach nicht die richtigen Worte einfallen.

Als Tessa mit dem Mittagessen erschien und mich besorgt ansah, war ich überrascht, dass es schon so spät war. Rasch ließ ich mich von ihr ankleiden, dann suchte ich Dorothy auf. Ich hatte mich bereits gewundert, sie heute noch nicht gesehen zu haben.

Meine Freundin, mit wachsbleichem, starrem Gesicht, packte gerade ihre Sachen.

»Ich fahre nach London zurück«, sagte sie, als ich ihr Zimmer betrat. »Ich möchte dich nicht in Gefahr bringen.«

Mir drohte der Kopf zu zerspringen. Wollten mich denn heute alle verlassen?

»In Gefahr? Aber wieso denn?«

»Wenn Martin auf der Flucht ist, kann es sein, dass er mich aufsucht. Er kennt meine Londoner Adresse. Ich möchte nicht, dass er nach Barstone Manor kommt, wenn er mich sucht. Er braucht sicher Geld.«

Ich war den Tränen nahe. Martin! Ihn hatte ich beinahe vergessen. Zu gerne hätte ich mit Dorothy über meine Beziehung zu Thomas gesprochen. Doch ich erkannte, dass ich sie jetzt damit nicht belasten durfte.

»Vielleicht sucht Martin auch mich auf«, murmelte ich, doch Dorothy schüttelte heftig den Kopf.

»Warum sollte er? Du hast seit Jahren keinen Kontakt mehr zu ihm. Wahrscheinlich weiß er gar nicht, dass du verheiratet bist und hier lebst. Ich habe ihm jedenfalls nichts davon erzählt.«

O doch, er weiß es, dachte ich. Er weiß es nur zu gut. Das hatte ich Dorothy gegenüber verschwiegen, und jetzt war nicht die Zeit, ihr alles zu erklären. Fest nahm ich die Freundin in die Arme.

»Pass auf dich auf, Dotty! Martin ist nicht mehr der Mann, den wir einst kannten. Lass dich von ihm in nichts hineinziehen. Versprich es mir, bitte!«

Dorothy sah mich mit ihren großen, blauen Augen

traurig an.

»Er ist doch mein Bruder, oder? Egal, was er getan hat oder noch tun wird, er ist mein Bruder, der Letzte, der mir von der Familie geblieben ist.«

Sie hatte Recht. Ach Martin, wann wirst du endlich aufhören, Unglück und Trauer über die Menschen, die dich lieben, zu bringen?

Die Wochen vergingen in gleichförmiger Eintönigkeit. Ich schrieb meinem Vater und Dorothy regelmäßige Briefe. Martin hatte sich bisher nicht bei ihr gemeldet. Er hat bestimmt das Land verlassen, dachte ich. Wenn er wirklich, wie Thomas behauptet hatte, in ein Komplott verstrickt war, gab es für ihn in England keine Chance mehr. Wahrscheinlich ist er in Deutschland oder in den Niederlanden. Auf dem Festland gab es viele, die seinen Glauben teilten. Vielleicht würde er dort endlich sein Glück finden.

Von meinem Mann hatte ich nichts gehört. Auch hatte ich ihm bisher nicht geschrieben, mir fehlten einfach die richtigen Worte. Und mein Stolz war zu groß. Niemals könnte ich ihn anflehen, zu mir zurückzukehren, da er mich so offensichtlich von sich gestoßen hatte. Ich wollte nicht den ersten Schritt tun. Eifersuchtsfantasien plagten mich. Vielleicht gab es in London eine andere Frau? Eine, die er bereits vor unserer Ehe kannte und liebte? Die er nicht hatte heiraten können, weil sie nicht standesgemäß war? Zudem hatte er dem Befehl des Königs gehorcht, als er mich zur Frau nahm. Thomas hatte das Geld gebraucht, um Barstone Manor zu halten. In diesem Punkt war ich froh, dass Thomas das Geld genommen hatte. Ich den letzten Monaten hatte ich das Haus richtig lieb gewonnen und konnte mir nicht vorstellen, jemals wieder woanders zu leben. Doch der spitze Stachel der Eifersucht nagte in meinem Herzen. Wenn ich die Augen schloss, sah ich Thomas in den Armen von jungen, schönen Frauen. Von Anfang an hatte ich gewusst, dass er vor unserer Heirat kein Kostverächter gewesen war. Und in den ersten Monaten unserer Ehe war es mir auch egal gewesen, der Kummer über mein verlorenes Kind hatte alles andere überwogen. Doch im Laufe der Zeit war zwischen Thomas und mir eine Vertrautheit gewachsen, die ich vorher noch mit keinem Mann erlebt hatte. Ich war der Überzeugung gewesen, dass Thomas genauso empfand. Augenscheinlich hatte ich mich geirrt. Nicht nur, dass er nach unserer ersten gemeinsamen Nacht beinahe fluchtartig Barstone Manor ohne Abschied verlassen hatte – dafür konnte ich Verständnis aufbringen, wenn seine Anwesenheit bei Hof vonnöten war –, doch dass er mir in all den Wochen keinen Brief, keine noch so winzige Nachricht zukommen ließ, verletzte meinen Stolz zutiefst. Dabei sehnte ich mich mit jeder Faser meines Herzens nach Thomas. Je mehr Wochen ins Land gingen, desto mehr reifte in mir ein Verdacht. Es würde wohl bald unumgänglich, Thomas um seine Rückkehr zu bitten. Schnell wischte ich die Gedanken beiseite. Nein, nein, sicher irrte ich mich. Ich wollte erst noch etwas abwarten. Auf keinen Fall wollte ich Thomas anflehen, nach Hause zu kommen. Er sollte aus freien Stücken, aus Liebe zu mir zurückkehren.

Der Herbst tobte mit tagelangem Regen und heftigen

Stürmen durchs Land. Die Wiesen und Felder von Barstone Manor standen unter Wasser und machten Spaziergänge oder Ausritte unmöglich. So widmete ich mich Handarbeiten oder las ein Buch nach dem anderen ohne besonderes Interesse am Inhalt. Nur selten erhielt ich Besuch aus der Nachbarschaft, denn alle hatten mit den schlammigen Wegen zu kämpfen. In dem alten Schloss zog es durch die Türen und Fenster, so dass ich mich am Abend am liebsten in einen Sessel vor dem Kaminfeuer kauerte. In diesen Stunden fehlte mir Thomas am meisten. Wie schön wäre es jetzt, mit ihm eine Partie Schach zu spielen.

Ach, wären doch wenigstens Dorothy oder mein Vater hier! Ich überlegte ernsthaft, ob ich nicht nach London zu Vater reisen sollte. Die Aussicht, auch das Weihnachtsfest allein in Barstone Manor zu verbringen, ließ mich frösteln. So traf ich die notwendigen Reisevorbereitungen, doch das anhaltende schlechte Wetter vereitelte meinen Plan von Tag zu Tag. Petrus hatte kein Einsehen, es gab kaum eine Stunde, in der es nicht regnete.

Der Sturm heulte ums Haus, und ich machte mich auf einen weiteren trostlosen Abend gefasst. Da hörte ich, wie Reiter in den Hof galoppierten.

»Thomas«, rief ich, raffte meine Röcke und eilte in die Halle. Doch ich wurde enttäuscht. Drei Soldaten, vollkommen durchnässt und schmutzig, standen erschöpft vor mir. Der Anführer verbeugte sich, wobei er schwungvoll seinen Hut zog. Ein Schwall Wasser spritzte auf den Boden. Ich sprang einen Schritt zurück, um nicht vom Dreck getroffen zu werden.

»Verzeiht, Lady Wentworth«, sagte der Mann aufgeregt. »Aber wir kommen mit neuen Nachrichten aus London. Auf den König ist ein Anschlag verübt worden.«

»Charles!«, schrie ich und packte den Mann am Ärmel. Dass ich mich dabei beschmutzte, war mir gleichgültig. »O mein Gott! Was ist mit ihm?«

»Ihr könnt beruhigt sein, Mylady. Dem König ist nichts passiert. Er konnte sich gerade noch vom Pferd fallen lassen, als der Schuss krachte. Er hat sich nur eine leichte Verstauchung am Knöchel zugezogen.«

»Und der Attentäter?«, fragte ich atemlos. Eine schreckliche Ahnung befiel mich.

Der Mann blickte grimmig.

»Es gelang ihm zu fliehen, aber er wurde erkannt. Es ist nur eine Frage der Zeit, bevor wir ihn fangen. Darum hat Lord Wentworth uns zu Euch geschickt, Mylady. Er bittet Euch, das Haus nicht zu verlassen und auf keinen Fall auf Reisen zu gehen. Es werden zwar alle Straßen und Wege überwacht, doch wir trauen diesem Blickland alles zu. Mylord hat sich persönlich auf die Jagd nach dem Verräter begeben.«

Er hätte den Namen nicht aussprechen müssen. Vom ersten Moment an, als ich die furchtbare Nachricht hörte, hatte ich es gewusst. O Martin, was hast du nur getan? Man würde ihn erwischen, dessen war ich sicher. Dass Charles den Anschlag überlebt hatte, würde Martin nicht helfen. Ihn erwartete der grausame Verrätertod.

Ich erteilte Anweisung, den Soldaten frische Kleidung und ein warmes Mahl zu geben. Sie bedankten sich und teilten mir mit, dass sie nach einer kleinen Stärkung sofort wieder zurück nach London reiten würden. Der

König brauchte jeden Mann auf der Suche nach Martin Blickland.

Die folgende Nacht verbrachte ich ohne Schlaf. Wie in einem Theaterstück zog mein bisheriges Leben an mir vorbei: die unbeschwerte Jugend, meine Liebe zu Martin – war das wirklich in meinem Leben gewesen? Ich empfand für Martin nichts mehr, nicht einmal Hass. Zu oft hatte er mich benutzt und gedemütigt. Seine Absicht, Charles zu töten, hatte in mir jedes Gefühl für ihn erstickt. Bestürzt dachte ich an Dorothy. Hoffentlich wird sie nicht in die Sache mit hineingezogen. Ich stand auf und schrieb im Schein der Kerzen einen kurzen Brief. Sie durfte auf keinen Fall mit Martin Kontakt aufnehmen oder ihm gar helfen! Wenn nötig, würde ich mich für sie verbürgen, dass sie von den Machenschaften ihres Bruders keine Ahnung hatte.

Am nächsten Tag wartete ich stündlich auf eine Nachricht, dass man Martin gefasst hatte, doch der Tag verging ohne besondere Vorkommnisse. Die Dienerschaft hatte trotz des Regens begonnen, Tannen- und Mistelzweige in den Wäldern zu sammeln. Damit begannen wir nun, die Halle weihnachtlich zu dekorieren. Ich fühlte mich nicht besonders wohl, ein leichter Husten und ein Kratzen im Hals machten mir den ganzen Tag über zu schaffen. Deshalb verzichtete ich auf das Abendessen und beschloss, früh zu Bett zu gehen. Ich hoffte, Schlaf zu finden, zumal ich die letzte Nacht kein Auge zugetan hatte.

Mein Zimmer war nur vom flackernden Schein des Kaminfeuers erleuchtet. Ich stellte eine Kerze auf den

Frisiertisch und löste die Haare. In langen Flechten fielen sie über meinen Rücken. Langsam begann ich, Strähne für Strähne zu bürsten. Normalerweise übernahm diese Aufgabe Tessa, doch auch sie schien erkältet zu sein, und ich hatte sie bereits am Nachmittag zu Bett geschickt.

»Du siehst mit dem offenen Haar immer noch sehr jung aus.«

Vor Schreck ließ ich die Bürste fallen. Ich hatte nicht bemerkt, dass ich nicht allein im Zimmer war. Aus der dunklen Ecke erhob sich eine Gestalt und kam langsam näher.

»Martin«, flüsterte ich, einer Ohnmacht nahe. Ich glaubte zu träumen, den Abend meiner Hochzeit erneut zu erleben, an dem Martin plötzlich in meinem Zimmer aufgetaucht war.

»Du solltest wirklich dein Fenster besser schließen, Patricia«, sagte er mit vorwurfsvollem Ton, »wobei ich natürlich glücklich bin, dass ich erneut auf diesem Weg hereinkommen konnte.«

Mit einem Blick sah ich, dass ein Fenster wirklich nicht richtig geschlossen war. Die Dielen darunter waren bereits vom Regen nass. Mechanisch stand ich auf, um den Flügel zu schließen.

»Was willst du schon wieder? Ich habe kein Geld mehr für dich«, sagte ich resigniert. Ich befand mich offensichtlich in keinem Traum.

»Es scheint dich nicht sehr zu überraschen, mich hier zu sehen?«

»Nein, eigentlich nicht, obwohl ich es ziemlich gewagt finde, ausgerechnet hierher zu kommen. Weißt du nicht, dass mein Mann dich durchs ganze Land jagen lässt?«

Martin lachte, ein hässliches, verzerrtes Lachen. Wiederum fragte ich mich, wie ich diesen Mann jemals hatte lieben können.

»Das ist ja gerade das Geniale! Hier wird man mich am wenigsten vermuten! Und bis Lord Wentworth hier ist, sind wir schon längst fort.«

»Wir?«, fragte ich gedehnt.

Martin nickte, dabei sah ich zum ersten Mal, dass er eine klobige Pistole in der Hand hielt.

»Hol unser Kind, Patricia, und pack die notwendigsten Dinge ein, aber nicht viel, wir werden zur Küste reiten. Übrigens – ist es ein Junge oder ein Mädchen?«

Wieder glaubte ich, die Szene nur zu träumen, so unwirklich schien sie mir. Bestimmt würde ich gleich zwischen meinen weichen, warmen Kissen erwachen.

»Wovon sprichst du? Hast du vergessen, wie vehement du dich geweigert hast, die Möglichkeit zu akzeptieren, dass das Kind von dir sein könnte? Woher kommt dieser Sinneswandel? Du willst mir doch nicht erzählen, dass du plötzlich Vatergefühle entdeckt hast.« Ich machte eine Pause und sah Martin fest in die Augen. »Nachdem du versucht hast, den König zu töten! Warum nur, Martin? Sag mir wenigstens, warum! Und leg endlich die Waffe weg.«

Ich war erstaunt, woher ich in dieser Situation die Ruhe nahm, so gelassen zu bleiben. Tatsächlich legte Martin die Pistole auf den Frisiertisch.

»Du fragst warum? Seit der Sohn des Verräters Charles auf Englands Thron sitzt, ist das ganze Land in eine Unmoral verfallen, die Sodom und Gomorra spottet! Und jetzt haben wir wieder eine katholische Königin! Nein,

nein, es ist besser, wenn England vom Parlament regiert wird.«

»Und du wirst der zweite Oliver Cromwell«, spottete ich, ohne dass Martin die Ironie bemerkte. Er schien wirklich zu glauben, dazu auserwählt zu sein.

»Vielleicht«, sagte er von sich überzeugt, »aber es gab Verräter in unseren Reihen. Ich muss für eine Weile aus England verschwinden. Und ihr kommt mit mir. Wir werden in die Kolonien gehen. Dort werden kräftige Leute gesucht, die mithelfen, das junge Land aufzubauen. In wenigen Tagen läuft ein Schiff von Southampton aus. Wir werden als arme Bauernfamilie reisen. Keiner wird Verdacht schöpfen, denn sie suchen einen einzelnen Mann.«

»Du scheinst zu vergessen, dass ich bereits einen Ehemann habe«, wandte ich ein. Allmählich wurde mir bewusst, dass Martin den Vorschlag wirklich ernst meinte.

»Den du nicht liebst«, meinte er trocken. »Aber jetzt genug der Worte. Hol das Kind, dann reiten wir fort.«

Ich schüttelte den Kopf.

»Das Kind wurde nie geboren, Martin«, sagte ich leise und konnte nicht verhindern, dass meine Stimme zitterte. »Erinnerst du dich, wie du mich damals von dir gestoßen hast? Wie ich gefallen bin und du mich meinem Schicksal überlassen hast? Das ungeborene Kind hat den Sturz nicht überlebt.«

Mit diesen Worten hatte ich Martin tatsächlich betroffen gemacht. Er ließ sich auf einen Schemel fallen und schlug die Hände vors Gesicht. Einen Moment dachte ich, dass er weinte, doch er hatte sich sofort wieder in der Gewalt. Als er den Kopf hob, hatte sein Gesicht einen härteren Ausdruck als vorher.

»Das tut mir ehrlich Leid. Wirklich, Patricia, aber es ist nicht zu ändern. Nun, dann wirst eben nur du als meine Frau mich begleiten.«

Ich schüttelte wieder heftig den Kopf.

»Niemals, Martin! Im Andenken an unsere Jugend und weil ich Dorothy nicht verletzen möchte, werde ich niemandem verraten, dass du hier warst.« Ich wühlte in meiner Schmuckschatulle, nahm ein paar Stücke heraus und streckte sie Martin hin. »Hier, das ist alles, was ich dir noch geben kann. Ich besitze kein Geld, aber der Schmuck ist sehr wertvoll. Ich weiß wirklich nicht, warum ich es tue, aber es ist das letzte Mal. Ich kann auch nicht sagen, dass ich dir viel Glück wünsche. Nein, du bist ein Verräter, und ich hoffe, dass Thomas dich erwischt und du deine gerechte Strafe bekommst. jetzt geh, verlass dieses Haus, dieses Land und endlich auch mein Leben!«

Martin packte mich so hart am Oberarm, dass ich vor Schmerz aufschrie. Sein Gesicht war wutverzerrt.

»Du kommst mit mir! Ich brauche eine Frau für eine neue Identität. Hast du mich denn nicht einmal geliebt? Jetzt biete ich dir die Ehe an.«

»Die Ehe mit einem Verräter! Einem Königsmörder!«, spie ich ihm voller Hohn entgegen.

»Patricia, du machst es uns beiden leichter, wenn du nicht so widerspenstig bist. Wenn es sein muss, werde ich dich zwingen, mit mir zu kommen.«

Mit diesen Worten schlug er mir so hart ins Gesicht, dass ich taumelte und einen Moment lang benommen war. Vor meinen Augen tanzten tausend Sterne, und zu meinem Entsetzen merkte ich, wie Blut aus meiner Nase tropfte.

»Du Schwein«, keuchte ich und versuchte, zur Tür zu fliehen. Doch Martin war schneller. Er packte mich roh von hinten an den Haaren und warf mich aufs Bett. Mit einem Ruck riss er die Kordeln der Vorhänge herunter und begann mich zu fesseln. In panischer Angst überlegte ich, was ich jetzt tun sollte. Um Hilfe schreien? Wer würde mich hören? Das ganze Personal war noch in der Küche beim Essen. Mein Zimmer war zurzeit das einzig bewohnte in diesem Stockwerk. Ich hatte nur eine Chance.

»Es tut mir Leid, Martin«, sagte ich und versuchte, reumütig die Augen niederzuschlagen. »Es kam alles so überraschend für mich. Ich werde schnell ein paar Sachen packen.«

Ich hoffte, er würde mir den Sinneswandel glauben. So hatte ich die Möglichkeit, den Raum zu verlassen. Im Flur würde ich dann laut um Hilfe rufen. Martin zögerte, dann löste er die Fesseln wieder.

»Gut, ich wusste doch, dass du vernünftig sein wirst. Uns wird ein herrliches Leben in den Kolonien erwarten! Tausende unseres Glaubens sind bereits dort und haben viele Gemeinden aufgebaut. Wir werden sehr glücklich sein.«

»Genau das, was ich mir immer gewünscht habe ...«, murmelte ich und überlegte fieberhaft die weiteren Schritte. Doch plötzlich hörten wir es auf der Treppe poltern, und bevor Martin an der Tür war, wurde diese aufgerissen, und Thomas stand mit gezücktem Degen im Zimmer.

»O mein Gott, endlich!«, flüsterte ich und presste die Hände vor den Mund.

»Blickland«, rief Thomas verächtlich, »das habe ich mir gedacht, dass Ihr hier Unterschlupf sucht.«

Mit einem Ruck zog Martin ebenfalls seinen Degen. Die beiden Männer standen sich hasserfüllt gegenüber.

»Im Zimmer Eurer Frau«, spie Martin Thomas gehässig entgegen, »sie wird mit mir gehen, denn Euch hat sie nie geliebt.«

Thomas streifte mich mit einem kurzen Blick. Ich sah ihn flehentlich an. Er würde doch Martins Worten keinen Glauben schenken?

»Ihr werdet nirgendwo hingehen, Blickland. Ob mit oder ohne meine Frau. Euer letzter Weg wird der in den Tower und von dort zur Hinrichtungsstätte sein.«

»Ich wäre niemals mit ihm gegangen!«, rief ich dazwischen, doch Thomas beachtete mich nicht.

»Werft jetzt Euren Degen fort, Blickland. Ansonsten bin ich gezwungen, Euch hier auf der Stelle zu töten.«

»Das wird Euch niemals gelingen, Wentworth!«

Martin machte blitzschnell einen Ausfallschritt und erwischte Thomas am Arm. Der Ärmel klaffte auf, und zu meinem Entsetzen bildete sich sofort ein Blutfleck. In diesem Augenblick parierte Thomas. In Sekundenschnelle entbrannte ein heftiger Kampf auf Leben und Tod. Die Männer trieben sich fechtend durch den Raum. Sie blockierten die Tür, so war es mir nicht möglich, hinauszulaufen und Hilfe zu holen. Ich hatte mich auf die andere Seite des Raums geflüchtet und drückte mich mit dem Rücken an die Frisierkommode. War Thomas denn allein gekommen? Wo waren die Soldaten? Jetzt war es ihm gelungen, Martin einen Kratzer an der Wange zuzufügen. Voller Wut sprang Martin auf ihn zu, und mit einem Hieb schlug er Thomas den Degen aus der Hand, der klirrend vor einem Fenster zu Boden fiel. Entsetzt sah ich, wie Martin meinem Mann einen heftigen Stoß gegen die Brust versetzte, so dass sich auch hier ein Blutfleck auf dem Wams bildete. Thomas stürzte auf den Rücken, das Gesicht vor Schmerz verzerrt. Breitbeinig und höhnisch lächelnd beugte sich Martin über ihn, die Degenspitze an seinen Hals gesetzt.

»Und jetzt, Lord Wentworth? Anscheinend habt Ihr den Fehler begangen, mich allein fangen zu wollen. Oder wo sind Eure Helfer?«

Thomas keuchte, ich erkannte die Todesangst in seinen Augen.

»Hör auf, Martin«, schrie ich verzweifelt. »Ich werde mit dir gehen, wohin du willst, aber bitte, tu Thomas nichts an!«

Martin warf mir einen kurzen Blick zu.

»Wie stellst du dir das vor? Ich kann ihn nicht am Leben lassen. Binnen weniger Stunden werden wir die gesamte englische Armee auf den Fersen haben. Nein, er muss sterben!«

»Ich flehe dich an! Verschon ihn, bitte!«

»Das kann er unmöglich tun«, bemerkte Thomas trocken, und ich bewunderte ihn, wie er, den Tod vor Augen, so ruhig bleiben konnte. »Vielleicht findest du an seiner Seite dein Glück, Patricia. Schade, ich habe dich nämlich wirklich gern gehabt.«

Martin machte eine unwillige Handbewegung, während er mit der anderen, die den Degen hielt, Thomas am Hals kratzte. Es gefiel ihm offensichtlich, sein Opfer zu quälen.

»Schluss jetzt mit der Gefühlsduselei. Lebt wohl, Thomas Leech. Ich hoffe, wir werden uns so bald nicht mehr wiedersehen.«

»Ganz sicher nicht, denn Ihr landet über kurz oder lang in der Hölle«, rief Thomas.

Meine schweißnassen Hände klammerten sich an der Kommode fest. Plötzlich fühlte ich kaltes Metall unter den Fingern. Martins Pistole! In dem Augenblick, als Martin den Degen hob, um Thomas den letzten Stoß zu versetzen, riss ich die Pistole nach vorne, hielt sie mit zittrigen Händen auf Martin gerichtet und schrie voller Panik:

»Wirf den Degen weg!«

Beide Männer starrten mich überrascht an. Martin kicherte.

»Ach, Patricia, du solltest die Waffe lieber fortlegen. Sie ist geladen und könnte losgehen.«

Meine Angst stand mir deutlich ins Gesicht geschrieben, und doch ließ ich die Pistole keinen Millimeter sinken.

»Das wird sie auch, wenn du den Degen nicht sofort fallen lässt!«

Martin schien es nicht zu beeindrucken.

»Du schießt niemals auf mich! Nicht auf mich, Pat! Außerdem kannst du damit nicht umgehen. Du könntest auch deinen Mann treffen. Und jetzt lebt wohl, Thomas Leech!«

Er holte erneut aus, und die Degenspitze senkte sich auf Thomas' Kehle. In dem Moment spannte ich den

Abzug. Während des lauten Knalls traf mich der Rückschlag der Pistole, und ich versank in eine tiefe Schwärze.

Nein, ich wollte nicht aufwachen, wollte nicht wissen, was mich erwartete. Langsam kam ich zu mir und hörte flüsternde Stimmen, ohne die Worte zu verstehen. Mit einem Schlag war die Erinnerung wieder da. Ich hatte geschossen, doch hatte ich überhaupt getroffen? Wenn ja, wen? O mein Gott, was war geschehen? Ich zwang mich, die Augen zu öffnen, ich musste mich der Wahrheit stellen. Mit grenzenloser Erleichterung erkannte ich Thomas' Gesichtszüge über mir, verschwommen zwar, aber es war Thomas, der an meinem Bett saß. Sein Arm war notdürftig verbunden, die Wunde am Hals blutete bereits nicht mehr.

»Patricia! O mein Gott, du kommst wieder zu dir!«

Ich richtete mich langsam auf und sah mich um. Ich lag nicht in meinem Bett, sondern in einem der Gästezimmer.

»Was ist mit Martin?«, flüsterte ich. »Ist er ...«

Thomas nickte.

»Er ist tot.«

»Habe ich

Erneutes Nicken.

»Du hast ihn erschossen und damit mein Leben gerettet.«

Mir wurde schwindlig, und ich ließ mich in die Kissen zurücksinken.

»Ich habe einen Menschen getötet«, murmelte ich. Unwillkürlich erschien Johns Gesicht vor meinen Augen.

Thomas reichte mir einen Becher mit einer bitter

schmeckenden Flüssigkeit.

»Trink das, dann wird es dir besser gehen.«

Ich gehorchte und schluckte tapfer. Warm rann mir der Trank durch die Adern, und tatsächlich fühlte ich mich Minuten später besser.

»Was geschieht jetzt?«, fragte ich und strich zart über Thomas' Arm. »Du bist verletzt.«

»Nur ein paar Kratzer, auch auf der Brust. Das haut mich nicht um.«

»Werde ich nun Schwierigkeiten bekommen?«

Thomas sah mich zärtlich an. So viel Liebe sprach aus seinen Augen, dass ich nicht wusste, warum ich diesen Mann nicht hatte lieben können.

»Du hast in Notwehr gehandelt. Zudem war Blickland ein gesuchter Verräter, der ohnehin hingerichtet worden wäre. Du hast ihm den Tod durch Vierteilen erspart.«

Thomas hatte Recht. Auch wenn der Gedanke, einen Menschen mit eigener Hand getötet zu haben, schmerzvoll war, wusste ich doch, dass ich keine andere Wahl gehabt hatte.

Hätte ich es nicht getan, läge jetzt Thomas vor mir in seinem Blut, und wahrscheinlich hätte mich Martin auch getötet, wenn ich ihm nicht mehr von Nutzen gewesen wäre.

»Warum hast du es getan, Pat?«, fragte Thomas mit warmer Stimme. »Ich meine, warum hast du mein Leben gerettet und bist nicht mit dem Mann, den du so lange geliebt hast, geflohen?«

»Du weißt?«

Er nickte.

»Ich habe Erkundigungen eingezogen. Du hast ihn

geliebt.«

»Nein, nicht ihn, ich meine, nicht den Menschen. Martin war einfach nur ein Teil einer sehr glücklichen Zeit. Ich dachte einmal, durch ihn diese Zeit wieder aufleben zu lassen, doch es war ein kläglicher Versuch. Inzwischen habe ich längst gemerkt, dass meine wahre Liebe einem anderen Mann gilt.«

»Und wer ist das?«, fragte Thomas mit einem schelmischen Lächeln.

In gespieltem Zorn schlug ich nach ihm, darauf achtend, nicht seine Wunden zu berühren.

»Du dummer Kerl! Als ich dachte, wir hätten endlich den Weg zueinander gefunden, bist du nach London verschwunden und hast nichts mehr von dir hören lassen!«

»Vielleicht wartete ich auf ein Zeichen von dir?«

Ich lachte.

»Ich bin eine Frau, ich wäre dir niemals nachgelaufen.«

Mit einem Ruck zog mich Thomas in seine Arme. Ich presste mein Gesicht an seine Brust und murmelte:

»Deine Verletzungen …«

»Ach was.«

Wir küssten uns, bis uns der Atem stockte. »Außerdem konnte ich es doch nicht zulassen, dass unser Kind seinen Vater niemals kennen lernt«, flüsterte ich, als Thomas Luft schöpfte. Er zuckte zurück.

»Was sagst du da?«

Ich nickte lächelnd.

»Ja, es ist in der einen Nacht geschehen.«

Thomas riss mich wieder an sich und überschüttete mich mit tausend Küssen, und ich fühlte mich so glücklich wie niemals zuvor in meinem Leben.

Tatsächlich gab es wegen Martins Tod keine Schwierigkeiten. Gegenüber dem Personal und der Öffentlichkeit gab Thomas an, den Verräter erschossen zu haben. Von König Charles erhielt er bei einem persönlichen Besuch eine Auszeichnung und ein weiteres Landgut. Während des nachfolgenden Festes zwinkerte mir Charles in einer ruhigen Minute zu und raunte in mein Ohr:

»War doch keine so schlechte Wahl von mir, nicht wahr, Penny Pat?«

Ich drückte ihm dankbar die Hand, niemand hatte das Zwischenspiel beobachtet. Ich wusste, Charles und ich würden immer Freunde bleiben.

Meine Freundin Dorothy brach zusammen, als sie vom Tod ihres Bruders hörte. Es belastete mich schwer, ihr nicht die Wahrheit sagen zu können. Immer wieder machte ich mir Vorwürfe.

»Ich fühle mich ihr gegenüber so schuldig«, sagte ich zu Thomas.

»Er ist tot. Warum soll sie erfahren, dass du ihn erschossen hast?«

Thomas hatte Recht. Dorothy würde mich aus tiefstem Herzen hassen, erführe sie den wahren Ablauf. Schlimm genug, dass sie sich weigerte, Barstone Manor zu besuchen. Auch wenn Dorothy wusste, dass Martin unrecht getan hatte, dass er ein Verbrecher war und auf jeden Fall gestorben wäre, konnte sie Thomas nicht verzeihen. So brach unser Kontakt fast vollständig ab, was ich sehr bedauerte.

Die Vorfreude auf unser Kind lenkte mich etwas von

dem Kummer um Dorothy ab. Doch in die Freude mischte sich auch oft die Sorge, ob diesmal alles gut gehen würde. Zum dritten Mal erlebte ich den Segen der Schwangerschaft, doch zwei Kinder wurden mir schon von Gott genommen.

»Nicht von Gott, vom Schicksal«, wandte Thomas ein.

»Ist das nicht dasselbe?«, fragte ich zweifelnd.

Er zuckte mit den Schultern. Ich hatte Thomas alles aus meinem Leben erzählt, auch die Schuld, die ich an Johns Tod trug. Thomas war kein sehr gläubiger Mensch und besuchte nur selten den Gottesdienst, doch langsam, nach und nach, schaffte er es, mir den Glauben an Gott wiederzugeben. Ein älterer Pfarrer kam nach Barstone Manor, und bald merkte ich, dass seine Predigten und Gebete nicht weltfremd waren und dass man in den Augen Gottes nicht grundsätzlich ein Sünder war, nur weil man lachte, tanzte oder sang. Ich lernte, Vertrauen in das Schicksal – oder in Gott? – zu haben und zu akzeptieren, was geschah. Es war ein langer Prozess, his ich endlich wieder an die übermächtige Macht, die wir Christen Gott nennen, glauben konnte. Auch heute noch kommen mir oft Zweifel an seiner Existenz. Aber eines habe ich gelernt: Es liegt nicht in meiner Macht, das Leben, so wie es mir begegnet, zu ändern.

Als ich meinen Sohn Robert zum ersten Mal im Arm hielt, weinte ich vor Glück und auch wegen der Erinnerung an meine Tochter. Wie ähnlich waren sie sich! Vater, stolz, dass sein Enkel seinen Namen trug, konnte sich von dem Kleinen gar nicht mehr trennen, so dass er schließlich sein Haus in London aufgab und ganz nach arstone Manor zog.

Maud, Harry und Morton feierten triumphale Erfolge mit dem Theater. Inzwischen gehörten der Truppe fast fünfzig Personen an, und Maud hatte ein neues, größeres Theater bauen lassen. Aus dem *Little Theatre* wurde *The Royal Theatre,* und Maud konnte sich über wachsenden Reichtum freuen.

Zu meiner Überraschung erschien Dorothy zur Taufe des kleinen Robert in Barstone Manor. Wir sahen uns lange stumm an, dann drückte ich sie an meine Brust.

»Verzeih mir, ich war dumm«, murmelte sie.

Auch Thomas gegenüber entschuldigte sie sich, und wir verbrachten angenehme und heitere Wochen miteinander.

Ich weiß nicht, was die Zukunft für mich und meine Familie bereithält. Ich versuche, jeden Tag, den ich glücklich mit Thomas, Robert und Vater in Gesundheit verbringen darf, ganz fest in meinem Herzen einzuschließen. Die Pest wütet erneut in London und fordert so viele Opfer wie niemals zuvor in der Geschichte. Wir hoffen, dass wir in Barstone Manor vor dem schwarzen Tod verschont bleiben, doch egal, was kommt, mein Leben hat gezeigt, dass man alles ertragen kann. Man darf nur niemals aufhören, an sich selbst und an die Unterstützung durch Gott zu glauben. Und man darf niemals aufgeben, zu lieben.

Ich sehe voller Vertrauen und Hoffnung in die Zukunft. Solange wir lieben und geliebt werden, werden ir alle Kämpfe auf dieser Welt bestehen. Und wir wern immer siegen, denn Liebe ist stärker als die Zeit!